中公文庫

雲と風と

伝教大師最澄の生涯

永井路子

中央公論新社

雲と風と　目次

雲と風と

伝教大師最澄の生涯

黒子（ほくろ）のある少年

「沙弥（しゃみ）最澄　年十八
近江国滋賀郡（しがのこおり）古市郷（ふるいちごう）戸主正八位下三津首浄足（みつのおびときよたり）戸口広野（ひろの）
黒子（ほくろ）が頸の左側と、左肘を折りまげた上にある」

何という素朴な、飾りけのなさであろう。たった二つの、それも芥子粒（けしつぶ）ほどのほくろだけを生きるあかしとして、彼、最澄は登場する。歴史に素肌をさらすようなこの出発を手がかりに、その生涯を追い続けてみたい。

さしずめ、高僧伝にありがちな誕生の奇瑞譚（きずいたん）は横においておく。ある時代にはそれが不可欠な礼儀でもあり常識であったとしても、いまは素肌だけをみつめてゆく。

さて、素肌に刻されたほくろである。彼が天皇や高級貴族の出身だったら、こういう記録のされ方はしなかったろう。貴人に対しては背が高いとか容貌がすぐれていたというような漠然たる讃辞以上に、立ち入って肉体的特徴を記さないことが礼儀であったようだし、天智天皇、藤原鎌足、聖武天皇などの生存時の肖像は皆無である（有名な聖徳太子像も、学者から疑問が提出されている）。

ところが、反対に、庶民や奴隷は、計帳と呼ばれる課税台帳に、はっきりとその肉体的特徴――例えば傷跡がどこにあるというように――が書きこまれている。中でもほくろは重要な手がかりで、現在の血液型や指紋に相当する。奴隷の場合は逃亡したとき捜索のきめてにもなる。

最澄がこうした肉体的特徴を明記されて歴史に登場するということは、おのずと彼の出自を物語っていよう。戸主の三津首浄足もどういう人物かわからないのだが、正八位下という位を持っているところをみると、琵琶湖の西南岸を本拠とする在地有力者だったと思われる。ただし、広野との血縁関係はわからない。ふつうは、広野の父が百枝、その父が浄足と理解されているが、そのころの戸籍は大家族制をとっており、必ずしも直系家族だけが書きこまれているとは限らず、血のつながりが薄くとも戸主と戸口という形で書きこまれているものも多い。また戸主と戸口が同じ場所に住んでいたとはいえず、ここから生活の実態を復元することは不可能というのが、最近の学界の考え方である。

結婚のあり方も今とは違う。多くの場合は妻問い婚で夫が妻の方に通い、生れた子は妻の家で育つ。となれば興味のあるのは広野の母方だが、これについては贈太政大臣藤原魚名の子の鷲取の娘、藤子だという伝承がある。藤子の名は『尊卑分脈』にも鷲取の娘として載ってはいるのだが、さてどうだろうか。

『尊卑分脈』というのは、源氏、藤原氏その他の主要な諸氏の系図を集大成したものだが、そこに鷲取について没年を弘仁八（八一七）年、四十五歳としているかと思うと、息子の藤嗣にも、同じく弘仁八年四十五歳没としている杜撰さなのだ。なお困るのは、この没年から逆算すると、生れたのは宝亀四（七七三）年。七六〇年代生れの最澄より年下になってしまう。『尊卑分脈』は系図としては最も信用のおけるものということになってはいるが、室町時代に作られたものだから、ときどきこういう誤りがある。

では、もっと信用のおけるものはないだろうか。頼りにすべきは『続日本紀』だが、そこにはたしかに鷲取が登場し、広野の生れた数年後にはすでに官界で活躍しているから、『尊卑分脈』の年齢の記載は、あきらかに誤りである。

もっとも『続日本紀』からは鷲取の生没年代はたしかめられないのだが、彼の父親の魚名の生きていたのは養老六（七二二）年から延暦二（七八三）年までだから、鷲取の生れたのは、どう考えても七四〇年代くらいに想定しなければならない。とすれば、藤子が生れたのは七六〇年代くらいで、これでは広野の母となることは不可能である。やはり藤子母親説は見送っておいたほうがよさそうだ。

それに鷲取の父の魚名は左大臣という最高権力の座まで上った人物である。その死の前年、ある事件に関係してその地位を失ってはいるが、まずトップクラスの高官だ（太政大臣が贈られるのは死後のことである)。鷲取は父の死に先立って死んだらしいのだが——というのは他の息子たちは父の失脚のとき、ほんの一時期左遷されているのに、その中に彼の名が見えないので——早死したとしても中務大輔まで昇進したことがたしかめられる。こうした中央の顕官の娘が、正八位下にすぎない三津首浄足の戸口の百枝と結婚することはまず考えられないし、別の史料では鷲取の娘の一人、小屎は、桓武天皇の後宮に入っているくらいである。藤子母親説はもしかすると、後に君臣の垣を超えて魂の交わりを持つにいたった桓武と最澄の間柄から生れた伝承ではないだろうか。むしろ、ここでは、従来の説に別れをつげて、改めて広野にふさわしい母親を探した方がいい。じつは、彼の実母のゆかりの地と伝えられるところが、比叡山の麓には残っているのである。

大津市坂本の生源寺。

ここで彼は生れたという。坂本はすでに大友郷だが、古市郷とは隣接している。族内結婚の多かったそのころの事情を考えれば、父と母は同族か、あるいは同程度の有力な家で、いずれも琵琶湖に程近い平地を本拠としたとすれば、父は湖上を小舟を操って渡ってきたのか、それとも、湖沿いに馬を飛ばせて娘に逢いにきたのか。三津というのは、坂本の東南の戸津、志津、今津の三つの津の総称であるともいい、現実に父の住居の跡を比定するのは困難だが、三津首は湖沿いの陸地や湖の交通も掌握していたのではないか。そのせいか、私は、夕映えの残る湖面を渡って恋人を訪れる若い男を何となく想像してしまうのであるが。

現在、生源寺から歩いても近いところに広野の父の旧宅跡がある。紅染寺跡という美しい名前で呼ばれるその地は、今は殺風景な小丘陵にすぎない。周囲は開発が進んで宅地化しているのに、そこだけ忘れられたように丈の低い柿の群落があり、小さな畠も残っている。畔道と呼びたい小径を上ってゆくと、ぽつんと「南無阿弥陀仏」と彫られた丈高い碑が建つ。広野の母の家も、かなり有力な豪族だとすれば、その父は、娘が百枝と結ばれ、広野を産んだ後、夫を迎えるための家を造ったという想像も許されるだろう。

ここで「広野を産んだ後」と簡単に書いたのには多少の意図がある。最澄の伝記である『叡山大師伝』では、両親は子供のないのを憂え、叡山に登山して霊地を発見し、ここで七日間の祈願を志したが、四日めに早くも霊夢を見、やがて広野が誕生したということになっているのだが、こうした奇瑞譚には、あまりかかわらずにおきたいのだ。

第一、両親が子なきを憂えるというのは、もう少し後になってからの発想だ。妻問い婚である以上、一人の男と一人の女の結びつきは永久絶対なものではなく、子供がなければ別の女の許に通えばいいのである。また必ずしも直系相続の原理は確立していないから、何としてでも子供が欲しいと思ったかどうか、これも断定しがたい。

歴史ものを書くときのくせで、こういうとき、なぜこうした伝説が起ったかを考えてしまうのだが、思うに、最澄と叡山との結びつきが、この世ならぬものであり、誕生以前からの因縁であると強調したかったのではないか。とすれば、千二百年後の今は、こうした伝承から解放されて、ほっとひと息つくことも許されていいはずだ。当の私はといえば、史料の上を虫が這うようにして行きたい方なので、ここでは、山麓に住む有力豪族である母方と叡山とのかかわりに注目するにとどめたいのである。

藤原藤子という「母」を否定してしまったいま、彼女は眼も鼻も、名前さえもわからない存在になってしまっているけれど、耳を澄ませばその声は聞えないだろうか。

「いけませんよ、広野、おいたをしては」

「あら、着物をこんなに濡らして。また湖にいったのね」

広野は聡明な少年だったらしいが、幼いときは家からごく近い琵琶湖の岸辺で魚を追いかけたり、水遊びもしたであろう。彼の生涯には、がっかりするほど女の気配はないのだが、浜辺の戯れの中に女の子がいなかったとは思えない。あるいは母の姉妹の娘たち、母にかしずく女たち、女童——

ときには比叡山の山裾から緑の濃い峰へと攀じ登ったこともあるだろう。高みに上れば、湖までの野原には四季の花が咲いては散ってゆくのが見えたはずだ。少年の眼には、比叡山の緑のあまりの深さが恐ろしくはなかったか。けたたましい鳥の声にふと足をとめれば、過ぎ去っていった時雨のいたずらか、白い雲は、かすかに昼虹の光彩を映していることもあったろう。

「ふしぎだなあ、あの雲の色」

少年と少女は見とれたかもしれない。

あるいは夕陽が比叡の山に隠れるころ、湖畔に立って湖面の乱反射をみつめるシルエットを思い描いてもいい。当時の少年、少女は早熟だ。十二、三で性の愉しみを知ったとしても不思議ではない。広野の傍に黙って空をふり仰ぐ睫（まつげ）の長い近江乙女を想像することも可能なわけだが、しかし、恣意な空想は打ち切らねばならない。

少年の旅立つ日がきたのである。

広野十二歳、国分寺入りをすることになったのだ。

「広野さまが国分寺に行かれる！」

そのとき、父方にいたにしろ、母方にいたにしろ、話題は人々の耳目を驚かしたことだろう。

「――そうだろうな、ずば抜けて頭のいい坊ちゃんだから」

うなずく人々も多かったかもしれないが、

「それにしても――」

感に堪えず、言葉を失う者もいたのではないか。彼の秀才ぶりを、『叡山大師伝』は、

年七歳ニシテ学同列ヲ超エ、（原文は漢文）

と書いている。学んだのは「陰陽、医方、工巧」だったとも。

ちょっと但書をつけておくと、最澄の生れた年について、天平神護二（七六六）年説と神護景雲元（七六七）年説があって、大論争があり、それぞれ興味ある説を展開しているのだが、専門にわたるのでここでは触れない。それより関心のあるのは、なぜ広野は秀才だったのかということだ。生れつきの頭のよさもあろうが、環境も影響しているだろう。その理由の一つに、渡来系の出自をあげる人がいる。たしかに、三津首は中国の後漢の孝献帝の苗裔で、応神朝に日本に渡来したという伝承を持っているのだが、広野の生れたころとは五百年の隔りがあり、現在、十五世紀（室町時代）の先祖の話を持ちだすようなもので、肉体的血筋はとっくに日本人化していたはずだ。

しかし、先進文化を身につけて渡来してきた彼らには、その伝統が流れており、三津首と同族と思われる近江系の人々の名前が、奈良時代の中央や地方官司の下級官人の中に多く見出されるという。これについては薗田香融氏の詳細な研究（『日本思想大系』「最澄」岩波書店）がある。三津首浄足は古市郷の農民層だとしても、文化的な土壌はあったはずだし、農業の技術は、土着の人々より格段にすぐれたものを持っていたろうから、長い歳月が、かなりの富の蓄積をもたらしていたと思われる。むしろこの豊かさの方を、少年広野の両親の背後に私は考えておきたい。

しかも、近江の人々は、広野の生れる前の百年ほどの間に、二度も大きな政治的、文化的な衝撃を体験している。

最初は六六七年の近江遷都。天智天皇と藤原鎌足の構想によって定められた大津京は、広野の父の本拠、三津のごく近くだった。

「われらの国に都が造られる！」

近江の人々は眼をみはる思いで新都建設を見守ったことだろう。しかしこの大津京はひどく短命だった。壬申（じんしん）の乱で壊滅し、結局都だったのは五年ほどである。

大宮は　ここと聞けども　大殿は　ここと言へども……

と詠んだのは柿本人麻呂だが、身近にその盛衰を眼にした近江びとの衝撃は、より大きかったのではないか。

それとは別な意味で近江への執念を燃やし続けたのは藤原氏である。彼らは先祖鎌足のこのときの構想を忘れようとはせず、ほとんど執念ともいうべき情熱と野心をこめて近江回帰を画策しつづけた。鎌足の息子、不比等（ふひと）が、死後淡海（たんかい）公と諡（おくりな）されたのはその悲願達成の一つで、淡海はすなわち近江である。その子武智麻呂（むちまろ）は近江守としてこの地を訪れたし、その後も藤原一族は長く近江守の地位を握り続けている。

中でも武智麻呂の子、仲麻呂（なかまろ）の近江への執着はすさまじい。彼は光明皇后、孝謙女帝の腹心として辣腕（らつわん）を振ったマキアベリストだが、孝謙の跡を継いだ淳仁時代、遂に近江に第二の宮都を作ることに成功した。石山寺の近くの保良宮がそれである。

「遂に先祖の夢を再現したぞ！」

と仲麻呂はほくそ笑んだに違いない。ときに、天平宝字三（七五九）年、保良宮に続いて、石山寺の大がかりな造営も進められたが、しかしこの大事業は、またもやあっけなく崩壊する。仲麻呂と孝謙の仲が険悪になり、孝謙がにわかに奈良に引き揚げてしまったのだ。その後間もなく両者は武力対決し、仲麻呂は近江に逃れて敗死する。

「おお、またしても……」

近江びとは大規模の造営事業に驚いた直後、ふたたび政治世界の酷薄さを思い知らされるわけだが、この興奮の醒めやらぬ中、程遠からぬ湖畔で広野は生れたのであった。

廃絶に帰したとはいえ、この保良宮と石山寺の大工事は、広野の父や母たちに、強烈な印象を残したはずだ。そこで広野の学んだ、

「陰陽、医方、工巧」

をふりかえると、興味が深い。陰陽は現在のいわゆる占いではなく、高等数学や確率論をもふまえ、天文学や暦学と深く結びついている。中国における科学は当時かなり発達していて、日蝕や月蝕も予知できたし、円周率も何十桁まで解いていたという。現在の漢方薬や鍼灸が西洋医学をたじろがせるように、医学も高度の水準に達していたようだ。工巧

はすなわち技術教育で、物理、化学の知識をもとに、建築、土木を習得するものと考えられる。

保良宮建設を身近に見た広野の両親は、多くの技術者たちの活躍ぶりを、あっけにとられて眺めていたのではないか。こうした技術者の仲間入りをすれば、農民身分を離れて下級の役人になることもできる。三津一族ではないにしても、このあたりの渡来系の人々の中に、かつてこのコースを辿った例のあったことを知らないわけではないだろう。

――とすれば、頭のいいこの子も――

そう思うのも当然だ。農民から役人への道は当時としては大出世である。こうした歴史的状況の中に素肌の秀才少年、広野をおいてみよう。そういえば、後の彼の中にも、どこか理数系の学者ふうな一途さがある。天台教学という壮大な構築性をもつ中国の理論宗教学に、文句なしにのめりこんでいけたのも、少年時代の習練のおかげであろうか。それに、思いこんだらこれ、と貫き通す真理への信念は、どこかガリレオ・ガリレイ的でもある。

ところで少年の秀才ぶりは両親の期待を超えた。両親は驚くと同時に、とほうもなく夢をふくらませはじめる。

――下級官吏ではもったいない。国分寺に入れないものか。

国分寺の僧になるのはエリート中のエリート・コースだ。出家という言葉に捉われて、世捨人と思うのはまちがいで、彼らは現代なら国立の宗教大学教授である。中世キリスト教社会の最高頭脳が教会の神学者たちだったことを考えればいい。近江大学、そこの教授はその地方の官吏のトップ・クラスだ。何しろ国分寺は堂々たる礎石の上に立つ、大きな瓦屋根の中国風建築である。庶民は半ば竪穴住居、半ば掘立小屋住まいで、富裕だったとしても広野の家も礎石や瓦は使われてはいなかったろう。

庶民には寄りつけもしない、豊かなうねりを見せる大屋根の国分寺へ広野が入ることは別世界への飛翔である。僧侶の定数は二十名、欠員がなければ入れないのだから、狭き門であることは今の大学の比ではない。このとほうもない望みが、ともかくも実現したのはなぜか。三津一族の住んでいたところが国分寺に近かったこと、広野との血縁関係がどうであったかは摑めないにしても、戸主の浄足が正八位下という有位者——地方でのある意味での特権階級——で、国分寺に何らかのかかわりがあったことが考えられる。

国分寺入りしたといっても、十二歳の広野は、すぐ僧になれるわけではない。お師匠さまである僧侶の身の廻りの用を足しながら、数年間修行し、経文を覚えさせられる。その中で僧の生活を体得してゆくのである。

広野が寺入りする二十数年前、来日した唐僧鑑真(がんじん)には、少なくとも二人の童子がついてきた。一人の消息はわかっていないが、もう一方は、漢民族ではなく胡人、つまり異民族出身だった。中央アジア系の血を享(う)けた、彫りの深い眼鼻立ち、漢詩に碧眼とうたわれている胡人の中には、玄宗皇帝に寵愛され、後に叛乱を起した安禄山(あんろくざん)もいる。鑑真の侍童も同じく安姓で名は如宝。来日してまもなく師の手から戒を授けられ、一人前の僧となった。鑑真の死後、唐招提寺の整備に奮闘する彼に、いずれ広野はめぐりあうはずである。

この胡人安如宝が、かつて鑑真にかしずいた姿はそのまま広野の姿であろう。彼の師は行表。近江の大国師――つまり学長である。大和の大安寺に学び、近江の崇福寺の寺主（寺の役僧の第二席）から近江国分寺に移った。もともとは大和の人である。彼は広野に礼儀作法を仕込みながら経文の暗誦読誦、筆写等を指導した。秀才広野には、さほど困難な修行ではなかったのではないか。十二、三という年齢は、暗記にかけては、すばらしい能力を発揮するものだ。

比叡山では今でも五年に一度行われる法華大会という大法会がある。同時に広学竪義とよばれる問答による僧侶の試験があるのだが、これとは別に、稚児論議といって、少年が大人さながらのむずかしい問答をする行事がある。一山の僧侶の子弟が、この日ばかりは頭を剃り、神妙に白い法衣に袈裟をつけて坐るのだが、論議の練習はなかなか大変で、少年たちは夏休み中かかって問答を暗記し、作法を憶え、声明を習うのだそうである。仏門に生れた彼らの修行の第一歩で、晴れの日、かん高い声をはりあげての難解な論議のやりとりには、思わず微笑を誘われてしまう。

広野の生きた時代にはまだなかった行事だが、経文を暗記する姿はこれとそっくりだったのではないだろうか。三年後、広野ははたせるかなすばらしい成果をあげることができ

た。すなわち、

法華経一部、最勝王経一部、薬師経一巻、金剛般若経一巻……

ほかに数巻の経典が読めるようになっていた。といってもそれらの内容を全部理解したことにはならない。昔の教育は、暗誦と読誦が先行し、意味の理解は次の段階というふうに考えられていたから。しかし、こうなれば僧侶の資格は十分である。ちょうどそのころ、近江の国分寺では最寂という僧が死んだので、その闕を補うものとして、広野の得度が申請された。今あげた経典名は、彼の読誦能力を報告するために書かれたものである。

三年間、広野はよく頑張った。国分寺から北西を望めば、くっきり比叡の山が見える。

——あの麓に母君がいる。

経典の暗記に倦んで、ふとその俤を慕ったこともあるかもしれない。琵琶湖のきらめきを思いうかべては、少女の瞳を懐しんだこともあったのではないか。

が、広野はいま幸運にも、たった一人の欠員を埋める候補者として、選ばれようとしている。広い近江国で、たった一人選ばれる栄光の前では、郷愁は、はるか彼方に押しやられる。いや、この栄光こそ、父母が望んだ道なのだから。

——お父さま、お母さま、お喜びください。いよいよ僧侶になるお許しが出たそうです。

胸を張って、彼はそう言っていたに違いない。わずらわしいようだが、彼が僧侶になる手続を書いておく。

一、まず国分寺から近江の国府へ、理由（最寂の死を補うためのものであること、広野に得度の資格のあること）を明示して申請する。

二、国府は太政官（だいじょうかん）（中央政府）へ書類を提出。

三、太政官はこれを許可する旨の書類を作って治部省（じぶ）へ（治部省が寺や僧尼のことを統轄していたから）。

四、治部省は近江国府に許可を与える。

五、国府は国分寺にその旨を伝える。

最後の五つめの書類を国府牒（ちょう）といい、広野に関するそれが、写しではあるが奇蹟的に現存している。たった十五歳の少年の得度にこれだけの手続が要（い）るというのも、僧侶が国家公務員だったからで、現在の僧籍入りとは意味が違う。

こうして得度した広野は俗体を改めて袈裟をつけ、最澄と名乗るようになるのだが、これを証明する書類（これも写しだが）も残っていて、

「現在年十八の沙弥（しゃみ）最澄は、宝亀十一（七八〇）年得度した」

と書いてある。彼が最澄として登場する最初であり、ここに、さきにあげたほくろのことが記されてあるのだ。

さて、得度はしたものの、この書類にあるように最澄はまだ沙弥だ。一人前の僧侶になる前の段階にある。ここで本格的な修行を積むわけだが、この時期のさしあたっての教科

書は、

『沙弥十戒並威儀経』

であろう。沙弥として守るべき十の戒律、および行儀作法を述べたもので、鑑真の高弟で、ともに海を渡ってきた唐僧法進が『疏（注釈）』を書いている。

「これはな、そなたが生れる五、六年前、法進大徳が書かれたものだ」

こんなふうに行表は説明したことだろう。

「大徳は二年ほど前入寂されたが、沙弥のためにこれを書かれ、近江でこれを説かれたこともある」

「え、近江で？」

得度したての沙弥最澄は眼を丸くする。

「うむ、ついそこの」

と行表は顎をしゃくった。

「国昌寺よ。そのころ帝は保良宮に御滞在でな」

「あ、そのことでしたら、父や母に聞いた覚えがあります」

「そうだろう。帝に従って大徳も近江に御滞在だった。授戒の作法にも詳しい方でな。鑑真和上の跡を継いで、長く東大寺で戒和上をつとめられた。そなたもいずれは東大寺で、大徳が行われたと同じ授戒の儀にあずかるわけだ」

そのときこそ、そなたは晴れて一人前の僧になるのだ、と師は教えたことだろう。
この沙弥の十戒とは、一般の仏教帰依者、つまり俗人が守る五戒にさらに五戒を加えたものだ。はじめの五戒は、

「人殺しをしてはいけない」

「嘘をついてはいけない」

「盗みをしてはいけない」

といった原則的なもので、仏教の大前提であるが、良識のある普通の人間なら、まず、守ることはさほどむずかしくはない。そこに加わった沙弥の五戒には、ややストイックな表情が加わる。

「高い寝床（安眠できるベッド）で寝てはいけない」

「歌舞音曲を聞いたりしてはいけない」

などというのがある。求道者（ぐどうしゃ）になる準備段階に入ったら、愉しみから顔をそむけよということだろうか。若くてまじめな沙弥最澄は、法進の詳しい注釈に、真剣に取り組んだことだろう。法進という人もきまじめな人で、その注釈はじつに丁寧で親切である。たとえば、最初の五戒の一つである不婬（淫）戒についても彼は改めて説く。はじめは、直接女体に触れることをいましめるが、しだいにストイックになり、女をちらりと見ることもいけない、心に思ってもいけない、というように行為から精神へと戒の意味を深めてゆくの

だ。

寧ロ骨ヲ破リ、心ヲ砕キ、身ヲ焚焼スルトモ、婬ヲ為スコトナカレ。

という文句もある。

——ふうん、きびしいものだな。

十五歳の沙弥は、ふと眼をあげて吐息をついたかもしれない。

——女のことを思いうかべてもいかんというのか。

慌てて、眼裏に浮かんだ少女の顔を消そうとしたか。

——いや、そんなことまで俺にはできない。人を殺さないということは誓えるが、それとこれは別だ。

十二歳で入寺したときと違って声変りも経験したろう。性とは何か、おのれの中に芽ぶきはじめたものが、しだいに形をとり、その奔出に抑制がきかなくなる年齢だ。

それがなぜいけないのだ。釈迦はそれを煩悩と言った。法進もまた、

「愛欲の世界に耽溺すれば執着が起る。仏法が唯一真実のものだという認識を失う」

と説いている。骨を破り、心を砕くとも婬を為すことなかれというのはつまり、婬を犯すなら死んでしまえということか。

——えらいことだ、自分に守れるかどうか。

迷ったこともあったのではないか。沙弥とはいわばこうして迷い、苦しむための時期で

あるらしい。それを突きぬけたとき、はじめて僧となることを許される、というのは、逆にいえば、慌てて僧侶になって戒を犯すことのないようにという配慮でもある。たとえば食事についていうと僧侶は二食を守らねばならないが、若い食べ盛りの沙弥にこれを我慢せよというのは無理なので、その年齢を過ぎ、二十歳になったときに、一人前の僧侶になるために受戒するのである。つまり沙弥はトレーニング期間でもあり、一種の猶予期間でもあるのだ。

きまじめな最澄は必死でそのトレーニング期間を通りぬけようとしたに違いない。

「身を焚焼するとも、婬を為すことなかれとは……」

——誘惑にとりまかれてがんじがらめになったときのことを言うのだろうな。

死んでも離さないとか、愛してくれなければ死んでしまうとか、殺してしまうとか言われても、心を動かしてはいけない、ということだろうか。

「そのためには」

と法進は説いている。

「心を静かにすることだ」

それこそ仏道修行の根本の柱の一つなのだという。つまり、僧たるものは、

戒を守ること。

経典を学ぶこと。

とともに、心を静かに保ち、わが心の中を顧みなければならないのだ。この心を静かにすることを、禅または禅定もしくは止観（しかん）という。心を静止させ、内奥までよく観（み）るのである。

法進はまるで指を肩にかけて、相手の眼や鼻、口に触れるような書き方で、この禅定のしかたを教えている。

　唇ト歯ハワヅカニ拄（ササ）ヘ……

口はどんなふうに閉じ、舌はどの辺につけるか。眼は？　息のしかたは？　坐禅の第一歩からの懇切な解説だ。

――こうか？

最澄は坐り直し、『疏』の教える通りの形をとってみたかもしれない。

「これでよろしいのでしょうか」

直接行表に教えを乞うたこともあったろう。今は忘れられているが、この法進の著こそ、日本人のための最初の坐禅入門書なのである。それ以前にも、日本では禅行をよくする僧はいたと言われているが、これは正式の坐禅行ではなく、一種の超能力を得ようとしての念力修行のようなものであったようだ。法進はそのことを感じたからこそ、本格的な仏道修行としての坐禅行を、ここで事新しく説き、その第一歩から親切に教えようとしたのではないだろうか。

この『疏』の中には、もう一つ、最澄の眼をひくところがあったはずだ。読んでいくうち、

「沙弥たるものは、占いや暦数、医術、卜筮（ぼくぜい）、星宿変化について学んではいけない」

という箇所に行きあたるからだ。

――ほう、とすると、子供のときに学んできたものは棄てねばならないわけか。

奇妙な当惑を感じはしなかったか。これはいわゆる沙弥の十戒を説いた部分の後に「十戒広相」として説いてあるもので、広相の中には、

「国家の政事の優劣を論じてはいけない」

というような部分もある。二つの系統の「沙弥十戒」が併記されている感じなのだが、このテキストになった経自体の成立が不明なので、これ以上のことはどうもはっきりしない。

その後に説かれる「威儀」の部分は、行儀作法に関するもので、項目は多いが、さほどむずかしいものではない。師とともに外出するときはどうすべきか、寝食の世話は？　と日常の生活指導はきわめて詳細だ。さらには師の排泄にはどういう心配りをすべきかまで書いてある。もちろん沙弥の勉学は、この「十戒威儀」だけではないわけで、以前より読誦すべき経典はぐんとふえたろうし、写経や法会の侍者をつとめる等、かなり忙しい毎日だったろう。写経所への経文の借出し、返却なども仕事だったらしい。例の孝謙女帝に愛

された道鏡が、東大寺の総師良弁に仕えた「沙弥道鏡」として、こうした役をつとめていることが『正倉院文書』で出てくる。

さて、ここまでは、素肌の広野——最澄の辿った道は至極順調である。

ところが——

数年後、一人前の僧侶になったことを証明する「戒牒」だけを残して、にわかに彼の行く手は曲りはじめる。「戒牒」を手にした数か月後、予定の軌跡を離れて、彼は故郷の里の背後に聳える比叡山に登ってしまうのだ。

最澄よ、晴れて一人前の僧侶になった以上、帰ってゆくのは近江の国分寺ではないのか。そこでは、輝かしい国立大学教授のポストが待ちうけているはずだ。そして父と母が期待したのも、ここで栄光に包まれている姿ではなかったか……そして、彼に授けられた戒牒こそ、その未来を保証する黄金の証明書ではなかったか。つけ加えておくと、現存する彼の戒牒は正真正銘、延暦四（七八五）年に授けられたほんものである。さきの国府牒や度縁は「案」といって、写し、手控えだが、この戒牒には、紙面にびっしりと僧綱（僧侶を統轄する役所）の印が押してあり、まぎれもなく千二百年前のものであることをしめしている。

このエリートへのパスポートを手にしながら、なぜ、彼は近江の国分寺に帰らなかったのか。沙弥になってから、受戒するまでの間の彼に何があったのか？

これまでの有力な説の一つは、受戒のために憧れの南都に赴いたものの、かの地で現実に見た仏教界の腐敗に衝撃をうけ、国分寺の僧になることに疑問を感じ、山林修行を思いたった、というものである。

たしかに奈良朝後半の仏教の堕落は目にあまるものがあった。諸大寺の造営やら大仏造顕のような画期的な仏教事業も行われたが、必然的に、国家の政治、経済への癒着を生み、俗人以上に生臭い僧侶——玄昉、道鏡たちの登場を許してしまった。国家仏教のなれの果て、ともいうべき腐敗は、道鏡の失脚後にブレーキが掛けられ、宗教界も自浄作業に力を入れはじめてはいるが、若くてきまじめな最澄がその姿に呆然とし、絶望感を懐いたということは十分考えられる。

もう一つは、近江国分寺の焼失である。その時期をいつと確定はできないのだが、延暦四（七八五）年、つまり最澄が戒牒を授けられた時までに焼けてしまったらしいので、帰るべき寺を失ったのを機会に、最澄が独自の求道をはじめた、と見るのである。この指摘も重要であることは、いずれ後で触れるつもりであるが。

たしかに、奈良末の仏教には問題が多かったし、求道者、宗教人としての最澄だけをみつめ、叡山登山の動機を探るならそれで十分かもしれないのだが、ここで私が辿ってゆきたいのは素肌の最澄の軌跡である。仏教の枠を超えて、もう一つ大きい歴史の中に彼をおいて、その周辺をみつめ直してみたい。

そこで気づくのは、単なる仏教批判にとどまらず、当時の日本が、大きな歴史の転換期を迎えていたということだ。そのすさまじい波しぶきを、素肌の最澄は全身にあびている……

称徳（孝謙）女帝の死後、即位したのは光仁帝、天智天皇の孫である。これを天武系から天智系への皇統のレヴォリューションだ、という人さえいる。革命の名をもって呼べるかどうかは、ちょっと保留をつけたい気もするが、光仁即位を機に、一種のなだれ現象が起きたことはたしかで、史料を見ると今まで失脚して位を奪われていた人々が続々復位した。その数の多さを見ても、称徳と道鏡の時代が、いかに力ずくで反対分子を押えつける抑圧の時代だったかがわかるのだが、政界の顔ぶれが一新し、官庁が廃止されたり、道鏡時代以前の形に戻ったり、めまぐるしい機構改革が行われた。仏教界の改革――人事異動、規則改正も、その一つと捉えた方がいい。そして、そのすさまじい改革の渦は、光仁帝の皇子山部（のちの桓武帝）が天応元（七八一）年即位するに及んで加速度を加えてきた。

この大きな渦の中で、これまでの最澄の歩んできた道を、もう一度検討してみたい。そうすると、彼も明らかにその波しぶきをあびながら、時代とともに生きているということがうなずけるのだが、その手がかりの第一は、ほかならぬ「度縁」である。

もう一度、これを眺め直すと、おもしろいことを発見する。

「この者は宝亀十一（七八〇）年に得度した」

とあるのだが、発行の日付は、何と三年も後の延暦二（七八三）年なのだ。では何で、度縁の発行が、かくも遅れたのか。いろいろの解釈はあるようだが、私なりにこの紙片を大動乱期の中において考えなおしてみたい。そもそも、僧侶になる手続がややこしいのは、僧侶になったものは税金を免れるからである。にせ僧尼に税金逃れをさせまいために規則をきびしくするのだが、この手続も奈良朝期に度々変転があり、道鏡は、

「俺が判を押す。ほかの役所は手を出すな」

と言っている。彼の失脚後は、たちまちその制度は廃され、さきに度縁を眺めたところで触れたように、中央官庁から管轄官庁へ出家を認証するという手続が復活した。

しかも、手続だけでなく、出家制度自体に、注文がつけられるようになっている。例えば、

「国分寺の僧の定員は二十人、十分の学力と志操ある者を選び、しかも数年観察の上得度させることになっている。なのに国司たちはよく調べもしないで欠員が出ると簡単に得度させている。これからはちゃんとした能力のあるものを僧侶にしなくてはいけない。これ以後新しい得度は禁じる。欠員ができたらそれをまず申告し、何分の沙汰があってから得度を行え」

かなり手きびしい、得度制限ともとれる措置だ。国師の定員の増加を禁じる法令も出て

いる。この得度についてのきびしい見解が出されたのは、延暦二（七八三）年四月二十六日、すでに光仁は譲位し、桓武帝が即位している。彼の度縁はそれに先立つ三か月前の一月二十日に出されたことになっている。

この日付の意味を、ここでもう一度考えてみる必要があるだろう。もしこれをすなおに受けとれば、三か月後のきびしい勅令を耳にして、

「よかったなあ、ともかく、この度縁をいただいてしまって」

胸を撫でおろした若き最澄の姿を想像することができる。今も昔も、お役所は書類万能である。たしかに三年前、得度を許された国府の書類はあるが、それが新勅令の施行以前実行されたものであることを、正式に再確認してあれば、最澄の身分の保証は完璧である。この度縁はお師匠さまであるところの行表が申請し、近江国分寺の大国師である行表以下の僧侶がそれを認証し（ここで行表は申請者と認可者の二役を演じている）、さらに、

「国府がしらべたところ、先年の治部省からの書類もまちがいないので、度縁を追与する」

という文章付きで、近江守以下の役人が署名している。

しかし、もの書きとしては、勅令に先立つこのタイミングのよさには首を傾げざるを得ない。

第一、最澄のお師匠さまである行表は、このとき、

左京大安寺伝灯法師位行表

と書いている。「伝灯法師位」というのは僧侶としてかなり高い位だし、彼が大安寺の僧という肩書を持っていることに注目しよう。彼は近江大学の学長であるとともに、さらに格の高い中央の大寺院の僧でもあるのだ。

もしかすると、行表は、数か月後、国分寺の僧の得度がよりきびしいチェックをうけることを知っていたのではないか。教え子の最澄に、あるいは念を押したかもしれない。

「これからは国分寺の僧になるのはむずかしいぞ。ところで、そなた度縁は持っているのだろうな」

「え？　度縁でございますか、さあ」

首を傾ける最澄の前で、行表は眉根に皺をよせる。

「なに、持っていないのか、そなた」

「ちょっと思いあたりません」

「のんきだなあ。第一国府がいかん。前に認可をしたのだから、手続はちゃんとしてくれねば。申請は出してあるはずなのにな」

そこで改めて行表は申請書を書く。国府は慌てて、度縁を追与——追いかけて与える。

「やれやれ」

胸を撫でおろしたのは、行表の方だったかもしれない。このあたりに、

「どうも度縁の授受がルーズだ」

と政府がしきりに文句をいっている事情を反映しているように思える。

さらに想像を逞しくすれば——

四月の新勅に、行表も最澄も、びっくり仰天したのではないか。

「こりゃいかん。度縁をちゃんとしておかねば、そなたこれまでの勉学もふいになる」

「どうしたらよろしゅうございましょう、お師匠さま」

「よしよし、わしに任せておけ」

行表は近江国府と相談し、書類を改めて作って、日付は正月二十日として体裁をととのえたのでは？　そこで、千二百余年後、すました顔で口をぬぐった文書だけが残った……

このくらいの芸当は文書の中にはざらにある。文書というものが、歴史を探る手がかりとして最高のものであるとともに、ある意味ではあてにならないのはこのためなのだ。

そこまでのドラマを考えないでも、すでに十八歳になった最澄は、新勅令をきっかけに国分寺僧の前途がそう生やさしいものでないことを感じたはずだ。

——何やら生きにくい世の中になりそうだ。

思えば今までの彼は、あまりに純粋培養されすぎた。国分寺の僧になることを最高の栄誉と考え、ひたすら勉学に励んだ。十二歳のとき寺入りし、六年間そこで学び続けたということは世の動きにまで目を配る環境にはいなかったことを意味する。

が、度縁の授受と前後して、彼は否応なく激動しつつある時代を認識させられる。ほくろのある青年は、いよいよ素肌を時代の風にさらされはじめたのである。

いや、もう一つ踏みこんで、一片の紙片を通してだけではなく、もう少しじかに時代の波をまともにかぶる彼の姿を想像してもいいのではないか。

その手がかりも、ほかならぬその紙片の中にある――と私はひそかに思っている。史料の上を虫のように這う作業をもう少し進めてみたい。たしかにこの度縁は、十八歳の沙弥最澄が、宝亀十一（七八〇）年に得度したことを証明するものだが、その中でまず注目したいのは、彼がすでに十八歳になっていることだ。

十二歳で入門し、十五歳で法華経以下数巻の経典を読みこなしている最澄だ。十五から十八までの間に沙弥としての修行は十分積んでしまったと考えると、その後の最澄はどうしていたか？　思うに、彼は都に行って大安寺でさらに高度の勉学に励んだのではないか。

独断のそしりはあえて受けよう。が、これは度縁の上を私が虫となって這っての上での試案である。まず彼の資格を証明しているお師匠さまの行表が、大安寺の僧として署名していることだ。もともと大和生れの行表は大安寺で学び、近江の国師を兼ねていたらしい。後に大安寺で示寂することでも知られるようにこの寺との結びつきはかなり強い。

この大安寺は、かつての百済大寺（くだらのおおでら）、藤原京では大官大寺と呼ばれた官立の大寺で、大安寺と呼ばれるのは奈良に移ってからだ。東大寺その他の大寺が出現してからは、相対的には地盤沈下したが、なお学問寺の中心的存在として重きをなしていた。ここに学んだ行表が、優秀な愛弟子の最澄を招いた可能性は十分ある。近江の国分寺の僧にそんな勝手が許されるのか、という反論には、次の史料の存在をしめしたい。宝亀十（七七九）年というから、まさに最澄の得度したそのころ、政府は、こんな命令を出している。

「このごろ国分寺の僧尼でいながら、京に居住しているものが甚だ多い。皆本国へ帰れ。ただし、智と行いが備わり、一時滞在を願うものは、願い出れば許される」

つまり地方の国分寺の僧尼が、意外にも、のこのこと都にやってきているのだ。行表は、最澄の身分を証明し、その上で、都の大安寺で学ぶ許可を得るために、こうした手続をしたのではあるまいか。いわば近江の国分寺での勉学を大学時代と見て、さらにその上の大学院生活のようなものを考えてみたいのだ。最澄を書くにあたって、天台座主をつとめられた故山田恵諦師の『法華経と伝教大師』（第一書房）を拝見したが、その中で、最澄が若き日、大安寺へいったという伝記のあることを知った。それによると、最澄の父と大安寺の行表の間によしみがあり、この行表にすすめられて、父は彼を大安寺に遣わした、というのである。『伝教大師由緒』というその伝記は最澄の死後百年も経って書かれたもので、年代や記事の信憑性では問題があるのだが、宝亀十一（七八〇）年から延暦四（七八五）年という、謎に包まれたその時間の最澄の足跡をかすかに暗示しているとはいえないだろうか。

次の手がかりは戒牒である。彼の受戒は延暦四年、このときは確実に東大寺にいて戒壇院で受戒するのだが、あまりにもわかりきっているようにみえるこの受戒の周辺も、もう一度考えなおす必要がありはしないか。

さきに鑑真について書いたときに調べて知ったことだが、彼ら中国僧の認識では、授戒の儀式は、少なくとも一人前の僧になるため、僧団入りを許されるというものであって、卒業証書の授与式ではなかった。戒学を専門とする鑑真は、

「さて、これから、五年間、みっちり戒について勉強してもらおう」

という心組みだったと思われるし、中国ではそういう習慣だったらしい。ところが、日本では、これを僧としての資格審査証の発行式と受けとった。それまで、もぐりの僧（脱税者）が横行していたから、国家の権威において厳粛な認証式を行い、それをパスしたもののだけを僧侶と認めようとしたのである。

この認識の差は、鑑真が戒和上（授戒式の主宰者）となって登場した直後に、早くも摩擦を生じたようだ。鑑真はその三年半後には引退してしまう――というより老齢を理由に引退させられた、というべきかもしれない。戒和上として、第一期生のために五年間教育を続けなければならないはずなのに、これは納得しがたい、と中国僧は思ったのではないだろうか。

が、授戒をセレモニーと見る日本政府としては、数回の儀式の経験でもう十分と思った

らしい。

「わかりました。どうぞお引き取りを」

というわけだ。戒学の研鑽も、必須課目から自由選択へと変った気配がある。

だから、五年間の研修期間の設定は当初から崩れていた、とも思えるのだが、しかし一方では、遠国からきた僧たちの勉学の資が東大寺の唐禅院に寄進された事実もあり、南都における勉学が——それが授戒の儀の前か後かは摑みにくいにしても——原則として存続していた可能性はないとはいえない。

これまでの最澄の履歴は、延暦四（七八五）年登壇受戒ということだけに焦点をあわせ、「登壇」をそのまま「上京」と捉えているようだが、この時期の彼の足跡は考え直してもいいし、そうなると、師行表が延暦二（七八三）年「大安寺僧」と署名している度縁の証言は重みを増すことになるだろう。つまり、お師匠さまを頼って、彼は南都のどこかの寺で受戒までの数年間勉学した、と見るのである。

結果論的な言い方だが、そうでもなければ、比叡山の中に歩み入ろうとする彼の姿は理解できないのではないか。彼が登壇受戒したのは四月、七月には孤独な後姿を見せて、彼は緑の山の中に入ってしまうのだ。たった三か月足らずの経験で人生のすべてを変えてしまうというようなことがあるだろうか。もちろん宗教的な悟達とか回心（コンバルジョン）には、体験の蓄積などは必要としないという意見もあるだろうが、やはりこの間の勉学期間、彼がどこにいて、何を見たかを、改めて考えなおす必要があるのではないか。

そして、その上で、彼を延暦二年から四年にいたる歴史の流れの中においてみよう。と、たちまちそこでは、純粋な青年僧が思わずのけぞりそうな歴史の大転換が起っていることに気づく。それはもしかすると一九四〇年代の日本人が経験した敗戦体験にも匹敵するほどのものだったかもしれない。七代七十余年、曲りなりにも続けられた奈良の都が廃されたのだ。

栄光の座についていた奈良は、遂に王冠を取り落す。もし延暦四年の春、近江からやってきたとするなら、最澄の見たものは、栄光の都の骸（むくろ）である。大屋根を戴いた諸官衙（かんが）は解体され、土煙をあげて引き倒され、続々と運びだされていたかもしれない。また一方ではすでに取り毀（こわ）された家々の、引き抜かれた柱の穴には、残材や什器のかけらや、ありとあらゆるものが乱雑に投げこまれていたかもしれない。官人がすでに移った後の都は警備も手薄になって、盗賊どもが横行していたのではあるまいか。

——これが都、いや都だったところか。

近江の青年僧は呆然と立ちつくしたことだろう。遷都の噂を聞いてはいたものの、早くも都城の土塀が崩れ、荒廃の貌を呈しはじめているのを、彼はどんな思いでみつめたか……。

いや、もしも、私が想像するように、彼がもっと早く、延暦二年に師行表の許に辿りついていたとしたら、より詳細に、遷都の歴史的瞬間をその素肌に体験したはずである。

そのとき、まだ奈良の都は平穏だった。お師匠さまは最澄を迎え、二年後の受戒を控えて、大安寺の経蔵に納められている経典を取り出して、いっそうの勉学を奨めたことだろう。

「この寺には、以前、大唐より来られた道璿大徳がおられてな、厳しい教育をなさったものだ。大徳の御指導で、唐語を解する僧も多かった。大徳は比蘇寺に退隠するにあたって、鑑真和上の高弟、思託大徳に後事を託された。思託大徳は大唐沂州の方だ」

自分の師でもある道璿が、唐語学習の流れを絶やすまいとした配慮を語り、官の大寺の中でも、とりわけ学問寺として重きをなしてきた寺の歴史を説いたかもしれない。もしかすると行表は、以前から秀才最澄が近江の国分寺からさらにこの中央の大寺に移る道を開いてやりたい、と考えていたのではないか。

そして最澄は、思託という唐僧が、称徳女帝が西大寺に建てようとした八角塔の造立に活躍した人物であることを知ったはずだ。仲麻呂との戦いや、さまざまの事情が重なって八角塔建立は沙汰やみになってしまったが、もし竣工していたら唐の仏塔さながらの偉容を仰げたはずなのに、とちょっぴり残念に思ったかもしれず、律の権威でありながら塔の造立という高度な建築技術にもくわしい唐僧に畏敬の念を感じたかもしれない。

「その思託大徳さまは？」

「御健在で、唐招提寺においでだ」

同じ都の中にいれば、こういう大徳に会うこともできるわけだ。

――なるほど、都とはすばらしいところだ。

都という存在がいよいよまぶしく感じられ、近江の湖畔の一介の若者が、そのまぶしさの中に身をおいていることが、われながらふしぎでならなかったのではないか。

ところが、翌年五月、突然遷都の噂が都の中を駆けぬける。政府の有力者たちが、新都を建設すべく、山背(やましろ)国乙訓(おとくに)郡の長岡村に視察に出かけた、というのである。それから後のめまぐるしい動きに、まるで地軸を揺り動かされるような衝撃を感じたのは最澄だけではなかったろう。長岡が新京の地ときまると、直ちに造宮使が任命される。全国から調(ちょう)も庸(よう)もみな長岡へ廻される。高官への移転費用の支給、新京の地に住んでいた百姓たちにも立ち退き料がばらまかれる……十一月には、天皇は、早くも新都に移るのだという。

この喧噪の中で、唯一の例外は寺院だった。東大寺も興福寺も、そして大安寺も、そこだけはひっそり静まりかえっている。

「この御寺のお移りはいつのことで？」

最澄はお師匠さまに聞いたはずだ。大寺院の解体、移転はかなり時間がかかる。藤原京からの移転も寺院の場合は数年後に行われた。とりわけそのころ大官大寺と呼ばれていた大安寺は移転に着手しない間に焼失してしまったので、結局奈良の都で新たに作られたのであった。

それでも、大安寺も薬師寺も藤原故京であったとほぼ同じ位置に移転した。それよりさらに規模の大きな東大寺や興福寺はどうなるのか。さしあたっての最澄の関心は戒壇院にある。来春の受戒を控えて、それまでに移転が可能なのかどうなのか。

が、お師匠さまの口は重かった。

「いや、それが……」

官からは何の音沙汰もないのだという。

「じゃ、奈良への都遷りのときと同じように、ずっと先のことになるのでございますね」

「そういうことではない」

「は？　それでは」

「どうやら――」

行表の語ったところによると、天皇は寺院を新都に遷すことは考えていないらしい。

「えっ、そんなことが――」

寺院あっての都ではないか。仏教を精神の柱として、篤く三宝に帰依した聖武が建立した東大寺、その中心に輝く黄金の大仏。そしてその他の諸大寺――。これらがあってこそ、奈良の都は荘厳であり、精神的権威に満ちみちていたのではないか。

それをなぜ振りすてて、天皇は新都へ行こうというのか。

「それをすべて、いまのそなたに説ききかすのはむずかしい」

お師匠さまはそう言ったことだろう。称徳・道鏡政治への激烈な揺り返しがきていることを理解させるには、かなりの予備知識がいるが、とにかく道鏡時代の反動で、いま仏教がスケープ・ゴートにされていることだけはたしかなのだ。

しかも、光仁帝の跡を継いだ現帝の中には、称徳への批判を超えて、聖武政治への根本的問いなおしがあるらしい。これは権力の次元を超えた理念の問題かもしれない——というところまで、行表自身、理解していたかどうか。が、青年最澄は、師の話の中から、手探りながら事態の輪廓を摑みかけたのではないか。

「とすると、新しい帝は、仏教はもういらないと——」

「そこまでは仰せられない。僧尼に読経に励み、国家のための祈念を続けよとは言われているのだから」

年中行事化して、宮中で行われていた法会などは、引き続いて営まれるようだから、廃仏毀釈とまではいえないが、それはそれなりの存在価値は認めるとしても、帝自身はこれと離別したがっている。新都を壮麗な仏教寺院で飾りたてようということは考えていないらしい。

「では、仏教の代りには何を」

「それは何とも言えぬが、何しろ帝の母方は百済(くだら)系の氏族だ。これは歴代の帝にはなかったことだ」

新帝の母は高野新笠（たかののにいがさ）、百済系の和（やまと）氏の出で、より中国直輸入の神を祀（まつ）る風習になじんでいる。

「つまり、中国の皇帝などの行われるような祭祀を、お考えになっているのではないかな」

「といたしますと」

最澄は息をつめて、お師匠さまを見上げる。

「僧侶のこの先はどうなりましょう」

「さあ、早急に大変化が起ることはないだろうが」

「国分寺を廃するというようなことは？」

「それはあるまい。しかし今までのような厚い保護が加えられるかどうか……」

正直いって、お師匠さまも、ここ半年のめまぐるしい変化の先は読めないでいる。いま、いえるのは、僧侶の前途には、これまでのような栄光は期待できない、ということであろう。当時の官僚社会は藤原氏を筆頭に、ごく少数のいくつかの氏の出身者によって独占されている。他の中小氏族の出身者が出世するのは僧侶という道よりほかはなかった。ここでは頭脳が勝負のきめてになる。例えば玄昉は阿刀（あと）氏、道鏡は弓削（ゆげ）氏、東大寺の良弁（ろうべん）の氏ははっきりしないが一説には百済氏、または近江の何がしかの氏、その弟子の慈訓（じきん）は渡来系の船氏というように。お師匠さまの行表自身は檜前氏だ。

秀才最澄も、近江国分寺僧となる以上に、これらの有名僧の後に続くことを期待されていたかもしれず、彼にもその野心がなかったとはいえない。最高の出世は大寺院のトップの座につき、さらに僧綱——つまり宗教省入りすることだ。ここの役人が僧正、僧都、律師などと呼ばれる人々である（現在、仏教界ではこれを僧階に使っているので混同しやすいが、これは俗界の大臣、次官に匹敵する役名である）。

が、そういう夢は棄てた方がよさそうだ。延暦三（七八四）年という年、仏教界は、存在を否定されないまでも、栄光の座からは遠ざけられた。僧侶の中には大きな動揺が起きたことだろう。今でいえば、大学そのものの存在が否定され、そこを卒業することは何の意味も持たなくなったようなものだからだ。

——ここで勉強して、いったい何になるんだ。

——都の中にも入っていけないとなると……

国分寺の僧侶さえ、うろうろと都に憧れて出てきていたことを考えれば、新都からのしめだしが、どんなに僧侶たちを慌てさせたか想像がつく。日ごと荒廃に帰しつつある奈良の都の中で、依然として、荘厳な偉容を保っていた寺院ではあったが、その内部の精神の荒廃はすでに始まっていた。

そして十一月、天皇の車駕は、遂に奈良の都を見棄てる。完成には程遠い新都長岡にむけて出発する行列を、もし最澄が眼にしたとするなら、彼は、どんな思いで、それを見送ったことか。

――なぜに、帝は都遷りを決心されたのか。

その意味を彼はまだ十分には理解していない。

――なぜに、かくも急いで、帝はお発ちになるのか。

その意味にも、彼の手は届きかねている。まして、このとき車駕の中心にあったひと――彼の前途を容赦なく塞いでしまった帝王桓武と、この先、どのようなかかわりを持つかは、想像もしなかったろう……

翌年四月、彼は東大寺の戒壇院で受戒する。取り残されて、日に日に荒廃の色を深めてゆく故都に、空しく偉容をさらすこの大寺における授戒の儀はどのようなものであったか。受戒の日を待つ若き沙弥たちの中にも、

――この先、俺たちはどうなるのだ。

――精魂傾けて学んだ数年の研鑽は徒労だったのか。

自嘲や絶望にみちた動揺がなかったとはいえない。

こうした構図の中に、比叡の山に消えてゆく最澄の後姿をおいてみよう。とはいえ、彼もまた絶望し、自棄的になったというのではない。むしろ、これを契機に、いまひとつ深いところから、求道にめざめたはずなのだが、これについては後で書くつもりである。

しかし、希望にみちて都をめざし、栄光の座を目標としていた一途な青年の、この歴史的体験の持つ意味は決して少なくなかったはずだ。四十年前、敗戦によって同じような体験をした日本人なら——私もまたその一人なのだが——それが生涯に及ぼした影響に思い当らないことはないだろう。今世紀の場合は敗戦だが、数十年ぶりの当時の遷都は、これに比すべき大変革だった。

この一大転換期に、最澄が全く鈍感であったとは考えられない。いやそのような人間だったら後の最澄はあり得ない。重ねていうが、この時代の僧侶は世捨人ではないのである。その時代にぴったり身を添わせ、その中で考え、呼吸してゆく人間なのだ。ところが僧侶についてだけは、この部分への視点が欠落してしまうのはなぜなのか。彼らの求道を、魂の内なる問題としてだけ捉えるのは片手落ちではないか。このことは、じつは同時代の、そして最澄にとって深いかかわりのある空海についてもいえることである。

讃岐（さぬき）の秀才少年だった彼は都に出て大学に入ったが、まもなく退学してしまうのは周知のとおりである。大学で学ぶ儒学より仏教に心をひかれた——というより、仏教の世界に対して衝撃的な眼の開かれ方をしたために、と解釈されている。

心の軌跡を辿るには、それだけの説明で十分だが、私は彼を、やはり歴史の流れの中においてみたいのだ。そうしたとき、そこに興味ある一人の人間を発見する。

佐伯今毛人（さえきのいまえみし）——。今こそ忘れられているが、佐伯氏出身の官僚で未曾有の立身を遂げ、参議にまで昇進した人物である。参議というのは閣僚クラス、平安朝も中期以後になると、参議のお値打も低下するが、当時の廟堂の高官は大臣以下十人前後という少数で、その中に加わるのだから、まさに堂々たる実力派であった。そして彼自身それにふさわしい能吏であり、かつて奈良朝の最大の事業である東大寺の造営にあたり、その総指揮をつとめたほか、実務の中枢を握る左大弁、九州長官というべき大宰帥、内廷の機微を握る皇后宮大夫、その他のポストを歴任している。

しかも彼は聖武朝以来の政界の度重なる大揺れの中で振り落されもせず、長い歳月を巧みに生きぬいたしたたかな男でもある。同じ佐伯氏出身である空海が、その輝かしい存在を知らないはずはない。もちろん、今毛人は宿禰姓、空海は直姓で階層に差があり、年齢も五十以上違うから、二人が顔をあわせた可能性はまず考えられないし、今毛人も讃岐にいたころの秀才少年の名は知らなかったはずだ。

しかし若き日の空海——まだ真魚という俗名時代の彼は、讃岐にあって、佐伯氏の巨星ともいうべき存在を心にとめていたことだろう。若き日の今毛人は大学の秀才だったから、

——俺もこの道を……

と、その目標にしたかもしれない。そして、都に出てきた彼は面識を得られないまでも、その存在をやや身近に感じはじめていたのではないか——と私は考えている。

そこに浮かんでくるのは、空海の母方の叔父、阿刀大足という人物だ。空海に最初に学

問の手ほどきをしたというこの人のことは、じつをいうとよくわからない。正史に姿を見せるのは、空海の死にあたって語られる伝記の中だけなのだから。桓武天皇の皇子、伊予の侍読だということだが、例のごとく史料の上を這ってみると怪しくなってくる。空海が上京したころ、まだ伊予は加冠もしていないし、後に侍読になったとしても、空海を教えたころの彼について、その肩書をつけて語ることは不正確である。思うに大師さまの先生の格上げを計ったのではないかと思うのだが、学者畑を捜すなら別に、大学助の経験のある安都（阿刀に同じ）宿禰真足という人物がいる。空海の母と同姓で学者畑の人物がいたという証拠にはなるだろう。

さらに注目すべきは安都雄足という存在である。彼は佐伯今毛人の下で東大寺の造営にかかわる役所で働いているのだ。すなわち、文書の中に造東大寺司長官佐伯宿禰今毛人の後の方に、主典として、安都宿禰雄足が署名しているのだが、この雄足は昔写経生でもあり、小足とも呼ばれていたらしい。主典という官名を見て、下っ端の官人と思うのはまちがいで、これは文書作成などに携わるかなり学識ある人間でないとつとまらないポストである。

阿刀大足、真足、雄（小）足……。類似の名前を持ち、どこか重なりあうこの三人――中でも大足と雄（小）足に同一人の可能性はないか、と探ってみたが、これは無理だった。しかし、雄足と大足の間に何らかのかかわりのある可能性はあるので、雄足のかつての上司今毛人さまについて、空海が人の噂以上のものを聞いていたという想像までは許されるのではないか。いや、一人の高級官僚の噂だけでなく、官吏の出世の要領なども……

ところが、それからまもなく——

その佐伯今毛人が、官界を引退し、その翌年、七十二歳で世を去ってしまう。

「官人というものはな、何かのひきがなければ出世できんよ」

「今毛人さまのお蔭をこうむって、佐伯なにがしは何の官に——」

そんな声が、にわかに自分の傍から遠ざかってゆくように空海は感じたことだろう。当時の官界は今でいう同族会社などに見られるように、人脈が大きくものをいう。直系の子や孫は最初からその恩恵を蒙って一般より高い地位からスタートするし、それほどの血縁関係がなくとも、一人突出した人間がいると、それに連なる人々が中級官僚としてうごめきだす。今毛人が官界にあった当時の史料には、佐伯氏の官人（宿禰、直を含めて）がかなり登場するし、そのころの事情を考えると、引退後全く影響力を失ったとは思えない。しかし、死は一切を御破算にする。それまでに今毛人に続く高官を送りだしていなかった佐伯氏の人脈は一挙に崩れ、以後、官界上層部に進出することは遂になかった。

この佐伯今毛人が死んだ年、空海は大学を辞めるのだ。最澄以上に時流に敏感だった彼が、官僚への道に見切りをつけ、大学での勉学を放棄する原因に、そのことを考えなくてもよいものかどうか。

周知のように、以後、空海は僧侶の道をめざす。仏寺との関連でいえば、僧籍にはなかったものの、東大寺にかかわりの深い安都雄足がいる。遡れば、奈良朝の大もの、玄昉は、阿刀氏の出身である。母方がより身近だった当時、彼がそれらを考えなかったとはいえない。

それにしても、最澄が疑問を懐いたはずの僧侶への道をなぜ彼は辿ろうとしたのか？最澄が比叡山に登ったのは延暦四（七八五）年、空海が大学を辞めたのは、その六年後なのだ。たった六年ながら、その間に、時代はめまぐるしく変転したことも考えねばならない。しかも、空海がふたたび歴史に登場してくるのはさらに十数年後のことであって、仏教を含めて世の中はいよいよ大きく揺れ動いている。

その変動の要の部分に、一人の人物がいる。若き日の最澄を奈良に置きざりにして、土煙を蹴立てて駆けぬけていった桓武天皇そのひとだ。

風のように駆けぬけていったその人物について語るには、少し歴史を遡らせてみなければならない。

鷹を据える青年

青年は鷹を愛した。

蒼空にその鷹は今日も弧を描く。空の王者の風格を見せて……

が、次の一瞬、彼は翼を縮めたかと思うと、天から投げおろされる槍のように宙を截る。

叢に突っこんだところに、

「それっ」

鈴をつけた犬が群がり、勢子が駆けつけ、そのすぐ後に蹄の音が響いた。

「やったか」

あたりに響く野太い声であった。

「はいっ、野兎です」

「何だ、兎か」

鷹をはずそうとする勢子に、

「そのまま」

馬を降りた青年は無雑作に言う。丈の高い彼がしゃがみこんだとき、背に負われた平胡簶（ひらやなぐい）の漆絵が、陽をうけて、きらりと光った。鷹の眼には、まだ猛々しい光が消えていない。

「よしよし、風速（かざはや）、よくやった」

青年の瞳にも、鷹に似た鋭さがある。手早くはずした獲物は、勢子に投げ与えたまま眼もくれず、

「よしよし」

持っていた肉片を鷹の前に突きだす。

「腹が空いているんだ。な、そうだろう」

指までかぶりつきそうなすばやさで肉片に噛みつくものの、風速は、しかし主人を傷つけることはない。

「もう少し奥まで参りましょうか。猪や鹿の足跡を見つけた、と勢子は申しております」

従ってきた騎乗の兵士がそう言うのにも、青年はあまり興味をしめさない。

「まあいい、今日はこれまでだ」

どこか投げやりに答えて、

「寄り道するからな、そなたたちは帰れ」

いつものことなのか、従者たちは心得顔にうなずく。

「風速はどういたしましょうか」

「俺が連れてゆく」

ひらりと馬上の人となると、左手に鷹を据えたまま、手綱さばきも鮮やかに、彼は野末に消えていった……


若き日の桓武——山部王(やまべのおう)を思いうかべるとき、こんな姿しか想像できない。後の輝かしい帝王桓武を予感させるものは全くない。辛うじて皇統に連なって「王」の称号を許されてはいるものの、いまだに無位。規則では皇親は二十一歳になれば従五位下を与えられることになっているのに、彼にはその沙汰もない。なにしろ、父は廃れ皇子(すたれみこ)の白壁王、その父は志貴(しき)(施基)皇子といって天智天皇の皇子だが、当時皇位についていたのは天武系の皇子、皇女であり、彼らは陽のあたらない存在だった。

しかも山部の母、新笠(にいがさ)は渡来系の女性である。その父は百済系の和史乙継(やまとのふびとおとつぐ)、母は土師真妹(はじのまいも)——いずれも卑姓の、ぱっとしない血筋だった。

「その俺が……」

山部は自嘲気味に言ったかもしれない。

「王などという名乗りを許されているのがふしぎなくらいさ」

父の白壁も、位を授けられたのは二十九歳のとき(じつはこの年に山部は生れている)。

山部にもそのくらいの年まで待てということか。もっとも待ったとて、必ず選叙の日がくるという保証はないのであるが……

無位はすなわち、無収入。官吏としてのポストも得ていないことだ。二十歳を過ぎてのこの無聊の日々を、山部はどこで過していたのか。そのころの結婚のかたちは妻問い婚であったから、子供は母の手許で育つことが多い。とすれば、山部の幼年時代は、母とともに父の訪れを待つ日々だったのではないか。では母の新笠の家は？　そのしきたりを考えれば母の母、土師真妹の家ということになろうか。

ではその真妹は？　となるとこの先は辿りにくい。村尾次郎氏は新笠の家を山背（山城）のどこか、と考えておられるようだ（『桓武天皇』人物叢書）。父の白壁も、もしかすると山背に家があったかもしれないという推定をそこに重ねて新笠との結びつきを想像するのだ。後に桓武と深いかかわりを持つ藤原氏も、山背の葛野郡を本拠とする秦氏と結婚しているし、当時の奈良の都の人々は、山背、あるいはその西隣の河内の交野あたりまで、かなり広範囲の交通圏ないし通婚圏を持っていたらしい。

してみれば、鷹を愛した若き山部王が、山城の西山や大原野、河内の交野へと、鷹狩の足をのばしていたことも、ごく自然なあり方といえるだろう。二十一、二歳といえば、天平宝字初年、最澄の生れる十年も前のことだ。

野性児山部の馬は迅風のように走る。この日、馬は交野の原野を駆けぬけて、百済王家の堂々たる塀の中に走り込む。

いるか、とも言わずに、山部が庭に廻ったとき、

「あら」

小さな声をあげたのは、この家の娘、明信。百済王家が日本に住みついて久しいが、彼らが、いまだに母国ふうの名を名乗っているのは、誇りのなせるわざなのだろう。

「来てはいけなかったか」

「何で、そんなことおっしゃるの」

「ふ」

軽く笑って、野性の王子は投げやりに言う。

「そっちの都合もあるだろうということさ」

眼の隅で笑うと、明信は、

「お入りになったら」

むしろ命じる口調になっている。この百済王家は、山部の母、新笠の家よりずっと家柄はいいのである。

山部は無言で部屋に上ると、鷹を倚子の背にとまらせた。そのまま、華麗な繡のある蔽いをかけた明信の寝台に横になると、

「解いてくれよ、紐を」

「……」

「いいだろう。解けよ、そなたも」

「まだ外は明るいわ」

「構うことはないさ」

倚子の背の風速が身じろぎする。

「鷹にもそなたの裸を見せてやれ」

「鷹のいるところでなんて、いや」

「それもいいんじゃないか」

まさしく、鷹は、人間より鋭い眼付で、からみあう二人を眺めていた。

鷹狩の中で燃焼しきれなかった何かを、山部は明信にぶつけたかったのかもしれない。

その夜が明けても、彼は明信の許を去らなかった。暁に、人に顔を見られないうちに恋人の家から姿を消すのが礼儀のようになっているのに、彼はそんなことを問題にしていないとみえる。しかし、それほど明信の体に執着しているのでもないらしく、どこか所在なげでもある。のっそり起き上ると、

「よし、よし」

風速のとまる倚子によりかかって、懐から銀の小鋏（こばさみ）を取りだした。

「伸びすぎると、脆（もろ）くなるからな」

明信の手を愛撫するときよりもやさしい手付で、鷹の足を掌に包みこむようにして、爪を切りそろえはじめた。一本、また一本。風速は鋭い爪を山部の掌にあずけておとなしくしている。

「こんなふうに、鷹の爪の手入れができれば、鷹師としては一人前なんだぜ」

このときだけ、山部は微笑を見せる。

「鷹にだけは惚れこんでいらっしゃるのね」

「ああ、鷹狩、女狩。ほかに俺にすることがあるというのかね」

これも山部の口癖のようなものであった。

「それに、鷹は俺を裏切らない。それが女と違うところさ」

それから、ふいに言った。

「継縄（つぐただ）はどうしている?」

明信はかすかに眉を寄せた。白い頬はほとんど無表情である。

「来るんだろう、しょっちゅう」

相手の反応などにかまわず、感情もこめずに、山部は明信の許を訪れる男のことを口にする。

「あいつはいい奴だ。親父が失脚して気の毒な立場にあるからな、慰めてやれよ」

継縄の父は藤原豊成（とよなり）。右大臣まで上ったが、やりての弟、仲麻呂に足をすくわれて、大（だ）

宰員外帥に貶された。員外帥は文字通り、定員外の官で、肩書だけは大宰帥（九州の地方長官）だが、ていよく中央政府から追払われたのである。

「俺はそういう奴には同情するんだ。うん、だから、これから母君をお慰めしなければならん」

さばさばと山部は立ちあがる。

「母君もお気の毒さ。父君はこのところちっともお出にならない。何しろ、斎宮帰りの古皇女を押しつけられちゃったもんだから」

古皇女というのは、故聖武の皇女、井上内親王だ。ただしその母は光明皇后ではない。県犬養広刀自という、陽のあたらないいきさきの所生ゆえに、敬遠される形で幼時斎宮にたてられ、長い間、伊勢神宮にいた。何しろ光明の産んだ皇女は阿倍内親王ひとり。この娘を皇位につけるためには、そのライバルになる可能性のある井上が都にいては邪魔だったからだ。阿倍の即位が確定的なものとなり、「無害」な存在として、戻ってきたときはすでに三十を過ぎていた。

その古皇女を、白壁は押しつけられたのだ。彼も四十過ぎの廃れ皇子、「無害」この上なしの相手と認められての結婚である。

「全く父君もいい年をしてなあ」

名誉などころか、お値打を見透かされたようなものだ、と山部の見方は厳しい。

「ま、井上さまも三十半ばすぎ、それでも女の子を産んだのだから豪儀なものさ。それに、二品内親王の背の君だというので、父君も正四位下に進まれたんだから、一応はめでたしめでたしだけれど」

にもかかわらず、自分には叙位の沙汰もなかった、と彼は言いたいのだろう。その後、時期ははっきりしないが、井上はもう一人男子を産む。他戸と名づけられたこの異母弟と、山部がぬきさしならぬかかわりを持つのは、もっと後のことである。

「いや、父君も、もしかしたらお気の毒なのかもしれないのさ」

皮帯をきつく締めなおしながら、山部はにやりとする。

「継縄の親父の失脚には肝を冷したらしいからな」

豊成の失脚は、聖武太上天皇が世を去った翌年に起った。聖武はその死にあたって、独身の孝謙女帝の後継者に、天武の血をひく道祖王を指名した。が、孝謙とその腹心の藤原仲麻呂は、聖武の死後、たちまち道祖に難癖をつけて皇太子の地位を奪ってしまう。これに不満を懐いた道祖と反仲麻呂グループが企てた謀叛が発覚したのはその数か月後、豊成はこの事件との関連を疑われて右大臣の地位を失ったのである。

気の小さい白壁は、それだけで震えあがる。今までは他人事と思って眺めていた政界の権力闘争だったが、なまじ現帝の異母姉の夫になってしまうと、いつどんな言いがかりをつけられ、命を落す羽目になるかもしれない。いっそのこと、皇位の圏外にある新笠の許へでも逃げていってしまいたいのだが、古皇女井上は大騒ぎするだろうし、かえって自分の行動を変な眼で見る者も出てくるかもしれない。

「これはうかつに動けないぞ、というのでね。しかたなしに、酒びたりの毎日さ」

都の人々から聞いたそんな話を、母に伝えねば、と起ち上った山部は、馬上の人となると、もう後を振りむかなかった。鷹を肩に、見るみるその姿は野末に小さくなってゆく。

山部と明信の仲は、それでも切れ切れに続いたが、やがて絶えるときがきた。山部が見通していたように、彼女が継縄の子をみごもったのである。男の子を産んだ、と聞いて、

「そうか」

山部の顔は、案外からりとしていたのではないか。当時の男女の仲というのは、そんなものなのだ。まるでロンドを踊るように、気軽にパートナーが入れ替わる。一夫一婦という観念は定着していなかったから、男も女もあけすけだが、しかし、いつのまにか落ち着くところへ落ち着くのである。

——やっぱりそうなったか。

山部の感想はそんなものだったかもしれない。後にこの継縄、明信夫妻が彼の無二の側近になることから考えても、後腐れがあったとは考えられないし、第一、山部にしたところで、女は明信だけではなかった。手を伸ばせばいくらでもいる。ただし、女も鷹も、彼のすべてを満たしてくれるものではなかったようだ。

――ああ、この先、どうやって死ぬまでの退屈しのぎをしろというんだ。

いつか彼は無位のまま二十五を過ぎてしまう。この鬱屈の捌け口がどこにあるのかさえわからないままに人生の半ば近くを浪費してしまった、と野性の王子は苛立ちを深めていたことだろう。

が、このとき、山部をめぐる状況には、いささかの変化が起きはじめた。きっかけは譲位した孝謙太上天皇と、最高権力者藤原仲麻呂の対立だ。それまでの二人の関係は極めて良好で、さきに皇太子道祖を廃したのも、両者の共同作戦であり、その結果、新たに皇太子となった大炊王（淳仁帝）へと譲位が行われたのも、その作戦に連なる予定の行動だった。

その両者の間に罅割れが生じた原因が道鏡の出現だったことは周知の通りである。もっとも、女帝の仲麻呂への愛が道鏡に移ったという見方を私は取らない。男の嫉妬の次元で割りきるにはこの事件はスケールが大きすぎる。史上屈指の頭脳明晳な政策マンであり、周到なマキアベリストだった仲麻呂が、うかとスキャンダラスな関係に手をだすはずはないのである。せいぜいが、孝謙に愛のゼスチュアをしめす程度で、彼女を利用して、自分の思い描く壮大な律令国家の構築をこそ、彼はめざしていたのではないだろうか。

しかし、孝謙についていえば、道鏡への愛は真剣で、滑稽すぎるほど純粋だったといえる。四十すぎまで不自然に情念の世界から遠ざけられていただけに、小娘のように道鏡に夢中になってしまう。ときに一途すぎて喜劇的になるにしても、これはまさしく「純愛物語」なのだ。後世妙にスキャンダル化して伝えられたのは中世騎士物語ふうの土壌を持たず、女帝が臣下を愛するなどあるまじきこととする日本の恋愛感覚の貧しさのせいである。

その恋が、仲麻呂の壮大な政治構想の邪魔になった。孝謙も仲麻呂をうるさいと思った。政治と恋が奇妙な摩擦を起し、武力対決へと発展してしまう。このとき、政治、軍事の全権を掌握したはずの仲麻呂が脆くも敗れ、ほとんど無計画に勝負を張った女帝側が勝ったのだから、歴史とはおもしろいものである。仲麻呂という日本屈指の政治感覚を持つ男の企図した理想の古代国家は、たちまち瓦解してしまう。

この戦いに先立って、孝謙は白壁王に手をさしのべ、中納言の座に招じいれている。この無色の人物を仲間にひきいれておこうという魂胆か。戦後、白壁は正三位、勲二等、大納言へ。山部にもはじめて従五位下が与えられたが、さりとて傍観者の立場から脱したわけではない。

——二十九歳にして従五位下か。貰ってありがたがるほどのものでもないな。

翌年従五位上に進んで大学頭（だいがくのかみ）へ。これもめざましいポストとはいえない。何しろ一介の法師にすぎなかった道鏡が太政大臣禅師から法王へ進もうとしているのだから。仲麻呂亡きあとの状況も、山部にとっては決して愉しいものではなかったはずだ。

もっとも仲麻呂のために片隅に追いやられていた連中は、生気を取り戻した感じである。

仲麻呂系以外の藤原氏もその例外ではなかったが、中でも最も早い反応をしめしたのは藤原百川だ。淳仁を廃して再祚した女帝（称徳）と法王道鏡にまつわりつき、道鏡の故郷である河内守に任じられると、早速その地に離宮造営をはじめた。

――あいつ、仲麻呂の後釜に坐るつもりか。

自分より四つしか年上でないこの男の活躍ぶりに、もしかしたら山部は苦々しさを感じていたかもしれない。

それに、勝ちに驕った女帝は、少しずつ我儘になってきた。自分たちより道鏡やその一族が重用されるのを見て、あてがはずれたと藤原氏も不満を洩らしはじめる。その中での百川の献身ぶりは異色でもあった。

そのうち、女帝はとほうもなく望みをふくらませはじめ、

「道鏡を皇位に」

と言いだす。和気清麻呂が宇佐八幡に神意を聞きに行き、女帝の意に反した神告を持ち帰ったために沙汰やみになったのは周知の通りだが、じつをいうと、女帝はそれですべてを諦めたわけではないのである。清麻呂が左遷されたのもその証拠だが、その一方では河内の離宮造営を促進させ、お定まりの瑞祥出現でもやってのけて、もう一度――とひそかに巻返しを計っていたのだ。その際、演出の片棒を担いだのは、ほかならぬ百川であり、それだけ彼は女帝の身辺に頻々と出入りするようになっていた。

女帝のこの計画が遂に実現を見なかったのは、彼女自身が突然世を去ってしまったからだ。後継者を指名していかなかったために——あるいは道鏡を、と言いおいていったかもしれないが、女帝がいなくなれば、誰もそんな遺言など、見向きもしなかったろう——まだ女帝の骸（むくろ）が冷たくならないうちに、早くも激烈な後継者争いが始まった。

そしてそのとき、凄腕を発揮するのが百川なのだ。

「これが女帝の残されたお言葉だ」

偽の宣命をふりかざし、

「このとおり、帝は白壁王を指名しておられる」

強引に白壁の即位を実現させてしまうのである。

「偽物だ、それは」

と言わせなかったその演技、その迫力！

「俺は帝の側近だ。帝のことなら何でも知っている」

このとき彼はまだ閣僚のポストに手が届いていない。にもかかわらず、彼は反対論を押え、候補にも上っていなかった白壁の即位という奇蹟を作りあげた。

「白壁王の妃は井上内親王だ。帝にとっては異母姉、もっとも血筋の近いお方だから」

というのが表向きの理由だが、これくらい見えすいた嘘もない。女帝の母光明は生涯、井上やその弟妹を忌み、女帝もまた、彼女たちを姉妹とは認めまいとしていたのだから。

こうして、山部の身辺には大きな変化が訪れる。廃れ皇子白壁は皇位に、その妃井上は皇后の座に。そして山部自身は王から「親王」へと格上げされ、位も臣下とは別の四品へ。翌年さらに、中務卿と呼ばれるようになる。中央政府である太政官の中でも中枢的な役目を果たす機関の長官に任じられたのだ。ときに三十五歳。

――無位だった二十五歳の俺は、十年後にこうなるとは思ってもみなかった。

それが自分の手でかちとったものでないから、よけいにふしぎなのである。とりわけ白壁王家に好意を持っているとも思われなかった百川の意図はどこにあるのか。そういえば彼がしきりに微笑を送り、身辺に近づく気配を見せている、と山部は感づいたことだろう。

――女帝から父君へ。いつも権力側に尾を振りたがる奴。

魂胆が見え透いている、と思ったかもしれない。しかし百川はふしぎな男である。女帝に憎まれて追放され、今になってやっと返り咲いた和気清麻呂などにも、けっこう愛想がいいし、清麻呂も百川にさほどこだわりを見せていないのだ。

本来なら清麻呂は女帝に逆らった男だし、百川は女帝べったりで生きてきた人物だ。清麻呂追放に手を貸しはしないまでも、見殺しにした責任はあるだろう。それが、けろりとして清麻呂に手をさしのべるとは――と思っていると、ある日百川は山部にさりげなく言ったものだ。

「清麻呂どのは苦労されましたな、いや、あのときは私も黙って見過す気になれず、追放中はわずかですが生活の資は送りました」

――や、この男が、清麻呂に？

眼を丸くする山部に、むしろ百川は照れくさそうに言う。

「いや、ほんの心ばかりです」

百川という男の懐の深さに山部が気づいたのはそのときではなかったか。それから後も、百川は、顔をあわせるたびに言う。

「皇子、変りましたな、世の中も」

たしかに白壁王時代、つまり光仁朝になって廟堂の顔ぶれも変ったし、官界にも大変動があった。

「女帝は、厳しい方です。仲麻呂どのにちょっとでも味方した連中を許そうとはなさらなかったし、気に入らぬ者はどんどん退けられた。和気清麻呂どのはその一人ですが」

その連中が大量に復活している。それはいいことだ、と百川はうなずく。

「気分一新、新しい時代になった、と人々が思うようになれば、帝の御政治もやりやすいというわけで……」

聞きようによっては百川一派の栄進を正当づけようとしているようでもある。このとき百川の兄宿奈麻呂は参議から中納言へ、百川自身も参議という閣僚メンバーに昇進している。そしてじつは彼が「百川」と名乗るのはこれからなのだ。煩わしいので、あえて百川で通したがその前は雄田麻呂といった。この時点で彼が百川、宿奈麻呂が良継と改名するのは、政界一新の効果を高めようとしてのことであった。

それでいながら、百川はふっと山部に尋ねる。

「しかし皇子、いかがです」

「何のことだ」

「この政治、たしかに変りましたか」

「うむ」

「ほんとに変ったとお思いですか」

「何と?」

この男、何を考えているのか、とその顔をみつめなおしたとき、

「いや、急ぐにも及びませんがね」

笑って百川は話題を変えてしまう。そんなことが二度三度と重なるうち、百川はしだいに打ちとけて、白壁即位のいきさつなどを、語るようになった。そしてそのころは、山部も、彼の打ちあけ話を、手柄話、功績の押売りとしてでなく聞けるようになっていた。

「みごとなものだな」

亡き女帝の宣命なるものを読みあげさせて、反対派をねじふせるくだりには唸らざるを得ない。

「いや、私だけの力ではありません。藤原一族が手を組んでしたことで」

「ともあれ、卿の活躍には、父君も感謝していることだろう」

「いや、いや」

照れたように手を振って百川は声を落とす。

「私は、何も……帝のためにと、それのみを願ってしたことではありませんので」

「え、何と」

誰のためか、おわかりになりますか、というふうに、微笑を含んだ瞳が山部をみつめている……

——何ということを聞いてしまったのだ、俺は。

山部の中にはかすかな狼狽がある。それでいながら、いつか自分自身が百川の瞳でみずからを眺めていることに気づいたのではなかったか。

わが内なるものに、山部が気づいたのはこのときかもしれない。鷹狩でも女狩でも満たされなかった彼自身の求めていたものはこれなのだ、と……

「しかし」

言いかけたとき、すでに百川の姿はなかった。以来、二度、三度、百川はさりげなく話題の周辺を廻ってゆく。

——私が働いたのは、あなたさまのため。

という言葉は遂に彼の口からは洩れなかったが、いつの間にか、それを既定のこととして二人は語りあっていた。山部も、

「それは無理な話さ」

笑いにまぎらせながらそう言う余裕が出てきている。なるほど父は即位したが、皇后は母ならぬ井上内親王、そしてその所生の他戸が、年下ながら、すでに皇太子の座についているのだから。そんなとき、百川は、

「そうでしょうか」

微笑するだけで、それ以上は言わずに話題を変える。

「帝はりっぱに清新の政治をなさっておられます。しかし、何といってもお年ですから」

六十を過ぎた老帝に、これ以上を望むのは無理ということか。さらに改新の政治を行えるのは壮年の自分を措いていない、ということか……

山部の胸はすでに疼きはじめている。

――いつの間にか野心家になったな。

もしそういう者があったとしたら、多分、毅然として首を振ったに違いない。

――けちくさい野心などとは違うんだ。俺にはすべきことがある。

自分の生きる道は政治しかない、と山部が思い定めた時期を探りだすことはむずかしいのだが、少なくとも宝亀二（七七一）年、中務卿就任あたりから、と私には思われる。

すでに、他戸という皇太子がいるにもかかわらず？　という疑問には、
「それ故にこそ」
と答えよう。そう見ることによって翌年起きる不可解な事件の謎も解けてくるのである。

山部の周辺には、いま百川がいる。そしてその兄の良継も。もしかすると、乙女さびてきた娘の乙牟漏(おとむろ)を、いずれそのきさきに、と良継とささやき交していたかもしれない。さらには、かつての恋人、百済王明信の夫、継縄もその輪に加わっていたはずだ。当の明信も、正五位下の女官として、光仁の宮廷にしなやかな姿を見せている。

――ほう、いっそういい女になったな。

眼配せぐらいはしたろうが、それ以上のわだかまりのないのが、この時代のおもしろさである。

「息子は幾つになった。名は何という」

くらいは尋ねたかもしれない。

「乙叡(おとえい)と申します、もう十二です」

「早いものだな。そろそろ出仕の年頃じゃないか」

「その節はよろしく」

「よしよし」

後のことだが、まさしく乙叡はこの王者の側近になった。そしてその娘平子がやがて入内して皇女を産むのであるが。

とはいえ、ここで百川たちがお得意の策略をめぐらしたわけではない。彼らはただ待っていた。何もせずに……相手が網にかかるのを待ちうけていた。そしらぬ顔をして腕組みして待つことはときには最上の策略にひとしい効果を持つものである。

山部の身辺に群れはじめた藤原氏グループの動きは、もちろん井上皇后の耳に入らないはずはない。あるいは、藤原側も井上を不安に陥れるような噂話くらいは流したかもしれない。年若な皇子を抱えた井上は、

——もしやわが子の地位を山部に奪われるのでは……

と動揺しはじめる。陽のあたらない県犬養広刀自を母とし、しかも斎宮として都を離れていた歳月の長かった井上には頼りにすべき側近はなかった。しかも夫の光仁は老い、人がよいばかりで政治力がない。

こうなれば、頼みとするのは祈禱しかない。

「なにとぞ、わが子が無事皇位につけますように」

その祈禱がすなわち厭魅だと言いたてられ、

「他戸の即位を願うのは、すなわち帝の死を願うことだ」

とおきかえられてゆくのに、そう時間はかからなかった。井上はまさしく網にかかった

のである。その故をもって井上は宝亀三（七七二）年廃后、厭魅という大逆罪を犯した人間の子は皇太子にはしておけないとその地位を奪い、他戸は一庶人に突き落される。山部が晴れて皇太子の座につくのはその翌年、計画はみごとに成功したわけだった。

――何というあっけなさだ。

業師百川などは、ほくそ笑む気にもなれなかったのではないか。井上母子は、さらに厭魅を行ったという理由で大和の宇智郡に幽閉され、宝亀六（七七五）年、その地で同日に命を終える。何らかの形で殺されたとしか考えようのない最期である。人を罪に陥れるとき、どんな手が使われ、どんなふうに追いこんでゆくか、まるでその見本をしめすような事件であろう。

この井上廃后の事情を物語る奇妙な説話がある。彼女は山部と密通していた、というのだ。老帝光仁と双六に興じていたとき、たわむれに光仁は、妻に、

「勝ったら若い娘を」

と所望し、妻の井上も、

「では私にも、若い男を」

と言った。ところで勝負は井上の勝ちに終り、井上は強引に山部を所望した。すでに五十の半ばに達していた井上はやがて山部の若い肉体に溺れ、夫の死を願うようになった、というのだが、話がおもしろすぎて首を傾げざるを得ない。この話を載せている『水鏡』

は後世の成立で、この種の興味本位の俗説がじつに多いのだ。このスキャンダルが事実なら、理由はともあれ義理の母に通じた山部にも傷がつく。即位への促進効果はあり得ない。

それより、この俗説の根になったものを私は別に考えているのだが、それはいずれ後で触れる折もあるだろう。


さて、山部は？

井上母子の非業の死に胸に痛みを感じたか、それとも——手がかりはないのだが、

「いや、ほとんど」

と答えておきたい。あまりに強引な他戸ひきずりおろしに衝撃をうけ、皇太子を辞退した気配は全くないのだから。宝亀四（七七三）年、正式の詔によって、皇太子（ひつぎのみこ）となったとき、むしろ、

——俺の人生は、本来こうあるべきなのだ。

と、その確信を深めたことだろうし、早くも将来手がけるべき新政策が、胸の中から溢れ出るのを押えかねていたはずだ。鷹狩でも女狩でも満たされなかった彼は、やっと自分のめざすものへ焦点を定めた感がある。考えてみれば、異例の立太子だ。これまでその座を許された中に、渡来系の、それも卑姓ともいうべき母を持った人物は一人もいなかった。しかし、彼はひるみはしなかったろう。いや、むしろ、

──その俺が選ばれたのは天の命令だ。

卑姓のハンディキャップを乗り越えて、目にものみせてくれよう、と意気込んでいたかもしれない。百川はそんなとき、逸(はや)りたつ山部を押える側ではなかったか。

「お待ちください。いずれ好きなように御政治が執れる日がきます」

その日──つまり光仁が譲位し、山部が即位するのは、もう少し後でいい。その間に、よく構想を練る必要がある。

「皇子でなければおできにならないことは山のようにあります」

言われて気づくことは、父光仁の新政の不徹底さである。女帝時代、仲麻呂時代の偏りは改められたとはいえ、問題はまだ山積している。それらについて、急ぐ必要はない、と百川は言う。

「それに、ものには時機というものがありますからな」

「時機か」

つまり、政治には演出が必要なのだ、というのである。

「お考えください、そろそろ大変な年が近づいております」

それは辛酉(しんゆう)の年だ、と彼は言った。「かのととり」というその年は、十干十二支の組合わせで六十年に一度やってくるが、その年こそ、中国の思想に従えば「革命の年」なのである。

「おお、辛酉な」

山部は、胸を震わせて、思わず叫んだことだろう。これこそ天の啓示だ、と感じたのではないか。

――辛酉の年が、俺を待っている。

この辛酉革命説は、いい加減な伝承ではなくて『緯書（いしょ）』という一種の予言書に書いてある。中国の天文、占星、五行説などを踏まえた思想体系の書で、いわゆる経書（たていとの書、『易経』『書経』など）と並んで、緯書（よこいとの書）として、存在を主張している古典なのだ。日本にも早くから影響を及ぼしていて、辛酉革命と並ぶ、「甲子革令（かっしかくれい）」という考え方も行われていた。聖徳太子の十七条憲法が推古十二（六〇四）年に制定されたといわれているのも、それが甲子の年であったかららしい。

とりわけ辛酉革命説に意欲をしめしたのは天智天皇で、その即位は斉明七（六六一）年、まさしく辛酉の年であり、三年後の甲子の年に、冠位二十六階を制したというから、甲子革令もきちんと行っているわけだ。なお安居香山氏の『中国神秘思想の日本への展開』（大正大学出版部）によると、辛酉革命説にはもう一つスケールの大きい一蔀（ぼう）という周期の数え方があるそうである。これを一二六〇年周期とするか一三二〇年とするかは説の分れるところだが、もし一三二〇年説をとれば、『日本書紀』はこの天智即位を基点に、逆算して、一三二〇年前の辛酉の年に、神武即位をおいたことになろう。

神武から、自分の即位前年までで一時代が終った、と天智が考えていたことは大いにあり得る。それだけ壮大な変革をめざした新世紀への出発だったのだ。

——その天智さまの血を俺は享けている。

山部の魂は震えたことだろう。

——そして天智さまから百二十年後、辛酉の年に即位するなんて！

単なる偶然とは思えなかった。今はただ、待つことだ。その間に、いかなる革新政治を展開すべきか、じっくり策を練らねばならない……

待つということは、しかし、恐るべき忍耐を要する作業である。その上、人は歳月を待つことができても、歳月は人を待ってくれない。その間に百川の兄であり、将来の片腕と頼んでいた藤原良継がこの世を去ってしまった。彼の年若い娘の乙牟漏を後宮に納れ、男児をもうけていたのが、せめてもの心やりであった。

「皇子の晴れのお姿をひと目でも拝見しとうございました」

苦しい息の下から彼はこう言った。

「ふつつか者ですが、娘をよろしくお願い申し上げます」

その娘の立后を、どんなに彼は待ち望んでいたことか。すでに山部には、百川たちとは別系の藤原是公の娘の吉子が入り、皇子を産んでいるのだが、後に、これをさしおいて乙牟漏が立后するのは、多分死の床にあった良継との無言の約束を果したのではないだろうか。

良継の死は、山部にかなりの衝撃を与えたらしく、その後しばしば体調を崩している。迷いの出た時期である。井上の墓を改葬し、「御墓」と呼ばせて、ちょっぴり名誉回復を行ったのはひそかな鎮魂の思いが、その胸をかすめてのことか。

その四年後、今度は業師の百川が四十八歳の若さで世を去った。卑姓の王子、無位の山部を今日あらしめたのは、すべて彼の手腕によるものだったのに……

「俺の人生は、すべてそなたを軸にして動いていたようなものじゃないか」

病床で、その手を執り、山部はそう言ったかもしれない。

「この先、俺はいったいどうやって——」

が、したたかな業師は最後まで弱音は吐かなかったろう。

「辛酉の年はもうすぐじゃありませんか。皇子のなさるべきことはもうきまっています。皇子が私の命を加えて生きてくださればいい」

命も、頭脳も、強気の権謀も——。もしかすると、彼は、

——悪魔の魂を持て。

と言ったのではないか。王者たるものは、そうでなければならない、というのが、その政治哲学でもあったから。

そしていよいよ、天応と改元された辛酉の年（七八一）の四月、山部は父の譲りをうけ

て位につく。ときに四十五歳。壮年の王者の出現である。生母新笠は新帝から皇太夫人の称を贈られる。このころは、天皇のきさきのうち四品以上（品は親王、内親王に与えられる位だから、つまりその身分ということになる）のときは「妃」、それ以外で三位以上の女性は夫人と呼ばれていた。新笠はそれまで光仁の夫人だったのが、新帝の母として、皇太夫人の称が贈られたのだ。やがて彼女のための直属の役所である中宮職も作られる。中宮職は太皇太后、皇太后（皇太夫人）、皇后のための役所の総称で、この役所を持つことができるのは、後宮の女性のうち、これらの称号を持つ特別の存在に限られる。現在の感覚では、即位した新帝の妻にこそ、その待遇が与えられるべきなのだが、きさき乙牟漏の立后は二年後だ。こんなふうに母なる人をまず重視することは日本史の特色で、父方と並んで母も大きな意味を持つ。

　世の人々は、渡来系の女性の栄進に目をむいたが、新帝はそんなことは歯牙にもかけなかったろう。そんなことより、もっと重大なことが――なすべき行政改革が待っている。新しき王者は慌しくそれへ手をのばす。ふくれあがってしまった定員外の官人の解任、役所の停廃――。まさに百川の霊が乗りうつったかと思われるような容赦のなさだ。先帝光仁の死を挟んで、改革は快速力で行われる。

　なおここまで、先帝について「光仁」として書いてきたが、正しくはそれは死後の諡号（おくり名）である。このことは新帝についてもいえることだが、即位した山部親王を以後は「桓武」として語りたい。

光仁の死の直後、謀叛事件が発覚した。故井上皇后の実妹、つまり聖武の血をひく不破(ふわ)内親王が塩焼王(しおやきのおう)(仲麻呂の乱のときすでに非業の死を遂げている)との間にもうけた氷上(ひがみの)川継(かわつぐ)が張本人だという。桓武はこれを遠流(おんる)に処し、関係者を容赦なく左遷する。さらにその一味と思われる人々を厭魅を理由に流罪へ。

――邪魔ものは追い出し、逆らうものは叩き伏せる。

じつに英断明快――いや明快すぎるというべきか。桓武は少しずつ独裁者の風貌を覗(のぞ)かせはじめるが、やることは筋が通っている。さきに触れた僧尼の得度制限の詔も、この一環として考えると、その意味が明確になるが、それより注目すべきは、その前年に出された次の詔である。

「即位以来、緊縮財政と生産奨励につとめた結果、経済は建て直されつつある。宮室はこれで十分だし、仏寺の造営ももうたくさんだ。造宮、勅旨の二省は廃し、造法華寺司も鋳銭司も廃止する。ただし技術者だけは温存して別の役所に所属せしめる」

延暦と改められたその年のこの布告はさまざまなしかけが秘められている。ほんとうに財政再建が行われたかどうかはともかく、ここには奈良歴代王朝への痛烈な批判がある。

「あなた方のなさったのは造寺造仏だけではなかったか。その結果、財政はめちゃめちゃになっていた」

天武系王朝に対する天智系の帝王としての歯に衣着せぬ総括ともいえる。中でもシンボル的存在だった光明皇后にかかわりの深い法華寺造営のための役所を廃止したのは、奈良王朝の徹底的否定ではないか。

「もう奈良の都は意味を持たない」

とでも言いたげな表情のちらつく決定である。人々がこの詔の真の意味に思いあたるのはその二年後のことだ。

延暦三（七八四）年五月、藤原小黒麻呂、同種継たち、桓武の側近が、山背国の乙訓郡長岡の地を視察に行く。都とするにふさわしいかどうかを見にいったわけだが、帰りついて報告をうけるやいなや、直ちに遷都は決定、新都造営計画は走りだすのだ。

「なるほど、あの詔はそういう意味だったのか」

意味するものは、役所の改廃ではなく、奈良への離別宣言だったことに人々は気づかされる。大がかりな遷都に眉をしかめる向きには、詔の中で「行政簡素化によって、財政が健全化しつつある」とちゃんと先手を打ってある。側近の長岡視察はいわば形式であり、計画はすでに以前からひそかに進められていたのであった。しかも造営技術者だけはちゃんと温存しておくという手際のよさだ。そうでなければ、ばたばたと新都建設が進み、その年の十一月、遷都が敢行される状況が理解できない。さらに、延暦三年がどういう年であったかを見据えれば、強引な性急さも納得がゆく。

その年こそ、まさに甲子。革令の年なのだ。辛酉の王者、桓武は、もう一人の辛酉の王者、曽祖父天智の冠位改定以上の画期的な改革をやってのけたのである。

遷都の宣言があった五月以来、奈良には大混乱が起きている。官僚たちは、ともかく桓武とともに新都へ遷らねばならない。

「やれ、やれ、何てせっかちな」

ぶつぶつ言いながら大急ぎで桓武の後を追う。より大きな衝撃を与えられているのは、その官人たちにものを鬻(ひさ)いでいた庶民たちだ。

「買ってくださるお客がいなくなっちまった。さて、どうするか」

途方にくれもしたろうが、しかし、彼らは案外したたかだ。それなりに生きる道は見出したことだろうが、さらに呆然としているのは諸大寺の僧侶であろう。桓武即位以来、身辺の締めつけはいよいよ厳しくなっている。その上新都入りを拒まれて権威は地に墜(お)ちた。

この日、桓武の車駕を見送る中に最澄がいた——と私は思っている。近江から来た純朴な学問僧は、遷都という歴史的光景にめぐりあわせ、大きな衝撃をうけている。この大変革と自分の人生をどう結びつけたらいいのか、二十歳に満たない彼にとっては手に余る問題だ。

——そこを考えるには、もっと真実をみつめねば。

真摯な彼はそう思っていたに違いない。世故にたけた都の僧侶たちとは違った意味で、傷つき、手探りを続ける彼の傍に、今は戻らねばならない。

比叡への道

「帝の仰せの通りだ」

眼の前を風のように駆けぬけて、王者が、みるみる遠ざかっていったとき、きまじめな最澄は心の中でそう呟いたことだろう。

——いまの都は腐りきっている。

仏教界も近江で想像していたのとは大違いだった。寺は寺領を拡大し、そこから利益をあげることに余念がない。徴税逃れに田地を施入した形をとって合法的脱税を計る民衆の奸智もさるものだが、それをよいことに財産を増やす寺側も寺側だ。またそれを黙許する役人たちは、怠慢——というより、どこかで甘い汁を吸っているのだろう。こうして廻りはじめた利欲追求の歯車はもうとめどがなくなっている。寺もいつか寺領拡張に眼の色を変えはじめ、経済的な豊かさを、そのまま寺院の繁栄だと思いこんでしまっている。

——欲を棄てろ、と釈迦如来は仰せられたのではなかったか。

真摯な青年僧はその光景に絶句する。

かと思うと、僧形の妖しげな男女が、やたらに寺に出入りする。これも徴税逃れに勝手に出家得度した「私度（しど）」の連中なのだ。経文ひとつ満足に読めもしないのに、一般の家に出かけて妙な呪文を唱えて、おまじないをしては金品をせしめている。

――これが僧か。

国分寺の最高責任者である学識豊かな国師もその例外ではない。国の守にでもなったように威張りくさって、ものものしい送り迎えつきで都と任地を往復し、それが国師の権威だと思いこんでいるのだ。お師匠さまの行表は学究肌でそういうところがあまりなかっただけに、俗世間の名誉欲に捉われたそれらの姿は最澄を失望させた。

利殖に励む寺、まじないをふりかざすえせ僧尼、名誉を競う高僧たち――これが延暦二（七八三）年から長岡遷都前後に、最澄が目にした都の現実だった。そして桓武の詔は、常にその病根を鋭く突いていた。

「寺は寺領拡張にあくせくするな」

「いかがわしい僧尼が、変な声を出して拝むのを禁じる」

「国師を俗官なみに送迎することを禁じる」

次々と出される禁令に、都の僧侶は眉をひそめる。

「やりにくい世の中になりましたな」

が、最澄にはそうは思えない。どこかで桓武の言うことの方が本当だ、という気がしている。

「第一、新しい帝はやりすぎる」

「新しいことをやりたくて、うずうずしておられるようだが、さあて、どんなものか」

ひそひそした蔭口も最澄には納得がゆかない。

――『沙弥十戒並威儀経疏』には、国家の政事の優劣を論じてはいけない、とあったはずなのにな。

近江での学習を思いだしていたかもしれない。

お師匠さまの行表は、学問僧だから、

「この先どうなるかは、わしもわからぬが、とにかく、大安寺へ来た以上は、みっちり勉強しなければいけない」

外界からの刺戟に心も乱れ勝ちの最澄をそう励ましたことだろう。受戒までの、最も大切な研究期間に彼が学んだのは何だったか。残された資料はないのだが、大安寺という環境を考えれば、律と唯識が中心ではないかと思われる。

かつて鑑真に先立って来日した中国僧道璿は、この寺で、律の注釈書の中で最も権威のあるものの一つ、法礪著の『四分律疏』を飽くことなく講義しつづけていた。吉野の比蘇寺に引退するときも、彼は鑑真の高弟の思託に、この弟子たちを委ねていった。そしてその数年後、この弟子たちは、みごとにこの『疏』の講義ができるようになった。

「大安寺では常巍が、大安寺塔院では恵新が、この『疏』を講じた」

と、鑑真の伝記である『東征伝』に、はっきり名前まであげて語られている。この伝統は早くも崩れかけてはいたが、心ある僧侶の中には、

「戒律復興こそ、僧侶の姿勢を正す道だ」

と考える者もいないわけではなかった。

さて、もう一方の唯識は、奈良仏教の主流である。インドに起り、高度な完成を見せた認識論とでもいったらいいだろうか。

「我々がものを知る（見たり聞いたりする）のは、そこにものがあるからなのか、それとも、知る働きを我々が持っているからか」

ということを出発点に、ものとは何か、知るとは何かを厳密に追究してゆく。宗教と哲学と論理学がないまぜになった総合的思弁体系といったらいいだろうか。人々を救おうとした釈迦の心を知るためには、こんな煩雑で精緻な学問が必要なのか、と思うくらいだが、しかしインド人はもともと思索的でとことんつきつめなければ気がすまないたちらしいのだ。「心の時代」といえば何かわかったような気がしたり、「ものよりこころだ」と言われれば、すぐなるほどと思ってしまう日本人とは違うのだ。

ものとは何か、心とは何か、古代のインドの知識人は、きびしくそれを追究する。「唯

識」という名がしめすように、「認識こそが存在の根本」と考えるわけだが、彼らはさらにそれをつきつめてゆく。見るとは何か、知るとは何か、その背後にそれを統轄する何かがあるのではあるまいか。

一方では、真実に似て非なるものを、一々検証してゆく。つまり自説を否定するようなものは一つ一つ消去してゆくのだ。

「たとえばAを真実とすると、こういう矛盾が出てくる。ゆえにAは真実ではない」

というふうに、この消去法は蜿蜒と続く。その精緻さは、どこか数学の証明に似ていて、ゼロを発見したインドの頭脳の前には最敬礼するよりほかはない。

この唯識は玄奘によって中国にもたらされ、盛んに翻訳が行われた。これを法相教学と言い、白雉四（六五三）年入唐した日本の道昭は、玄奘から直接これを伝えられた。

この唯識の精緻な論理の世界は、最澄を苦しめたろうか。現代の我々と教育の出発点の違う彼にとっては、さほどつきあいにくい相手ではなかったかもしれない。後に彼の論敵になるのは法相教学の大家たちなのだが、それと相対して一歩も退かない激しさを見せるのは、彼自身がこの時期かなり突込んだ修練をうけていたからではないかと思う。

しかし、唯識論に取り組むうち、最澄はまたしても疑問にぶつかってしまう。当時の仏教界の主流であるこの教学についても解釈に微妙な差があり、激しい論争が行われていたのだ。それも宗教学の枠をこえて、法相と三論という二派のいがみあい、寺どうし僧どうしの対立にまで発展していた。その裏には、より権威を持とうとする、宗教界の権力争いもからんでいる気配なのだ。

――これはどうしたことだ。

宗教界の実態を知るにつけても、最澄は懐疑的にならざるを得ない。むしろ得度を許されて、『沙弥十戒並威儀経疏』に打ちこんでいたころの自分がなつかしい。

――が、とにかく今は脇目もふらずに学ぶことだ。

例のきまじめさで、彼は経典に取り組む。近江の国分寺とは比較にならない厖大(ぼうだい)な経典が奈良の諸大寺にはある。

そしてある日――

彼は、それらの経典の中の小さな一巻にめぐりあう。それが大安寺であったか、受戒候補生として出入りを許されていたであろう東大寺の唐禅院であったか……

そのどちらでもいいことだが、私自身は東大寺唐禅院の方に心をひかれている。なぜなら、かつて鑑真が渡来の折に携えてきたこの一巻が、そのまま東大寺に納められたことが『東征伝』で裏づけられるからである。

以来、東大寺でひっそりと眠りつづけていたその小巻は『天台小止観(てんだいしょうしかん)』。その日が最澄にとって歴史的なめぐりあいの日となろうとは、もちろん彼自身も考えていない。ふと眼にとめたのは『沙弥十戒並威儀経疏』の中に説かれた止観の文字がそこにあったからだ。

律や唯識にあけくれた彼には、なつかしい文字だった。きまじめな彼は早速手にとって開いてみる。と、そこには、驚いたことに、『沙弥十戒並威儀経疏』の中で説かれている止観について語られた文章とほとんど同じものが見出されたからである。

——なんだって！

思わず声をあげそうになったかもしれない。坐り方、足の組み方、姿勢の正し方、みな同じだ。

「唇と歯をわずかにあい拄え著け、舌を挙げて上齶に向けよだって？　すっかり同じじゃないか！」

これが『天台小止観』なのか。すると、「天台」とは何なのか。息もつけないほどの衝撃をうけたこの瞬間の彼についてどう語るべきか。そこに私自身の貧しい経験をオーバーラップさせることを許していただきたい。さきに私は拙作『氷輪』で来日後の鑑真について書いた。残念ながら鑑真自身の著書も語録もないので、彼の説いた戒の手がかりを探すうちに、高弟の法進の書いた『沙弥十戒並威儀経疏』のあることを知った。

そして、これを読んでゆくうち、どきりとさせられたのが、坐禅入門の項だった。仏教に無知な私は、それまで、戒律と坐禅とは全く別のものだと考えていたのである。が、鑑真の史料とつきあううち、律宗、禅宗、天台宗という分け方は、じつは後世のものだとわかってきた。当時の仏教は（中国でも）もっと総合的に把握されていたのである。

そういえば戒律の大家である鑑真も、天台の宗祖智顗には深い敬意を払っているし、持ってきた経典の中にも、多くの天台や密教関係の典籍までが含まれている。そのことに気がついて、彼が請来したという『天台小止観』を試しに開いてみたとき、私はそこに法進の『疏』とほとんど同一の文章を見出したのである。

無知のゆえの大衝撃だった。後で天台関係の研究書を読んでみると、『小止観』と『疏』の類似性を、碩学たちは、こともなげに書いておられる。天台学者には自明のことなのだろう。ただ、自分の無知が幸いだったのは、さきに『疏』を読み、その後から『天台小止観』にめぐりあったということだ。現在、法進の『疏』はほとんど忘れられているし、天台の学者の方々は『小止観』を読み、その参考文献として『疏』も開いてみる、というアプローチのしかたをされるようである。

が、私は無知のゆえに偶然にも最澄と同じ順序で二つの書にめぐりあうことができた。もちろん、最澄の天台に対する予備知識は私などの比ではなかったかもしれないが、当時の天台研究は下火であり、『小止観』の流布の事実をたしかめることはできない。おそらく華厳、続いて法相の盛行をよそに、東大寺の唐禅院の奥深くに蔵されたままではなかったか。

きまじめさのゆえに、そして少年の日以来いつか身についてしまった旺盛な探究心のゆえに、彼は、匿された秘宝に辿りつく。その日の興奮が、千二百余年の歳月を超えて、いま私には伝わってくるのである。

最澄は憑かれたように、天台の典籍を漁りはじめる。唐禅院を調べてみると、天台（法華）三大部といわれている『法華玄義』『法華文句』『摩訶止観』をはじめ、天台教理のエッセンスが全部揃っているではないか！

まさに歓声をあげたくなるほどの嬉しさだ。唯識の研究も大切だが、その前に立塞がる三論とのいがみあい、ひいては世俗的な対立などを考えれば気が重い。しかし、世間の目をあびていない天台の世界では、心おきなく、経典に没頭することができる。幸いお師匠さまの行表は学僧である。中国僧である道璿には天台的な教養があったかもしれず、その流れを受け継ぐ大安寺の教学を踏まえて、手ほどきくらいはしてくれたことだろう。

延暦三（七八四）年——遷都の行われる前後の彼の姿を、私はこんなふうに想像している。寺をおきざりにしての遷都は、もちろん彼にとっても大衝撃である。

——これからどうすべきか。

前途への不安は大きい。心の中では腐敗した現状を鋭く批判した桓武にも共感が持てるだけに、心情はいよいよ複雑である。その彼をわずかに支えてくれるのは、『天台小止観』と、そこから開けそうな天台教学の世界ではなかったか。都入りも許されず、前途に光明を見出せないとならば、求道へうちこむほか、どんな道が残されているのか、彼はおそらくそう思っていたのではないだろうか。

明けて延暦四（七八五）年四月、東大寺戒壇院では、最澄たち修行を終えた沙弥たちの受戒の式が行われる。緑の色がやや重たげになって、ほととぎすの鳴くころが授戒の季節と定められてから、かなり長い歳月が経っている。

「作法をよく憶えておけ。まちがわぬようにな」

お師匠さまは、晴れの日を迎える弟子に、しきりに気づかいを見せている。宗教は、ある意味では儀式の世界である。一人前の僧侶になるための、最も重大な儀式であるだけに、しきたりもややこしい。『東大寺授戒方軌（ほうき）』というこの日の儀式の次第を書いた一巻がある。これも一応法進の著ということになっているのだが、それによると、この日の中心人物は戒和上（かいわじょう）――戒を授ける師である。傍に進行係をつとめる羯磨師（かつまし）、受戒する沙弥に作法を教える教授師（きょうじゅし）がいる。この三人を三師という。ほかに立会人として授戒式の証人となる七人の高僧が並ぶ。これらの人々を「三師七証」という。沙弥は彼らの端座する壇上に上って、僧侶としての戒を守ることを誓うのだが、これにも一々の作法がある。唐僧鑑真が初めて授戒の儀式を行ったときは、多分全部中国語が使われたと思うのだが、最澄当時はどうだったか。主要部分はいまだに中国語だったような気がするのであるが……

一人前の僧侶たるものは、具足戒と呼ばれる二百五十の戒律を守らねばならない。十戒が突如二十五倍にもふくれあがると聞くと腰をぬかすが、しかし、実態は、僧侶となって僧団に属するようになってから守るべき規則とか、食事の作法といったものが大部分を占める。いずれこの戒についてはもう少し触れる折があるだろうが、十戒の細部規定もかなり多い。たとえば婬戒について、女性と同席した場合、それが婬行を行えば行えるような場所であって、そのことを誰かに告発されたらどうか、もし婬行を行う可能性のないところならどうかというようなところもある。つまり僧として厳しく身を持すためにあらゆる場合を想定して細則が決めてあるのだ。

もちろん授戒の当日これらの戒を一つ一つ挙げて誓いを求めるのではない。鑑真の来日当初は受戒後五年間みっちり研究させられることになっていたが、その制度がすでに崩れていたとしてもある期間唐禅院にあってその講義をうけたと考えておきたい。

ともあれ、授戒の式は、一人前の僧侶になるための認証式である。

「戒和上は如宝（にょほう）という方だ」

お師匠さまは当日の中心人物について、そう説明したことだろう。

「鑑真和上について渡って来られてな。まだ受戒前の侍童のころのことだ。後に東大寺の戒壇院で、和上の手から戒を授けられた。鑑真和上が隠退された後は、法進大徳が戒和上をつとめてこられたが、亡くなられたのでその跡を継がれた」

そしてお師匠さまは、如宝大徳は胡人だ、とつけ加えもした。鑑真和上や法進大徳は漢民族だが、如宝大徳の先祖は、大陸の、もっと西の果てから唐国（からくに）へやってきたのだ、と。

「ほう、そんな遠くから」

最澄の想像は唐以上の遠くへはひろがりかねたことだろう。それにしても、その遠国の人が海を渡って日本へ来て、仏教界の要職である戒和上をつとめるのだから、当時は案外開かれた日本であったようだ。

やがて受戒の当日、最澄は、壇上に如宝そのひとを見る。異国ふうの彫りの深い顔立ち、蒼みを帯びた双の眸──。経典の読誦によって、かの地の言葉には馴れているはずなのに、異国風の風貌を持ったそのひとの口から発せられるとき、最澄自身が、この世ならぬ国に身を置いたような気がする……

──この方が海を渡って来られたのか。盲いた師、鑑真和上に従って……

異国風な顔立ちのその人への好奇ではない。最澄はその人に異国を見ている。近江と大和という、ごく小範囲の体験しかなかったこの青年の前に、異国がひとつの形をとって現われたのだ。もぬけの殻となった故都での受戒に不安を募らせる若い僧侶の多い中で、彼の関心は少しずつ別のところに移りつつあった。

やがて最澄はさらにくわしく戒和上如宝の身の上について知るようになったことだろう。戒壇院で受戒した如宝は、規定に従って五年間律の講究につとめた。その間に鑑真は戒和上の座を退き、唐律招提と呼ばれた小精舎に老を養う。まだ寺と名づけることもできないほどの規模のこの小精舎で、しかし、鑑真は飽くことなく戒を説き続けた。

五年の修行が終って、いわば教授としての資格を得た如宝は、同じく中国から渡ってきた先輩の恵雲(えうん)とともに、まもなく東国に旅立った。僧綱(そうごう)の命によって、下野(しもつけ)の薬師寺に戒壇を立てるための出発である。中国では辺境の属国には、三師七証によらず、五人の僧侶によって授戒を行うことが許されていた。当時、日本の中央政府は、東国や九州を一段格の低い属国のように見なしていたので、中国の例にならって、下野と筑紫に戒壇を造ることにしたのであるが、この地方戒壇についても、いずれもう一度触れることがあるだろう。ところで、東国へ行った如宝は、まもなく奈良に呼び戻される。師の鑑真が重態に陥ったのだ。ときに天平宝字七（七六三）年、その年の五月六日、鑑真は高弟思託、義静、そして如宝に後事を託して示寂する。

「そのころはまだ寺の体裁もととのってはいなかった」

行表は唐律招提についてあるいは最澄にこう語ったかもしれない。

「寺というのは、この大安寺に見るとおり、門があって金堂があって、本尊がましまし、さらに講堂や僧房があるものだ。しかし和上が示寂されたとき、彼処には金堂すらなかった」

だから、唐律招提という名で呼ばれる一種の研究所にすぎなかったのだ、という師の話によって、最澄は、少なくとも晩年の鑑真が官から厚遇をうけていなかったことを知ったはずである。

その唐律招提に金堂を造り、本尊を安置したのは、その後の思託はじめ如宝たちの血のにじむような努力によるものだ。称徳女帝のころは見向きもされなかったが光仁帝になって少し風向きが変ってきた。大勢においては仏教への制限は強められたものの、頽廃した仏教界の中で法灯を守り続けた少数の寺には援助の手がさしのべられた。弟子たちの金堂建立の努力が認められ、ここも、唐招提寺と名も改めて官から毎年一定の援助を受ける定額寺（じょうがくじ）の中に加えられた。つまり国庫の補助を受ける私立大学といった形を認められたのである。

「大変な努力だった。幸い唐僧たちだけでなく、他にもあの寺に心を寄せる人もあってな。今の大僧都、賢璟（けんよう）大徳も――」

「大僧都賢璟大徳といわれますと……」

最澄は授戒の儀式が終って授けられたばかりの戒牒を取り出してみる。「今年最澄という僧が受戒した」という証明書だが、その認証書として、まず第一番に署名しているのが大僧都賢璟なのだ。大僧都は僧綱のトップ、つまり宗教省の大臣とでもいうべき存在である。

「その賢璟大徳と鑑真和上とは、ふしぎなめぐりあいでな」

行表はこう語ったことだろう。

鑑真が日本に着き、いよいよ都入りするというとき、わざわざ河内まで出迎えにいった

二十名ほどの僧侶の中に、賢璟はいた。が、それから間もなく、彼は鑑真たちと真向から対立してしまう。ときの太上天皇聖武が、

「われみずから鑑真から戒を受ける。そなたたちも鑑真から戒を受けるように」

と命じたからである。賢璟はすでに大僧として世の尊敬を得ている一人である。

「それがまた新たに鑑真の前にひざまずいて戒を受けねば僧として認められない、というのか」

そんな屈辱には耐えられない、といきまいた。その自信の根拠の一つは、彼が燃指(ねんし)の苦行に耐えていることにある。燃指、つまり指を焼くことで、これに耐えてきたことが彼の誇りであり、その名声を支えていた。余談だが、中国では、こうした燃指、焼身といった苦行を後まで行っていたらしい。先頃訪れた舟山群島の普陀山(ふださん)では、それを禁じる清代の碑が建てられてあった。

賢璟は中国僧一行の指をじろりと見たことだろう。一人として燃指の跡を残す者はいないではないか。

「なのに、この自分が改めて彼から戒を受けねばならないとは」

同調者は他にもいて、公式の席上で、鑑真たちと受戒についての論争が行われた。このとき盲いた師に代って論陣を張ったのは思託であった。両派はそれぞれ経典を引用して渡りあったが、結局、思託側の、苦行よりも戒律の受持こそ仏教の本来の姿であるとする論

が認められた――というより、賢璟自身が、その戒律観を納得したのである。

対立が解けてみると、むしろ賢璟は鑑真の無二の鑽仰者となった。戒もすすんで受けたし、戒律精神の遵法者、持戒第一の名僧として、いよいよ声望を高めた。道鏡失脚後の混乱の中で迎えられて僧綱入りしたのも、その廉潔さを買われてのことであった。

少し後のことだが、彼は唐招提寺に一切経を施入している。法進亡きあと、如宝を戒和上に招いたのも、彼の構想によるものかもしれない。お師匠さまの話を聞くうち、最澄の心の中で、戒牒に名をとどめる賢璟という文字が、次第に肉体の形をとりはじめた。近寄り難い仏教界の最高位にある人が、指を焼いたり、新来の唐僧と論争したり、その所説に心服したり、さまざまの曲折を辿りながら生きていることに気づかされたのだ。

「この少僧都行賀(ぎょうが)という方は……」

賢璟に続く文字を指さすと、お師匠さまは言われた。

「長く唐で学ばれた方だ」

「どのようなことを？」

「主に唯識と法華を」

「法華と申しますと、あの、『法華経』のことでございますね」

『法華経』なら十二歳のころから読み習って、ほとんど暗誦できるくらいになっている。

それを行賀大徳は、また改めて中国で研究されたというのか。

「かの国では大いに尊重されている経典だ。そなたも少しは知っていようが、それこそ天台の根本経典だからな」

行賀とは面識があるのか、お師匠さまはその業績を高く評価している。

「『法華経』の説くところは、もう少し注目する必要がある」

『法華経』、そして天台教学――。そういう言葉が、最澄の目や耳に、しきりと入りはじめている。

――法進大徳が御存命で、直接『沙弥十戒並威儀経疏』をお説きになるところを伺えたらどんなに幸せだったか。中でも止観のくだりを教えていただきたかった。『天台小止観』のこともきっとお説きになるに違いないのに。

しだいに唐僧たちの存在が、意識の中で色を濃くしてゆく。

そんな折、彼が唐招提寺の門に立つ日があったとしたら？

あり得ない想像ではないと思う。奈良の大寺の僧侶の間には法会その他かなりの交流がある。師僧に従って訪れるとか、あるいは寺からの使として出かけるとか……

最澄の目に映った唐招提寺の大屋根の鴟尾(しび)は、まだ輝きを失っていなかったはずだ。思託や如宝らが精魂をかたむけて建立してから十年とは経っていなかったから。ただし屋根は今ほど重厚な感じではない。創建当初は屋根の高さは二メートルほど低く、棟ももう少し長かった。後世の改築で、現在はやや重苦しさを加えた感じがある。

さて、金堂に近づく。中央の本尊が盧舎（遮）那仏であることは最澄も直ちに気づいたはずだ。合掌してから傍らの僧にたずねたかもしれない。

「盧舎那仏でいらっしゃいますね」

「はい」

「東大寺の御本尊と同じというわけで」

東大寺の大仏殿に安置された黄金の大仏は、『華厳経』の宇宙そのものを顕現した盧舎那仏だ。大乗経典の一つである『華厳経』は壮麗な無限の宇宙を考え、それを毘盧舎那――または盧舎那仏という形で表現した。その仏の坐る蓮弁の一つ一つが小宇宙であり、そこに一人一人の仏がいて、仏道を成就し、人を救おうとしている。もちろん釈迦もその一人だが、百億の釈迦のような存在がある。いやそれは無限といってもいい。すべては盧舎那の分身であり、またすべて釈迦自身でもある。つまり現実に生きかつ死んだ釈迦を超越した永遠の釈迦がいる、という考え方である。だから盧舎那仏の光背にはその象徴として、多くの仏像が彫りこまれている。

戒壇院で受戒した当時、最澄はその黄金の世界を眼にしている。東大寺のは金銅仏だが、ここのそれは乾漆像で、漆を塗り重ねてゆく手法だから、よりデリケートな衣紋のありようを表現している。

唐招提寺の僧は微笑はしたが、その答は少し違っていた。

「盧舎那仏ではいらっしゃいますが、東大寺の大仏さまと同じではございません。こちらは『梵網経（ぼんもうきょう）』に基づいております」

「と言われますと『華厳経』の御仏ではいらっしゃいませんので？」

「はい。この寺は戒律の寺でございますから」

戒律の経典の一つ、『梵網経』にのっとった造仏を行った、というのである。その説くところは『華厳経』によく似ている。蓮華台の上にいる毘盧舎那仏が、分身としての釈迦を千の蓮華の上に出現させた。違うのは、その中心的存在である盧舎那仏が、これから仏教戒律の根本を説こうとしていることだ。

「戒こそは仏教の根本の教である」

と『梵網経』は説く。

ここで説かれる戒は、さきの具足戒とは少し系譜を異にする。重要な戒を十戒、比較的軽い戒を四十八挙げて、それを守ることを求めるのである。二百五十戒からみれば簡単なようだが、先に見たように、二百五十戒の中には礼儀作法、細則めいたものも多いので、それらを整理省略してあるともいえるが、別の見方をすれば、外側の形式は簡素化されても、精神的には深さが加わっているともいえる。

それよりも大きな違いは、二百五十戒の具足戒が僧団入りした僧侶のために説かれているのに対して、在俗の人にも僧にも共通する戒として説かれていることだ。当初は出家集団のためのものだった仏教が、在俗の信者が増え、それらを包括した形の大乗仏教へと発展してゆく中で生れた戒律なのである。

在俗の信者が増えれば、自然、僧俗の区別なく、誰でも救われるという考え方が主流になる。それを、仏教では、誰でも菩薩になれる――と説く。それまで菩薩とは仏に近い存在で、かなりの求道者すらとうてい近づけるものではなかったのに、僧も俗も菩薩になれるというのだから、発想の大転換だ。そして、これらの菩薩たちが守るのが梵網戒であり、一名菩薩戒とも呼ばれるものなのだ。

「その菩薩戒を、鑑真和上は聖武天皇にもお授けになりました」

と唐招提寺の僧は言う。そのことなら、最澄も聞いた憶えがある。

「では和上は具足戒より梵網戒を重視なさっていたのでしょうか」

尋ねると、

「いや、どちらが上、下ということはありません」

という答が返ってきた。鑑真の中には二つのものが矛盾なく存在していた、というのだ。

「どれがいい、どれが悪い、という割り切り方はしません。天台大師はそのようにどちらかに執(しゅう)することはいけないと説かれたそうです。和上は天台大師を尊崇しておられたということですから」

またしても天台に突きあたる。最澄は考えこまざるを得ない。本尊の左側に異様な観音像がある。光背のように数百、いやそれ以上の手を体の周囲に廻(めぐ)らしているのだ。

「こちらの御仏像は？」

「千手観音です。和上は『千眼千臂経(せんがんせんぴきょう)』に心をひかれておいででしたから」

『千眼千臂経』が密教系の経典であることは最澄も知っている。

「和上はそういう経典にも御造詣が深かったのですね」

「はい、その中に、『終リニ臨ンデ端座シ、禅定ニ入ルガ如シ』という言葉があります。和上は死にあたってかくの如くありたい、と常々言っておられましたが、お言葉のとおり、結跏趺坐(けっかふざ)して遷化(せんげ)されました」

――おお、禅定か。止観のことだな。

と最澄はうなずいたことだろう。このとき、まだ唐招提寺の金堂に薬師像はない。造顕されるのはもっと後――というのは、一九七二年の修理の際にその掌の部分から延暦十五（七九六）年鋳造された隆平永宝(りゅうへいえいほう)が発見されるという動かない証拠があるからなのだが。

ともあれ、最澄は鑑真のもたらしたものが、授戒の儀式だけでないことを知ったはずだ。その広やかな仏教観――その根底にあるらしい天台教学に、彼が、少しずつ近づきつつあったことはたしかである。

東大寺の戒壇院で受戒の後、最澄は三月ほど奈良に止まっていた。受戒後の夏安居(げあんご)、これを研修の総仕上げの期間と見るべきだろう。来日当初の鑑真たちが考えていた五年の戒律講究の期間が崩れて、辛うじて残ったのが三か月の夏安居だったのではないか。——この三か月の中央の研修期間では短すぎる。

きまじめな学問僧、最澄はそう思ったことだろう。自分の戒律の修行も講究も完全ではないし、それに、奈良の都に来て、はじめて眼にした秘宝——天台教学の諸典籍を写しとるには、あまりに時間が少なすぎた。

多分彼はこの期間、夜も寝ずに書写に励んだに違いない。それでも、法華三大部をはじめ、教学の中心をなす諸典籍を写しおえたかどうか……。だからこそ私は受戒のその年より以前に奈良に来て、その作業に入っていたと見たいのだ。沙弥となってからの修行はほぼ三年で十分だし、得度以来足かけ五年の歳月を経ている彼が、最後の一年半ほどは、受戒候補者として、都に来て、東大寺の唐禅院か大安寺かで天台教典の借覧、筆写に精を出していたと推測することは許されるのではないか。

『叡山大師伝』では、最澄が天台の法文にめぐりあったのは彼が比叡に登った後としているが、このことはちょっと留保をつけておきたい。記述がきわめて曖昧なのである。

「このとき（比叡登山後）、天台の法文の所在を知っている人に邂逅値遇（かいこうちぐ）し、それらを写しとることができた。これは故鑑真和上の持ってきたものである」

こうした表現は高僧伝にはよくあることなので『叡山大師伝』だけを責めるわけにはゆかない。天から降ってきたと書かないだけ正直だが、誰とも知らぬ人から法文を授かったとした方が神秘性が加わるのだ。もっとも、このおぼめかした書き方にはもう一つの理由が考えられる。周知のように、最澄は後半生で南都仏教と対立する。その彼が根本に据える天台三大部以下の典籍を、直接南都から借りたとは書きにくかったのではないか。

当時、天台教学はかえりみられていなかったから、これらの典籍が流布していた気配はなく、唐和上鑑真の請来典籍として東大寺の奥深くに蔵されたままになっていたに違いない。それ以後に何人(なんぴと)かの手によって筆写されたにしても、その機会はそう多くはなかったはずだ。天台三大部に限らず、経典そのものが、現在書店で出版物を手に入れるように簡単に近づけるものではなかったことを考えるべきである。現在残るおびただしい「正倉院文書」でも書写のために経典類の貸借がしきりに行われたことは窺うことができるが、このときも係によって、

「東大寺から、何処へ、何を」

というふうに、厳重なチェックが行われている。『叡山大師伝』の「法文の所在を知る人」というさりげない書き方は、むしろ不自然に口をすぼめているのである。

かくて七月、彼は奈良を発って近江に向う。その背には、玄奘三蔵さながら、おびただしい経典が担われていたことだろう。あるいはかなり裕福だったらしい彼の生家は、荷運びのための馬ぐらいは出したかもしれない。荒廃の色を日に日に深めてゆく旧都を後に、いま青年僧最澄は、故郷への道を辿っている。

その行く先は？　近江国分寺というわけにいかなかった。すでにこの寺は火災に遭っているからである。焼失が単に伽藍のみにとどまらず、付属の穀倉にまで及んでいたとしたら、経済的基礎を失った国分寺の再建は容易なことではない。

しかし、このことは、最澄にとって、必ずしもマイナスの要因としては働かなかった。国分寺における宗教行事への参加、後輩の指導――一人前の僧侶になった最澄の晴れの舞台への登場の機会もなくなったし、給与の分配にもあずかれなくなったかもしれないが、その代り、ある意味での自由を得た。山林に閑居して、自己の求道に励む自由を、である。

――そうだ、これを機に……

このことを考えながら、彼は近江への道を辿ったことだろう。

が、これは、従来の仏教のあり方を全部否定して、山林に逃れたのではない。当時は彼ら官僧たちも、その身分のまま、山林での修行を許されていた。都の大寺にあるものは彼らを統轄する僧綱から担当官庁の玄蕃寮に届け、地方では国の役僧や国府の許可を得、籠るべき山林の場所をはっきりさせておく、という条件付きではあったが、これは僧侶自身が公務員である以上、当然のことであろう。従来の見解はともすれば、この時期、すでに最澄が当時の仏教と絶縁したように考えがちだが、これは誤解である。私も、木内堯央氏の指摘（『最澄と天台教団』教育社）でそのことに気づいたのだが、これはある意味で、今後の最澄の生涯を把握する重要なポイントであろう。

国分寺の焼失によって、最澄はその好機を摑んだ。現在の大学教授が、ある期間、教務を離れて、在宅研究、あるいは内地留学、外国留学を許されるのと同じようなものである。旧都でおびただしい仏典を借覧、筆写した最澄は、自分がまだ仏教の入口に立っただけの、ほとんど無智にひとしい若輩であることを身にしみて知った。

——こんな自分が一人前の僧侶面をするわけにはいかない。まして行法を行ったり、人に教えたりはできない。大きな顔をして国の給与をうけ、安閑としているなんて、とんでもないことだ。

その未熟の身が、偶然にも研究の期間が与えられたのは、それこそ仏の加護だ、と最澄は思ったことだろう。そして籠るべき山林は？　と考えたとき、彼は躊躇なく、

——それは比叡山だ！

と心に決めたはずだ。今までは、母なる里を抱く、なつかしい存在だったその山が、旧都に偉容を誇る諸伽藍にもまして、神聖な修行の場に見えてきた。

——その中に籠ろう。国府に帰国の挨拶をすませたら、すぐに……

思えば旧都に滞在中、彼の直面した体験は、人生の根底を揺り動かされるほど衝撃的なものだった。

奈良からの遷都、そして仏教政策の見直し。

その混乱の波をかぶった同僚の中には、前途を悲観して学業を放棄するものもいたろう

し、自棄に陥るものもいたはずだ。あるいは、おろおろしながらも、授与された戒牒を大事に胸にし、

——後は何とかなるだろう。

と、とぼとぼ帰国した者もあったろう。

が、最澄が近江に戻る足取りは、重くはなかった。彼の胸を占めるのは悲観でも絶望でもない。旧都で与えられた衝撃は大きかったが、それだけに、きまじめな彼は、より無垢な眼で、仏教そのものに迫ろうとした。そして、はしなくも天台教学という秘宝にめぐりあった。近江にいては手にとる機会もなかった諸法文に……

稀有な歴史的体験と宗教的体験を胸に刻みこんで、いま、彼は叡山に登ろうとしている。

平安京への道

歴史のめぐりあわせというのは、ふしぎなものである。

最澄が去って一月足らずの後、旧都奈良は華麗な行列を迎え入れる。そして八月下旬にはこれに数倍するものものしい車駕の列を。さきの行列は、桓武天皇の皇女、朝原内親王のそれ、後者は、桓武そのひとの鹵簿であった。もしも最澄の滞在がもう少し長びいていたら、彼はこれらの行列を眼にしたはずなのに。

——宿命的なめぐりあいは、もっと後にとっておくのさ。

このとき、歴史はこっそりしのび笑いをしていたかもしれない。

朝原内親王は伊勢の斎宮に選ばれ、その旅立ちに先立って、精進、潔斎を行うために、旧都に戻ってきたのである。桓武が文武百官を従えてやってきたのは、潔斎を終っていよいよ伊勢に旅立つ彼女を見送るためだった。

「行きましょう、ねえ、奈良へ。あの娘の旅立ちを見送ってやりましょう」

積極的だったのは内親王の生母、酒人ではなかったか。

「私だって、お父さまの見送りをうけて伊勢へ旅立ったんですもの」

「ああ、よしよし、そうしよう」

桓武がその申し出を受け入れたのは、ひとえにきさきの意をそこなわないためだった。酒人はわがままだ。言いだしたら後へはひかない。派手好きで遊楽好きの彼女の思いつきに、ほとんど逆らうことがなかったのは、桓武の心の負いめからである。

酒人内親王も宿命の女だった。父は光仁、母は非業の死を遂げた井上皇后。その井上が父帝聖武時代に斎宮に立ったのと同じく、光仁時代に斎宮として伊勢に赴いた。斎宮にはきびしい禁忌がある。父帝あるいは親族が死ぬとその任を解かれて帰ってくる。そして酒人が解任されたのは、母井上皇后が、皇后位を剝奪され謎の死を遂げたときだった。帰京した酒人は、母とともに、弟の他戸もすでに世にないことを知ったはずだ。いまわしい事件の埋めあわせをつけるように、桓武――当時の山部親王は彼女をきさきとして迎えいれる。ひとりぼっちになった酒人は、十七も年の違う桓武をひどく頼りにした。

――このひとは、事件の真相を知っているのか、それとも……

知らずにいるのだったらいじらしい。知っていながら、憎むべき敵でもある自分にからだをゆだね、あなたなしでは生きていかれない、というのだったら、自分は生涯かけてその負い目を返してゆかねばならない。桓武はきさきの誰に対してよりも、酒人には寛容にならざるを得なかった。娘といってもいいくらい年の違う皇女のわがままは、ときには桓武をほほえませる無邪気さがあった。

呆れてその眼をみつめることがある。

「あなたは何も知らないんだな」

「そうよ、伊勢ではね、世の中のことは誰も教えてくれなかったもの」

当然のように言うその面差が、ときどきはっとするほど母の井上に似ている。その桓武の心のおののきを知ってか知らずにか、彼女は、笑うといっそう母親似になる色白の面差を桓武に向ける。

「お母さまなんかもっとひどかった。五つか六つで斎宮におきまりでしょ。もっとも伊勢に行かれたのは少し後だけど、それでも十八年もいらしっていたのよ」

「そ、そ、そうだったな」

話題を逸らすためには、酒人を温く抱擁してやるほかはない。

「ああ、いい気持」

そんなときも無邪気すぎるほど無邪気なのである。

が、そのうち、桓武はあることに気づく。この年の違う異母妹が、無邪気というより、恥じらいもつつしみも知らない、ということを。どこか体の釘が一本抜けているというのか、求めるときはきりがない。即位して多くのきさきが身辺にまとわりつくようになると、

「旅子の所へいらしたの？」

ひどく無邪気に、母親そっくりの眼でみつめ、

「それなら、私にも、ね」

と体を伸ばす。それが嫉妬からではない、と知ったとき、桓武はぎょっとする。

「今日はいろいろのことがあって疲れているから……」

「そう、じゃ、誰か男を呼んでもいい？」

「何だって」

こんなとき、酒人の顔は恐ろしいように井上に似ている。桓武は非業の死を遂げた義理の母の呪縛に陥ちたような気がして、思わず口の中で呻く。

——ああ、義母上……

眼の前の酒人は無邪気に微笑する。

——どう、逃げられて？

後世、若き日の山部親王と井上皇后の間のスキャンダル説話が生れたのは、この酒人との関係の投影ではなかったか、と私は思っている。

桓武は、酒人の常識はずれの欲望の奔出をひどく恐れた。その欲望を鎮めるためには、何でもするがままにまかせた。彼女は賑かなことが大好きで、東大寺で万灯会を行っては喜んだという。軒先に多くの軒灯を掛けつらね、闇の中に伽藍を浮き上らせる豪奢な光の

祭典は、してみれば、このときも行われたのだろうか。

その酒人の産んだ娘がいま、伊勢に旅立ってゆく。

——宿命を享けた娘よ……

祖母が行き、母が辿ったと同じ道を、彼女はいま歩みはじめようとしている。

——わが娘に平安を。

桓武の眼には複雑な翳があったのではないだろうか。朝原内親王が伊勢に旅立ったのは九月七日、文武百官は彼女の行列を大和と伊勢の国境まで送っていった。

その後も、桓武はしばらく旧都に滞在していた。

「御留守の間に工事を急がせます。お戻りの日を、まあ、お楽しみに」

自信たっぷりにこう言ったのは造宮使長官藤原種継だ。足手まといになる諸官僚が右往左往しない分だけ工事は捗る、といわんばかりである。彼は亡き百川と同じ式家の出身だ。父の名は清成といわれているが、この人物については行跡が明らかでない。おそらく早逝し、以後、叔父百川の庇護をうけて育ったものか。

桓武は自分と同じ年である種継を、百川亡き後、無二の側近としていた。百川のような智略、権謀型ではないが、叔父を凌ぐほどの実行力を持っている。その前年の五月に決定したばかりの遷都を早くも十一月にはやってのけたのは、まさに彼の実行力によるものにほかならない。彼の母は秦氏の娘である。渡来系の氏族を母とすることが、桓武に親近感を懐かせたともいえるが、むしろ彼の実力の背景は、そうした心情的なものより、母方の秦氏の持つ経済力の豊富さにあった。遷都に先立ち、

「小黒麻呂を抱きこみましょう」

桓武に献策したのは、彼かもしれない。小黒麻呂は種継と別系の北家藤原氏の出身だが、種継より年長の実力派である。そして彼の妻もまた、秦氏の娘だった。常識では考えられないスピードで建設が進んだのは、これら山背を本拠とする秦氏の経済力によるところが多い。富は持ちながら政治の中心に足がかりのなかった秦氏にとって、これは自分たちの社会的な地位をレベルアップさせる好機でもあった。

一方、桓武の留守の政治面の実務をあずかったのは、皇太弟早良親王である。桓武と母を同じくする彼は、桓武の即位と同時に皇太弟に立った。正確な年齢は不明だが、年もそう離れていなかったであろう。

工事は種継が、そして留守の政務は早良が……。桓武は、この機に好きな鷹狩を大いに楽しんだらしい。秋の長雨で河内国に洪水が発生し、農民たちの多くが被害をうけたという知らせも届いたが、しかるべき指示を与えたまま、桓武は新都に帰る気配を見せなかった。何しろ突貫工事なので、皇居をはじめ諸庁舎はまず仮建築を急造して、そこに移り、この間に本建築を作って出来次第引越して仮庁舎を取りこわす、という手段をとっている。

——新都へ戻ったとき、どの殿舎が新しい姿を見せているだろうか。

まるで魔法使いのように次々と新建築を造りあげてみせる種継が、

「これが、行幸中の一か月の成果でございます」

得意満面の笑顔で一行を迎える光景が目に浮かぶようだった。

が、楽しげな想像は、突然打ち切られる。新都からの早馬の使が飛びこみ、

「造宮使長官、中納言藤原種継どの、薨（こう）ぜられましたっ」

思いがけない知らせをもたらしたのである。

「何っ」

人々が総立ちになるところで、使は悲鳴に似た叫びをあげる。

「箭（や）が、箭が長官の喉笛を……」

まぎれもない暗殺だった。

――うっ。

桓武は自身の喉元に箭を突きとおされたように瞬間絶句する。が、

「ただちに長岡へ帰る。車駕を用意せよ」

英断の帝王らしい決意をしめす。犯人探索のために、官人の一部は、その場から鞭（むち）をあげて先発した。俄（にわ）かに仕立てられた桓武の車駕も速度を速めてその後を追う。

現場を検分しないでも、ただちに感じとれるのは、それが私怨の犯行ではない、ということだ。あからさまな新都建設への反対が火を噴いたのだ。

――種継を射た箭は、俺に向けられた箭だ。

新都へ向って飛ぶように走りながら、桓武は歯噛みする。矢継早の革新政治、とりわけ長岡遷都に、ひそかな反対がくすぶりつづけていることは知らないわけではなかった。しかし、革新政治に批難はつきものだ。

――一々の言い分を聞いていては、何ひとつ新しいことはできない。

革命の天子をもって任じる桓武はその点強気であった。辛酉(しんゆう)の即位、甲子(かっし)の遷都を強行したのも、強力な行動力で反対論を捩(ね)じふせてしまうためだった。どんどん遷都を実行し、新都を建設して、既定事実を突きつけてしまえば文句は言えまい……

しかし、相手は不敵にも、桓武の強行策の前に立ちはだかった。

――強引に好き勝手なことをするお方には、ま、こういう手もあるっていうことを知っていただきたいですな。

高笑いが耳許に響いてくるようだ。まさに桓武は虚を衝(つ)かれたのである。官人の多くは奈良への旅に従って、新都は極端に人少なだった。その手薄な警固の隙を狙って、彼らは種継を襲ったのだ。

――もし、朝原内親王を送るために、大がかりな奈良行きをやらなかったら？

相手は手も足も出なかったであろう。

――俺の油断か、いや……

桓武は奈良行きをしきりにせがんだきさき酒人の顔をふと思いうかべる。その顔が亡き井上皇后と奇妙に重なりあっていることにぎょっとするのはそのときだ。禍々しい思いに包まれながら疾駆する桓武と酒人の車駕の屋根に、黒髪をなびかせた井上の亡霊が腰をかけ、心地よげに笑い声を立てている。

「さあ、行きましょう、長岡へ。どんなことが起っているか、見に行きましょう」

——そ、そんなことがあるものか。なぜ俺はそんなつまらんことを考えるのだ。

妄想を払い落すように桓武は首を振る。急ぐべきは種継殺害の犯人の逮捕ではないか。

長岡京に戻って解ったのは、種継が至近距離から箭をうけたということだった。それも夜中、突貫工事の仕上りを点検するために、種継が炬火を掲げて現場を見廻っていたことが、敵にとっては好機となった。物蔭にひそんでいた彼らの箭は、あやまたず種継の喉笛を突き刺した。吹きだす血潮の中に、種継は昏倒し、急いで自邸に運ばれたものの、夜が明けたときはすでにこと切れていた。

桓武のこのときの手のうち方は驚くべく迅速だった。たちまち事件の関係者数十人が逮捕され、その日のうちに処罰が決定された。主犯は種継の下で左少弁として働いていた大伴継人と同姓竹良、彼らが斬罪に処せられたほか、法に従っての断罪には、ひとすじの情状酌量も含まれなかった。

——俺に刃向うものには、こうしてくれる。わかったな。

相手を睨(ね)めすえるきびしい桓武の眼差そのものの判決である。

一方、死んだ種継には正一位、左大臣の官位が追贈されたが、多分、桓武は、

――こんなことでは、種継よ、俺の気持はすまないんだ。

声をあげて号泣したいところだったろう。それに、関係者の断罪によって、事件が解決したわけではない。数十人という逮捕者の数が語るように、容易ならない事態がはっきりした。これは単に寵臣種継への嫌がらせといった単発的テロではなく、事件はまさに新都建設を根底から揺さぶろうとする計画的、組織的なものだったのである。

自負心の強い桓武は、このとき、自分のうかつさを嗤(わら)われているような気がしたに違いない。

「いい気になりすぎていたようだな。周りの動きも全く眼に入らないなんて」

どこからともなく聞えてくる嘲(あざけ)りの声の前で、桓武は胸をかきむしる。

「俺だって知らなかったわけじゃない。それだけの手はうってきている」

「ほう、そうしておきながらこのざまというわけか」

「ううっ」

たしかに事件の全容があきらかになったとき、驕れる王者、桓武は、自分の手ぬかり、認識不足を認めないわけにはいかなかったろう。

種継暗殺事件のあらましはこうである。直接の犯人は弓の名手の近衛(このえ)と中衛(ちゅうえ)の兵士だ

ったが、主謀者は大伴継人を中心に、大伴氏の中流の官人と春宮少進佐伯高成たちだ。つまり藤原氏ペースで行われた遷都を快く思っていなかった大伴・佐伯氏の実力行動という構図が、はっきり浮かび上ったのだ。それについて、桓武が全く鈍感だったわけではない。むしろ巧妙な懐柔と脅しで、彼らをきりきり舞いさせていたはずなのだ。

例えば大伴家持——

彼は大伴氏の最長老だが、桓武はときに彼を怪しげな謀叛事件に関係したとして京外に追放したかと思うと、たちまちに許しを与えて中納言に任じている。父旅人が大納言に昇進したのを最後に、久しく一族が到達しなかった栄光の座を彼に与えたのだ。その上、皇太弟早良親王付きの春宮大夫（長官）にした。桓武系ロイヤルファミリーの中に囲いこんでやったのである。そうしておきながら、遷都決定の前には、陸奥按察使・鎮守府将軍・持節征東将軍を兼任させて、東北へ追いやってしまう。中納言というのは閣僚ポストだから、遷都にあたって、保守派のつきあげをうけた家持に廟堂で反対などされては事面倒と思ったのであろう。家持が任を終えて戻ってきたときには、遷都はすでに完了していたのだった。

いわば桓武は、家持をいい加減掌の上で転がしていたのだ。彼らしい眼力で家持の政治能力の限界を見ぬいていたともいえる。歌人としては有名な家持だが、たしかにその政治姿勢は決して一貫してはいない。弱腰でいつも主流派に身をすり寄せたがる性格である。

一般には藤原氏と対立する大伴氏の総帥と思われがちだが、藤原仲麻呂の全盛時代など、一度睨(にら)まれるとたちまち縮みあがり、以後はむしろ仲麻呂に忠実だった。おかげでその後の称徳・道鏡時代には陽の目を見ず、光仁の登場でやっとひと息ついた。すでに年老い、今のポストを失うまいという気配がありありと窺える。

——力もない腰ぬけだが、まあ中納言という肩書で一族を押えることぐらいはできるだろう。

桓武はそんなふうに考えていたらしい。

一方、佐伯氏の押えは、同じく長老である今毛人(いまえみし)である。東大寺を造ったすぐれた実務官僚である彼に、桓武は、参議という佐伯氏はじまって以来の閣僚ポストを与えたが、それより前に、皇后乙牟漏(おとむろ)付きの皇后宮大夫にも任じている。まさに家持そっくりの抱きこみ方ではないか。さらに彼の土木建築の技能を利用し長岡宮造宮使の一人に任じてもいる。

ところが——

この巧妙な桓武の駒組みに、思わぬ誤算が起きた。

なんと家持の命が尽き、あっけなくこの世を去ってしまったのだ。桓武が朝原内親王の旅立ちを見送るために新都を出発した四日後のことである。

——弱腰のボスがいなくなったぞ！　さあ、やるぞ。しかも天皇は留守ときている。

継人たちが好機到来と思ったのも無理はない。もともと、継人と家持では家系も気質もまるで違うのだ。継人の父は古麻呂、家持のいとこで性格も剛毅、それが祟って謀叛事件を起し、拷問を受けて非業の死を遂げている。その血を享けた継人は、父を殺した藤原政権に、深い怨念を懐き続けてきた。むしろ、今まで事を起さなかったほうがふしぎなくらいな男だった。しかも継人は捉えられると、

「主謀者は私ではありません。亡き家持の計画を実行したまでのことで」

と言い張った。死んでしまった家持に罪をなすりつけて極刑をまぬがれようとしたのである。おかげで家持は官位を剝奪されることになったが、桓武は継人の言い分を認めたわけではない。

——あの腰ぬけ家持に、何ができる。

継人の罪は許さず、そのまま斬罪に処してしまったのだが、しかし、継人の声に、いつか別人の声音が加わって、その後も執拗に桓武の耳の中で叫び続けた。声が響きあい、いよいよ大きく鳴り響き、そしてその間に誰とも知れぬ声が混る。

「いい気になりすぎている、周りの動きも眼に入らず……」

ああ、あの声だ、その声の主を探そうとして桓武はぎょっとする。いや、探さなくとも知っている。聞きなれた声だ。それはずっと前から、何か呟き続けているようだった。そのことを自分が意識しはじめたのは、いつごろからか?

——いや、いつからだって、そんなことはどうでもいい。そうだ。俺は知っていたのだ

ぞ、そなたの囁きを。

継人たちの声が、洞穴の遠くから反響するように押しよせ、耳いっぱいに、ぐわあんと鳴りひびいたそのとき、桓武の心は決まっていた。

——種継を殺した憎むべき敵は、大伴でも佐伯でもない。彼らを煽動し、卑劣な殺人を行わせたのは、弟の早良だ！

——継人は、張本は家持だと言っている。春宮大夫家持だと。これ以上明白な証拠はない。早良よ、そなたは俺の遷都を失敗させようというのだな。

桓武の聞いた継人の言葉は、悪魔の囁きだったのか。それとも、

——王者たるものは、悪魔の魂を持て。

とした百川の期待が、遂に桓武の中に結実したのか。このとき桓武は自分をめぐる嘲笑のざわめきの中に、無理にも早良の声を聞きとろうとしていたのだった。

そう決意すると、理由は後から息せききって集まってくる。

——弟は遷都についていつも非協力的だった。俺の政策に反対する連中をいつも身近に近づけている。

今にして思えば、大伴家持を春宮大夫などにすべきではなかった。政治的には無能と思われた家持までが別の人間に見えてくる。いや、家持がそんな策謀の張本人になれるはずはない、と思いながら、桓武はその判断を何とか捩じまげようと必死になっていたのかも

しれない。

客観的に見て、このとき、早良がクーデターを計画していたとは思われない。が、やり手のトップが、あまりに強引にことを運びすぎると、下部の不満は、ナンバー・2の前でぶちまけられる。トップには面と向って反対できない場合、こういう形になるのは自然の勢いなのだ。バランスをとる必要上、ナンバー・2はいろいろの文句にもうなずいてやらねばならない。

が、その微妙な空気は、トップにも敏感に伝わってしまう。ナンバー・2が不満分子の親分気取りでいるようにも見えてくる……桓武の早良に対する不快感は、まさにそのような形で、いつとはなしに芽生え、ひろがりかけていたのだった。このときの史料がじつは不完全で、種継と早良の確執といった見方もないわけではないのだが、当時の皇太子という存在じたい、さほど強い権力を与えられていなかったことを考えても、早良の影響力を過大視するのはどうだろうか。せいぜい、疾走する兄桓武に、時折ブレーキをかける程度ではなかったか。

しかし、実態と桓武がそれをどう受けとったかは別問題である。種継暗殺を契機に、桓武の怒りは爆発する。早良が長い間自分を冷たい眼でみつめ続け、ひそかに嘲笑を浮かべて批難してきたような気がしてしまう。早良が、

「私は、何も知らなかった」

と抗弁しても、

「それで留守がつとまるか。種継を殺させるとは重大な手落ちではないか。そなたが厳しい警戒を怠らなかったら、事件は起らなかったはずだ。怠慢だ。いや、見て見ぬふりをしていたとしか思えない」

早良もむっとして言ったかもしれない。

「兄上はやりすぎる。種継暗殺は兄上の政治に対する不満の現われだということにお気づきにならないのか」

「ほう、じゃ、そなたは、この事件に責任はない、と言うのだな。全部の責任は俺にあると。そなただけが正義だと」

「いや、なにも……」

「そうじゃないか。そなたは殺した者の肩を持っている。現に――」

桓武は最後の切札をふりかざす。

「春宮大夫大伴家持が主謀者だ、と継人は白状している」

「死人に口なしだ。継人の逃口上だということにも、気づかれないとは」

長岡の宮殿の奥深く、兄弟の対立は果てしなく続いた。

「よし、死者に口なしなら、生きている者はどうだ。春宮少進佐伯高成は、私が近衛たちを遣わして種継を殺しました、と言っているのだぞ」

「知らないとは言わせぬ。高成は皇子に申しあげ、許しを得ていると——」

早良は沈黙する。もう兄の胸の中で結論はきまっているのだ。座を立つとわが殿舎である東宮に戻り、即日、京内にある乙訓寺に入った。この寺は遷都以前からこの地にあった関係上、そのまま辛うじて存在を許されていたものである。

桓武の側では、この間に手早く廃太子の手続が進行する。それを追って発せられたのは淡路配流の命令だった。

——よし、こうなれば。

早良も命を賭けての抵抗を決意する。

「私は謀叛など企んだことはない。あくまでも潔白だ」

そのあかしとして、差入れられる食事の一切を拒み通した。五日、十日……早良の肉体は急速に衰える。が、桓武は衰弱しきった早良の淡路配流を強行させた。はたせるかな早良は護送の途中で落命するが、桓武は敢えて屍を淡路に送らせその地に埋葬させた。

「死んでも許さぬぞ」

きびしい姿勢をしめしたのである。

そして、すべてが終ったとき——

早良の事件など、きれいさっぱり忘れはてたように、晴れやかに行われるのが、郊外の交野柏原における漢風の祭祀である。「天神を祀る」と史料に記された祭祀の内容ははっきりしないが、中国の天子が郊外で行った祭祀行事に似たもので、犠牲（いけにえ）を捧げ、陰陽の調和、五穀の豊穣、国家安泰を祈る儀式だったようだ。犠牲として神に供えられたのは牛で、こうした殺牛祭神は農耕儀礼として、古くから日本でも行われていたようだが、ここでは、あきらかに中国の天子の祭祀が意識されている。

ここにいたって、その遷都政策の中に、仏寺の移転が含まれなかった理由もはっきりするはずだ。先帝聖武は、みずから三宝の奴（やっこ）と名乗り、東大寺の大仏殿の前に築かれた壇に登って菩薩戒をうけた。こうした仏教色を桓武はわが政治の舞台からすべて払拭したかったのである。

それに代って行われる郊外の天神の祭だ。天子の祭——桓武の帝王としての輝きはその中でより光を放つはずだった。当時の日本は先進国中国に対するコンプレックスがある。中国風の天子の祭を自らに許した桓武は、より中国の天子に近づいたわけだ。

祭祀が終ったとき、

——みごとになされましたな、皇子。

桓武は久しぶりに故百川の囁きを耳にしたかもしれない。そして、その讃辞が、了えたばかりの天神の祭に対してではないことを、桓武は感づいたはずである。

——そうだ、そのとおりだ、百川。

桓武は胸を張る。種継暗殺も早良の非業の死も、すべて洗い流され、きよめられた無垢の新都で、いま、まさに行われんとしているのは立太子式。その座に就くべきは、わが子安殿、十二歳。

――それをおみごとだと申しあげているのですぞ、帝。私があなたさまのために井上皇后や他戸親王を除きまいらせたときよりずっとみごとにおやりになられた。王者というものは……

――もう言うな、百川。

悪魔の魂を持てというのだろう。それが王者の「力」だと言いたいのだろう。

――わかっているぞ、百川。

王者としての「力」をいま、完全に手にしている――と桓武は思った。

――なぜなら、それが必要だからだ。

新都の建設、そして新しい政治。そのためには自分は一歩も退かない。いたずらに批判し非を鳴らす邪魔ものは力ずくでも押しのける。それを俺はしたにすぎない。いまここで革新の政治を俺がやらないで誰にできるか。早良はそのことがわからず、俺の前に立塞がった。そういう奴は、たとえ弟でも許すことはできない。弟を殺した冷たい兄だと言うものは言うがいい。俺は弟だから殺したんじゃない。革新政治を邪魔する奴は弟でも殺す、ということだ。だから安殿の立太子も、俺が望んだわけじゃない。結果としてそうなっただけのことだ。

——そうですとも、帝。それがおみごとだと申しあげているのですよ、私は……

百川がもう一度そう囁いたような気もする。

——百川よ、そなたが生きていたら……

ふと父親によく似た娘の旅子の面差を思いだす。きさきとして後宮にある彼女は、いまはじめてみごもって里下りをしている。

——旅子に報いてやらねばな。

彼女が夫人の称号を与えられたのは、その翌年の正月のことだ。このときの後宮の序列は次のようになる。

皇后　乙牟漏　藤原良継の娘　安殿を産む。

夫人　藤原吉子　右大臣藤原是公の娘　伊予親王を産む。伊予親王の生年は不詳だが、帯剣を許されるのが安殿よりかなり遅れるので年も七、八歳下と思われる。

このほかに、藤原永手の娘が夫人だったと『一代要記』にはあるが、その称号を許された時期があきらかではない。ともあれ、旅子は後宮で第三番目か四番目の地位を与えられたことになろう。桓武の後宮の女性は二十六人（といっても、常時それだけの人数がいたというより交替があったわけだが）、まず旅子は厚遇されていたといっていい。この年旅子が産んだのは男児、大伴親王——後の淳和天皇だ。これよりわずか前に、乙牟漏が男児

（賀美能親王、後の嵯峨天皇）を儲けている。

旅子が夫人となった延暦五（七八六）年、桓武新政は、いよいよ快い回転を見せはじめる。五十歳の王者は気力充実し、自信にみちた指揮ぶりをしめす。

施策の第一は地方官の綱紀粛正である。

「諸国の貢納する庸も調も、常に納入不足だ。これは国司、郡司の怠慢だ。官物を横流しして私腹を肥やしたり、ろくなことはしない。善政の評判にいたっては十に一つ、という有様だ」

と手きびしい。ここで改めて桓武は官吏としての条件十数か条をあげ、信賞必罰を徹底させることにした。

とりわけ、地方の財政管理の杜撰さに桓武は眼を光らす。

「最近、諸国の正倉が神火（落雷）によって焼けたという報告が多いが、その多くは虚偽だ」

俺の眼は節穴ではないぞ、とぎろりと睨みをきかす。

「原因は仲間どうしの争いとか、官人が国庫の費用をごまかし、これがばれるのを恐れて、わざと放火したりするのだ。以後、神火人火を問わず、損失は国司郡司が補塡せよ」

これは単に官吏へのしめつけではなかった。桓武の胸にはさらに大きな構想が秘められていたのだ。

──国力を充実させ、次は蝦夷地への進出だ。

当時、東北地方の北半分は、まだ中央政府の版図に組みこまれていない。この地方の制圧は奈良時代からの懸案だったが、歴代の政府は全く成果をあげていなかった。とりわけ父帝光仁時代、現地勢力はいよいよ強大になって、中央政府の拠点である多賀城をおびやかすほどにもなっていた。この長年の懸案の解決こそ、新都建設以上に、スケールの大きい帝王中の帝王のなすべき仕事──と、桓武は思っている。みずからを中国の天子になぞらえたがっていた彼は、漢の高祖、あるいは秦の始皇帝を理想にしていたかもしれないのである。

蝦夷地進出については、新都建設よりもぐっと慎重、計画的だった。遷都宣言の半年後に強引に実行に踏みきったようなことはせず、まず、この年、各地に官人を派遣して、動員するべき兵士の基礎調査、軍備の点検を行わせた。出陣は三年後、動員数五万余というのがその目標である。兵糧米も多賀城に逐次運びこませる。各国の正倉の調査がやかましくなったのも、じつはこのためなのである。

──俺は日本の新しい地平を拓く。

困ったことだが、古来、政権に意欲的な人間ほど、そういう理想を掲げたがるのだ。天智の渡海作戦もそうだったし、藤原仲麻呂も、実現はしなかったが、新羅出兵を計画している。そしてまた困ったことに、「大きいこと、そして強いこと」という、単純すぎるほど単純な旗印は、周囲にも納得されやすいのである。遷都決定のときほど不満を洩らす声もなく、早良憤死のときのような動揺もなかった。いや、種継暗殺にはじまる一連の事件の暗鬱な印象を拭い去るために、桓武は意識的に遠征計画を打ちだしたのかもしれない。もう一つ、ここで桓武は別の方面にかなりの妙手を打つ。近江の滋賀郡に、梵釈寺という寺を造るのだ。

——あの寺嫌いの桓武が？

さては方向転換か？　と思いたいところだが、これは今までの南都の大寺とは全く性格の違う寺院だった。

仏閣——というより、南都六宗の総合研究所といったらいいだろうか。つまり六宗兼学である。むしろこの梵釈寺の建立によって、桓武は、はっきりと政教分離を打ちだしたのだ。

「何も廃仏毀釈せよといっているわけじゃない。それどころか、仏教の説く真理には深い敬意を表している。だからもっと純粋に研究を深めてもらいたい。ただし政治に介入は無用だ」

みずから都の郊外で天神を祀り、

——これこそ天子の祭なのだぞ。

と内外に認識させてからのことだけに、梵釈寺という枠の中に、仏教を閉じこめた、ともとれる方策である。外見から見れば、仏教の外護者とも見える措置によって、やんわり仏教を封じこめるあたり、さすがに仕掛けが細かくなってきている。

それに、ここにはもう一つの狙いがあった。当時、奈良では、三論宗と法相宗の猛烈ないがみあいが続いていたのを、意表を衝いて近江に中心的な宗教研究所を作り、両宗の喧嘩を骨ぬきにしてしまったのだ。宗教的な対立は、ともすれば本論を離れて感情的になり、そこへ欲がからんでくる。梵釈寺は、そういう宗旨と離れた総合的な研究所で、高名な学僧をトップに据えた。

「法相も三論も、奈良で勝手に法論をしているがいい」

というわけだ。経済的な基礎は諸大寺に比べて遥かに小さいが、これが桓武の意向で建てられたとなると、一種の権威がつく。南都の諸大寺は、相対的に、その権威を弱められた。

「寺というのは、本来、こうした形であるべきものだ」

南都の寺々をつぶすわけにはいかないから、桓武はこういう形で、自分の息のかかった精神的権威を、新発足させたのだ。しかもそれが、お膝元の長岡京でなくて、近江の滋賀郡だったところがおもしろい。

「寺はあくまでも長岡京とは別のものだ」

という姿勢は貫いている。

が、よりおもしろいのは、その梵釈寺のあった滋賀郡こそ、最澄の本貫の地だったということだ。出家した現在、もちろん地元の籍は除かれているが、彼に関する国府の牒にも、度縁にも、

「滋賀郡古市郷の戸主三津首浄足の戸口」

と書かれているではないか。

もっとも、梵釈寺創建のころ、最澄はこの寺と全くかかわりを持たない。が、村尾次郎氏の『桓武天皇』（吉川弘文館）によれば、梵釈寺があったのは、南滋賀の正興寺付近に残る廃寺址あたりらしく、発掘調査によって、薬師寺式伽藍配置だったことが確認されたという。じつは梵釈寺址かといわれているところは別にもあるようで、私も見てはいるのだが、確証はない。一応この説に従うならば、ともあれ近江は国分寺を失った代りに、国に直属した宗教研究所を得たのである。

「政治は長岡、精神文化は近江」

ということになろうか。ふしぎな形で梵釈寺は後の延暦寺の先駆をなしている。私見だが、梵釈寺を近江へというこの構想の蔭には、心のふるさととして近江を慕ってやまない藤原氏の力が働いているような気がしてならない。桓武も天智系の帝王であり、かつての大津京の存在は記憶の根底に据えられていたはずである。聖武の繁栄させた仏都奈良を継承するより、父祖の地に清新の研究所を、という思いがあったのではないか。梵釈寺に関

する史料はごくわずかしかないので、推定でしかないのだが、奔走したのは種継亡きあとでは小黒麻呂あたりが考えられる。

つけ加えておくと、寺そのものに関わりを持たなかったにしても、最澄がこの梵釈寺の存在も知らず、山中に籠っていたとは思いにくい。山に籠った後の最澄については、全く外界との交渉を断たれた状況を想像しがちだが、父や母の家を通じて、さまざまの情報を得ていたであろうことは十分考えられる。自分が去った直後に旧都を訪れた帝王の噂、その車駕が宙を飛んで長岡になぜ引返したか、長岡での血なまぐさい事件、桓武の処断、早良の悲惨な死——それらを知らないはずはない。

いや、むしろ、

「えっ、何だって？」

別の理由から、眼を丸くし、

「ちょっと……ちょっと待ってくれ」

そう口走る彼の姿が想像できる。急いで草庵の奥の棚に収められた手筥(てばこ)を、彼は持ちだしたはずである。身辺を離さず持ち歩いていた度縁をひろげてみて、

「う、ううむ」

終りの数行に、彼の視線は吸いつけられる。そこには、

「沙弥最澄がすでに得度している」

ということを保証する近江国府の役人が名前を並べ、

国守　藤原朝臣 在京

介　大伴宿禰継人

とあるではないか。この国守藤原朝臣こそ継人に殺された種継なのだ。もっともこの時点で、種継は「在京」とあって署名がない。中央ですでに参議の座にあった彼は、近江守を兼ねてはいたが、任地にはいなかったのである。

日付は延暦二（七八三）年正月、二年余の後、かつての介は国守を殺してしまったのだ。

——とすれば、このころから既に、守どのと介どのとは、しっくりいっていなかったのか。しかし、人間の運命とはわからぬものだな……

もっとも、最澄の感慨はそのあたりまでである。桓武がいかにその機を捉えて官界の大粛清を行ったか、弟を死に追いやって、わが息子を跡継に据えてしまったか……。それらを耳にすることはあっても、彼にとっては雲を隔てた別世界の出来事だった。

が、奇妙なことだが、この延暦三（七八四）年から四年の両者は、それと知らずに、同じような道を辿っている。最澄は南都でいったんは前途を塞がれたような思いを経験しながら、その経験をばねに、新しい宗教の世界を摑みとり、意欲に燃えて山に籠った。

一方の桓武は、片腕と恃む藤原種継を失った。その大衝撃をばねに、彼は自己の世界を確立し、わが子に帝位を譲る道さえ拓いてしまったのだ。

それでいながら、彼らは運命の相似に関心を払うこともなく、このときはまだ、別々の道を歩いている。

延暦六（七八七）年、元服前から、皇太子安殿は帯剣を許された。童形のままでも、いかめしい太刀を佩くと、何やら大人びて見えてくる。陽気だが落着きがなく、時々情緒不安定になるこの息子に、

――さ、そなたもいよいよ一人前になる日が近いのだぞ。

太刀を与えることによって、桓武は精神的な成長を望むつもりだったのだろう。

新政はますます順調に進んでいる。行動力のある若手の官僚が、革新政治の担い手として動きはじめたからだ。坂上苅田麻呂の子、田村麻呂、亡き種継の子仲成、学者の津真道、右大臣是公の子雄友、藤原継縄と尚侍百済王明信の間に生れた乙叡――

かつての愛人のひとりだった明信は尚侍――女官長として女性官僚のトップにある。その夫継縄は大納言。肉体の隅々まで知りつくした愛人とその夫は、奇妙な親近感で桓武側近の環を形造っている。

「久しぶりに、そなたの家に行くとするか、明信」

そんなことがさらりと言える仲になっている。

「じゃ、交野でお鷹狩ですね」

明信の瞳はまだあでやかだ。

「うん、鷹狩をした後、よくそなたの許に泊ったものだ」

「鷹の爪をお剪りになったりして……。憶えていらっしゃいます？」

「そなたの裸を見た鷹をな」

「あら、いや」

その鷹狩は十月に行われ、継縄の別業、つまり明信の邸が、行宮（かりみや）となった。明信の強力なバックアップで、百済王家は、いま、続々と政界に進出している。桓武が明信の邸に滞在中、百済王一族は総力をあげて歓待につとめた。異国風の楽（がく）の宴、そして、富にまかせての豪華な献上品――。桓武もこれに応えて褒賞をばらまく。百済王玄鏡と明信の子乙叡に正五位下、百済王元真、善貞、忠信、明本らにそれぞれ昇叙、授位――。明信の代りに、百済王家は教仁、教法らを後宮に納（い）れてもいる。

しかし贅を尽したこの交野行は、桓武の一時の気ばらしのためのものではなかった。宴遊の楽の合間に、継縄に明信も交えて、綿密な打ちあわせが行われていたのである。

「いいな、そのような手筈で」

「はっ、万事手ぬかりなく」

計画されていたのは十一月に交野で行われる天神の祭祀であった。一昨年行ったこの漢風の祭祀が、より豪華に、より重々しく行われる予定であり、さらに亡き父帝光仁を加えて、天神とともに父祖への祈りが捧げられるはずだった。天神地祇とともに父祖の霊を祀る——これこそ中国の天子の行う祭祀儀礼そのままだ。十一月五日の当日、ものものしい漢文の祭文を捧げたのは藤原継縄——。それまでの和風の宣命に代って、祈りの言葉すら純中国ふうのものになった。

その盛儀の後で行われたのが皇太子安殿の元服の式である。このときも成人のしるしに冠をかぶせるメインの役をつとめたのは皇太子傅継縄と、紀船守。傅というのは皇太子の指導役、つまり継縄は天皇と皇太子の側近を独りじめしていたのである。紀氏は桓武の父方の外戚として選ばれたのであろうか。

しかし、それが桓武の得意の絶頂だった。

翌延暦七（七八八）年になると、急に世の中の様子が一変した。まず畿内各地が未曽有の旱魃に襲われた。ひどいところになると、去年から五か月近く、雨らしい雨を見ないという有様で、農民は田植をすることもできなかった。しきりに行われた雨乞いも全く効果がない。

「この分では田植もできない。今年は一粒の米もとれぬぞ」

農民たちは悲鳴をあげる。冗談ではない。この年は、蝦夷進出計画の最終年に当たっている。明年の出陣までに多賀城に糒を二万三千余斛運びこまねばならない。計画は遅れがちなのに、その上、今年の収穫が皆無とあっては、せっかくの大計画が挫折してしまうではないか。

桓武はかなり焦りはじめる。が、このとき意を決して庭に降りたち、みずから雨乞いの祈りを捧げたところ、偶然といおうか、雨雲がにわかにおこり雨が降りはじめた。

「聖徳万歳！」

廷臣たちは濡れるのも嫌わず、沛然と降る雨に打たれて踊り狂った。

――やれやれ、俺の力もまんざらではないということか。

ほっとひと息ついた直後、桓武は思いがけない知らせを聞く。

「旅子夫人、急に薨ぜられました」

「な、なんと！」

まだ三十の若さだった。一昨年大伴親王を産んで以来、多少体調を崩していたところに実母を失い、何となくふさぎこんでいたことは知っていたが、こんなに早く世を去ろうとは……

――百川許してくれ。

頭を垂れて桓武は呟く。自分がいま皇位にあるのは、すべて百川の働きにある、といっていい。が、即位以前に百川は他界し、遂に晴れの姿を見せてやることができなかった。

――その分を旅子に報いてやり、その産んだ皇子をいつくしんでやろうと思ったのに……

亡き旅子には正一位を贈り、妃の称号を授けた。

——旅子、そんなことではすまないんだが……

が、悲しみに沈んでばかりはいられなかった。蝦夷の地へむけて出陣の期は迫っている。参議で左大弁、春宮大夫等を兼ねている紀古佐美が征東大使に任じられた。すでに老齢だが、光仁の外戚という名門であり、天皇に代って現地で大権を行使できるのは、彼をおいていない、と思われた。兵員は戦闘員二万七千、輸送部隊一万二千余。五万の目標には達しなかったがこれまでの最多、最強の遠征軍であった。

ところが——

翌年、桓武の手許にもたらされたのは、官軍大敗という、むざんな報告だった。北上川を渡った軍隊は蝦夷の勇将アテルイにさんざんに痛めつけられ、戦死、溺死、二千七百を出すというありさま、迎え討ったアテルイ側はせいぜい八百ぐらいの損害だったらしいから、ぶざまな敗北というよりほかはない。結局、数は多くても、彼らは寄せ集めの素人兵にすぎなかったのだ。古佐美もそんな大軍の指揮をするのは馴れていない。無統制のまま、ずるずる川を渡ったところを剽悍なアテルイ軍に手もなくやられてしまったのだ。

——何ということだ、これは。

桓武はいきりたつ。政治生命を賭けた大事業、遷都以来の年月を費し、練りに練ったこの計画が、たった一度の戦いで、脆くも崩れてしまうとは……

った。

「面目次第もございません」

よろよろと帰京した紀古佐美の老いのくりごとにも似た弁明に耳を藉す気にもなれなかった。

——古佐美の皺首以下、ずらりと並べて斬り落してやりたいところだ。

が、怒っている場合ではない。新陣容を編成し、態勢をたてなおさねばならなかった。その折も折、桓武の生母、新笠がこの世を去る。すでに七十を越した老齢だったが、出兵失敗に重なる不幸が桓武を打ちのめす。

七十を過ぎた母の死は、天命と諦めることもできよう。が、不幸はそれだけではすまなかった。翌年、今度は皇后の乙牟漏が三十一の若さで死んだ。そして、四か月後に、きさきの一人、坂上又子が……

——おお、母上も、乙牟漏も、又子も……

ぎょっとして桓武は立ちすくむ。何者かが自分の身近の人々を、一人一人引き剝がして連れてゆこうとしている……。いや、恐ろしい死の影は、今近づいたのではない。考えてみれば、旅子が三十の若さでこの世を去ったそのときから、桓武の身辺は狙われはじめていたのだった……

——いや、そうではない。そんなことがあるものか。

剛毅の王者は妄想を払いおとそうとする。

――俺は王者だ。敗けはせぬ！

が、父ほどの意志の強さを持たず、ともすれば精神の安定を欠きがちな、皇太子安殿は、このときすでに体調を崩してしまって、食事も喉を通らなくなっていた。

「眠れません。どうにかなってしまいそうです」

怯えた眼付ですがりつく安殿のために、心ならずも僧侶に誦経を命じたりしたが、それでも症状は一向に好転しなかった。その上、この頃、長岡京や畿内一帯に豌豆瘡が流行って、三十以下の男女がばたばたと死んだ。日照り続きで穀物は不足し、蝦夷再出兵の計画はなかなか捗らない。それでも強気の桓武は、

「再出兵の兵員は十万」

前回に倍する動員計画を樹てている。が、現実には無理な数字である。しかも再出兵の計画に力を入れれば入れるほど、長岡京建設のスピードは鈍りがちだ。

――仕方がない、旧都の宮門を移築することにするか。

すでに遷都以来、七年近く経っている。ともかく都の格好だけはつけなければならないし、軍事に費用がかかりすぎる現在、それよりほかに道はなさそうだった。

そうした折も折、またもや思いがけない事件が突発する。伊勢神宮に盗賊が入って放火、正殿ほかの殿舎、門、瑞籬を焼き払ってしまったのだ。早速、例の紀古佐美以下を謝罪の使として現地に派遣し、対策を研究させたが、具体的な再建計画はともかくとして、彼ら

のもたらした結論は、

「これはひとえに、伊勢神宮のお怒りの現われであります」

ということだった。桓武の政治を伊勢の大神はよしとしていないのだという。

「皇太子の御体調がととのわないのも、みなその故でございまして」

さすが強気の桓武の心も揺るがざるを得ない。

「そうか、考えてみよう」

延暦十（七九二）年というその年の十月、例のごとく桓武は交野に遊猟し、明信の邸に滞在し、百済楽を鑑賞しているが、なぜか『続日本紀』には、天神、父祖への祭祀の記事がない。伊勢の大神を憚ってのことだろうか。そういえば、その少し前に、諸国の百姓が、牛を殺して漢神を祀ることを禁じている。これは桓武が丑年生れなので牛を殺すことを嫌ったとする見方が多いのだが、はたしてそうだろうか。

伊勢をはじめ、日本の神々には、生きものを殺して神前に捧げる習慣がない。というより流血を穢として忌み嫌う傾向がある。伊勢神宮の怒りの中に、こうした祭祀への反撥があったとすれば、殺牛禁止はその怒りをやわらげるためではなかったか。ただし、漢神を祀ることまでもを禁止したわけではなさそうである。当時の一般民衆の土俗として、漢神を祀る習俗は根強く拡がっていたようだし、桓武自身、仏教と政治を引き離す立場からも、漢風の祭祀には親近感を持っている。ただかつてのように大がかりな犠牲を捧げる祭祀は遠慮したのではないだろうか。

そして、この時期、桓武は安殿を伊勢に赴かせている。自分に代って神の怒りをやわらげること、そして、ひたすらな祈念によって、健康を回復させて貰うこと——。天神への祭祀の代りに、安殿の参宮があったことに、桓武の心の揺れを見る思いがするのだが。

安殿の病状はどうやら心身症のようなものではなかったか。恵まれた環境に育ったこの我儘な青年は、突然の母の死に遇い、心身のバランスを崩してしまったのだ。お天気屋で、情緒不安定の人間には、あたたかく包んでくれる母の存在が絶対必要なのに、その支えを失って、すっかり自信を失ってしまったのではないだろうか。こうした状態では神頼みはあまり効果がない。はたせるかな、伊勢から帰った安殿の眼は以前と同じような暗鬱な光を湛(たた)えていた。

「伊勢はどうだったか」

桓武の問いにも反応は鈍い。

「ええ、まあ……」

「よくお詫びを申しあげたのだろうな」

「はあ」

「お籠りをして、よく御加護をお願いしたか」

「はあ」

「斎宮には会ったか」

このときだけ、はっきりした返辞を安殿はした。

「会いました。挨拶はしましたが、あまり魅力のない女(ひと)ですね」

――何ということを……

傍らにいあわせた斎宮の生母、酒人の気をかねて、急いで眼で制したが、安殿はそれにも気づかないらしい。

――やはり安殿の心は病んでいる。伊勢に行っても癒りはしなかったのだ。

桓武はそう思わざるを得ない。もっとも、きさきの酒人は、安殿の言葉をおもしろがっている。青年が立去るのを見て、

「安殿は女を知らないのね」

かわいそうに、という言い方をした。もちろん成人に達した彼には複数のきさきが侍(はべ)っているのだが、

「そりゃ体を撫でてやるとか、抱いてやるとかぐらいは知ってるでしょうけれど、ほんとの女のからだを知らないのだわ。知りたいくせに、それがわからない。お母さんっ子にはよくあることとよ」

だから苛々(いらいら)しているのだ、と酒人はこともなげに言う。男と女の交わりだけを規準にして生きてきた酒人らしい割り切り方だ。

「安殿には、母君が恋人だったのよ。その母君がいなくなって、どうしていいかわからないの。でも、そのうち、わかるときがくるわ」

桓武は苦笑するほかはない。が、笑いかけて、瞬間頬をひきつらせる。

――似ている。井上皇后に。

まるで井上皇后が、安殿の不幸をおもしろがっているみたいだ、と思いかけて、慌てて想念を打ち消す。桓武は、いまつとめて井上のことを思いだすまいとしているのだ。そして他戸のことも早良のことも……

――義母や弟たちが、窮地に陥りかけている自分を見たら何と言うか。

桓武はその思いを断乎として振り払う。

――俺は帝王だ。帝王としてなすべきことをしているのだ。絶対に後には退かぬ。

みずからに向って言い放つ勝気な王者は、自分に対しても怯(ひる)むことを許さなかった。しかし、敗北は刻々近づきつつあった。翌年、伊勢の神宮が再建され、神の怒りも解けたと思ったその直後、両度に亙(わた)る大洪水が長岡京を襲ったのである。足かけ九年を費した新都長岡はこの洪水の直撃で、全く機能を停止してしまう。このとき、桓武は葛野川(かどのがわ)に近い赤目埼（赤目崎）に立って状況を視察したが、長岡京をかこむように流れる葛野川は都全体を泥土と化してしまっていた。

――呪われた都はいまや屍と化した。

さすがの桓武も敗北を認めざるを得ない。折も折、ふたたび安殿の病状は悪化し、陰陽師からは決定的な報告が提出される。

「お祟りでございます。もう一つの——」

「何と」

「早良親王——。非業の死を遂げられた皇子が、皇太子を呪っておいでなのです」

じつはその少し前、桓武は、淡路の早良の墓に、一戸の墓守をおくことを決めていた。罪人として葬られた弟の墓を非公式ながら格上げし、ひそかにその霊を鎮めようとしたのだ。早良の墓を厚遇するのは、取りも直さず、自分の非を認めることになる。無謬の帝王であるはずの桓武の自尊心が許さない妥協だったが、安殿の生命にはかえられない。

——早良は、それでも満足しないというのか？

陵墓の関係者を淡路にやって謝罪をさせると同時に、墓守の怠慢をきびしく批難した。

「墓の手入れが足りないので、墓地が汚れてしまったのだ。隍を置き、汚れが塚に及ばないように、厳重注意せよ」

桓武はしかし、それだけで安殿への祟りを防げるとは思えなくなってきている。

——おそらく早良の怨霊は、この長岡の地にとどまって、安殿を呪い続けることだろう。

そうなったら？

——都を遷すしかあるまいな、安殿を救うためには……

心が揺れ、ふとそう思ったのはこの瞬間でなかったか。翌延暦十二（七九三）年正月、大納言藤原小黒麻呂と紀古佐美が、山背国葛野郡宇太村の視察に赴いている。遷都のための瀬踏みである。かつて長岡を検分に出かけた小黒麻呂に、桓武がふたたびこれを命じたのは、今度も彼の妻の実家である秦氏の財力に期待するところがあったのかもしれない。

それにしても、延暦三（七八四）年以来の新都建設の努力はいったい何だったのか。巨費を投じて得たものが、洪水に翻弄された荒蕪の地だけだったとは……。遷都を決定することは、延暦初年以来のみずからの政治の失敗を公表するにひとしい。さんざんに誇りを傷つけられながらも、桓武は、

――安殿のためなら……

眼をつぶるよりほかはない、と覚悟をきめる。それに、心の中では、どこかほっとする思いもあった。この地に固執すれば、再建した殿舎がまたもや洪水に襲われる惧れがある。ここで徒労をくりかえすよりは、行きがかりを棄てて、気分一新、新天地をめざすべきではないか。

――因縁、怨念のすべてを払い棄てよう。

三月、桓武はみずから葛野の地を巡察した。新都と定められたこの地は、東西と北に山を廻らせ、南に開いている。山から流れる川が平地を潤し、運輸の便もなしている。

「四神相応の地でございますな」

小黒麻呂の言葉に桓武は大きくうなずく。

——これならいい。長岡より広いし、地相が優れている。

今度の遷都は慎重だった。すでにその地の土着神である賀茂大神には、参議の壱志濃王（いしのおう）をやって遷都を告げさせている。

「お膝元に遷ってきますので、よろしく」

というわけだ。後世の賀茂祭の勅使参向は、ここを原点としている。もちろん伊勢神宮にも遷都を報告した。今後はどうかお祟りのないように、とおずおずと挨拶している趣である。

新都建築の具体プランの中では、長岡での経験に懲りて、まず治水対策に重きがおかれた。都の予定地には北側の山から幾筋かの川が流れこんでいる。東側からは埴川（はに）（現在の高野川（たかの））が都を斜めに突切る形で、さらにその西側の山間からは賀茂川が都の中央近くを南へ——。この二つの川は都の南部で合流しているので、いったん氾濫したら、都じゅうが水びたしになってしまう。

そこで埴川を京の東に押し出して、ほぼまっすぐ南に下る水路を作り、今までの流れは埋めてしまった。一方の賀茂川の流れの大部分も水路をつけかえて、都の北部の郊外で、新設の高野川の水路に流しこむようにした。これで都の中での氾濫は一応防げることになる。賀茂川の水の一部はそのまま残して、水路をまっすぐに修正し、大内裏の東側を区切る東堀川に――。同じような治水プランは都の西部、つまり右京でも行われた。もちろんこれが完成するのは先のことだが、ともかく新都の治水対策は、桓武を安堵させた。

――赤目埼で見たような光景を、ふたたび眼にすることだけはないだろう。

これらの治水事業にも殿舎建設にも気の遠くなるほどの費用が必要だが、国庫はすでに疲弊し、その余力はない。五位以上の官人などに、強制的に人夫を出させて、ともかく急場を凌ぐよりほかはなかった。「国庫も豊富だ」と大見得をきって着手した長岡京の建設とは何という違いだろう。

このときやや桓武の心を明るくしたのは、第二次蝦夷出兵が、軌道に乗りかけたことである。兵員も食糧も計画どおりには集まらなかったが、ともかくも大使大伴弟麻呂(おとまろ)や副使坂上田村麻呂は現地に向って出発した。なお副使は田村麻呂のほかに数名いて、それぞれ、下野守や陸奥守に任命され、さらに鎮守府将軍、副将軍を兼ねさせている。つまり蝦夷に最も近いところの政治・軍事力を総合的に運営しようというわけで、先の出兵より合理的なシステムになっている。

さらに喜ばしいことは、遷都がきまって以来、安殿の頬に生気がよみがえってきたことだ。

――やはり安殿はこの地で祟られていたのだ。

合理的な精神の持主である桓武が陰陽道の占いの結果を信じるのは奇妙な光景のように

も見えるが、しかし、このときの感覚では、陰陽道は、少なくとも怪しげな「まじない」ではなかった。むしろ神秘的な天地の運行の謎をも解きあかし、真理に迫る「科学的判断」とさえ思われていた。もっとも、後世の我々にも桓武を嗤う資格はないだろう。コンピュータの無謬性によりかかったり、科学万能を信じている現在も、もしかすると、大きな忘れものをしているかもしれないのだから。

——呪いが解けたと見える。

気分屋の安殿が、元気になりだすと今度は度はずれて陽気になるのさえ、桓武は許していたのだった。それからまもなく、安殿の上機嫌の謎が解けてくる。新しいきさきが、その後宮に入ったのだ。式家系藤原氏の縄主という近衛少将で式部少輔をつとめる男の娘、母は暗殺された種継の娘の薬子である。桓武は亡き種継の遺児のことはいつも気にかけていて、嫡子の仲成のことも先ごろ出雲介に取りたててやっているし、薬子は同じような意味で安殿に仕える東宮宣旨に任じられていた。安殿の命令を伝えたりする秘書官的な役である。当時夫婦が揃って宮廷に出仕している例はよくあることで、藤原継縄と明信もそうだし、桓武のきさき旅子の母（百川の妻）は尚縫だった。彼女たちの娘がきさきに迎えられるというのも、これはまたよくあることであった。

桓武はふと、きさきの酒人の言葉を思いだす。

「安殿は女を知らないのね。そのうち、わかるときがくるわ」

呪縛から解き放たれて、やっと遅まきながら青春が訪れたというのなら、これ以上よろこばしいことはない。

――常軌を逸しているように見える酒人が、案外、人間本然のありようを見据えていたということか。

ほの明るい前途にひと息ついたのは、しかし短い期間だった。安殿の上機嫌は、その新しいきさきのためではなかったのだ。惑溺の対象は、なんと、きさきの母、薬子だったのである。

「や、何と、では宣旨とは以前からか？」

春宮坊の職員を呼んで問いただすと、

「いえ、そうではございませんで。新しいきさきがお入りになられましてからのことで」

それまでは単なる東宮と女官の関係にすぎなかった、という。

――うう、安殿よ、こともあろうに、きさきの母と……

ほのかな光明は幻想だったのか。元気になったかと思えば、内廷に醜聞の種を撒き散らすとは何たることか。

じつは当時、娘がきさきになると、生母が介添の役を果たすことはよくあった。ずっと後でも、入内（じゅだい）する娘に母がつきそい、新床（にいどこ）に衾（ふすま）をかけてやったことがたしかめられるくらいだから、そのしきたりは、かなり前まで溯らせることができるのではないか。母と娘が同居するところに娘の夫になる男が訪れる妻問い婚的風習の反映と考えられる。してみれば、薬子が娘につきそって世話をしたことじたいは、決して異常なことではなかったはずだ。が、反面それは女官の枠を越えて、安殿のプライバシイに踏みこむことであった。かいがいしく娘の世話をする薬子の姿に、ふと、安殿は、母性への憧れをかきたてられたのではなかったか。

彼の母、乙牟漏は十五歳で安殿を産み、三十一歳でこの世を去った。

――若くて美しかったお母さま。

想い出の中で、母の像はいよいよ美しく、なつかしいものとなってゆく。おそらく薬子は同じくらいの年頃ではなかったか。安殿の中でいつか乙牟漏と薬子の像が重なりあう。

――おお、薬子。そなたの存在に、いままで気づかなかったなんて……

こうなると前後のわきまえもなくなるのが安殿の性格だ。そしてまた薬子も、その奔流を押しとどめられるほど理性的な女ではなかった。

――ああ、薬子、俺のすべてだ。

安殿の惑溺はとどまることを知らない。

そのときになって、桓武は胸の冷える思いで、酒人の言葉を思いだしていたのだった。

――安殿は母君が恋人だったのよ……。酒人はまぎれもなくそう言った。

そのときの亡き井上に似た眼差を、慌てて、桓武は眼裏から消そうとする。

——義母后(ははぎさき)の復讐か。まさか。俺はそんなことは信じない。

が、げんに桓武は怨念と愛欲の業(ごう)にがんじがらめになっているではないか。ともあれ、このままではすまされないから、不倫の噂がひろまらないうちに、まず二人を引き離さねばならない。意を決して、佐伯成人(さえきのしげひと)に命じ、宮廷から退出する折を狙って、力ずくで薬子を押えこんで幽閉させてしまった。この成人は春宮帯刀舎人(とうぐうのたちはきのとねり)——すなわち、武装して春宮の警固にあたる役人だから、腕に覚えがあったのだろう。桓武はそのまま成人に看視を命じる。

ひそかに行われた幽閉事件は、しかし安殿にはすぐ知れた。

「薬子はどこに行ったんだ」

やっきになって行方をたずねる一方では、

「薬子なしでは俺は生きてゆけない」

床に身を投げて叫び続ける始末。桓武としては見せしめのつもりだったのだろう。

「安殿よ、常識を取り戻せ。それが皇太子のなすべきことか、よく考えろ」

冷却期間を持たせるべく引き離したのだが、安殿はますます燃えあがってしまった。

——暴力沙汰は許せない。そんなことで引き退ると父上は思っておいでなのか。

そういう受け取り方しかできなくなっている。腹心の内舎人山辺春日(うどねりやまべのかすが)に命じ、春宮帯刀を率いて薬子の行方を探索させた。佐伯成人はもちろん出仕しないから、彼の仕業であることはすぐわかった。

「成人を探せ！」

手分けて探すうちに、だんだん薬子の居所の見当がついてきた。そこを守っていた衛門府の兵卒を抱きこんで中へ踏込んだが、成人たちの抵抗にあって、薬子奪還には成功しなかったようである。後になって成人らに、

「お前だな、ここをばらしたのは」

激しく詰られた兵卒は、首を縊って死んでしまった。死体が発見されたことによって事件は表沙汰になり、逃走した山辺春日は伊予で捉えられて斬罪に処せられた。

——おろかものめが……

桓武は苦虫を嚙みつぶしている。そのような形で安殿の醜聞を世間にさらすつもりはなかったのだ。自分の意のあるところを覚っておとなしく謹慎すれば、ことは内密におさまったはずなのに、逆上してわざわざ事件を大きくしてしまった。こうなっては、桓武もきびしい処置をとらねばならない。

「薬子を東宮から追放せよ。淫乱の女が皇太子に近づくこと、まかりならぬ」

渋々薬子と別れたものの、安殿がこの処置を恨み、自分の行為を全く悔いてもいないことはあきらかだ。

「俺は薬子なしではいられないんだ」

周囲にこう言って憚らないという。大人どうしである父と子の間には、大きな溝ができてしまった。

――呪いはまだ解けていないのだ。とすれば、新しい都に移っても、はたして平安な未来は開けるだろうか。

足取り重く、いま桓武は新都をめざそうとしている。かつての日、奈良から近江へ、そして比叡をめざした最澄の希望を秘めたそれとは何と違っていることか。

それでいながら、おもしろいことに、二人の距離は少しずつ近づきつつある。旧都奈良では、みごとにすれ違い、帝王と青年僧は何のかかわりも持たなかった。かりに最澄が遷都の車駕を見送ったとしても、その間には、無限といってもいい距離があった。しかし、いま、王者は最澄の籠る山を仰ぐ宇太の地に向けて旅立とうとしている。

最澄は比叡山のどのあたりに籠ったのだろうか。おそらく現在の根本中堂(こんぽんちゅうどう)よりやや下ったところにある本願堂のあたりというのが叡山関係者の定説になっているが、もちろん南都からそこに直行したわけではないだろう。

まず焼け落ちた国分寺に戻り、もしわずかでも残った小精舎でもあれば、そこにひっそり暮らす先輩に、受戒の報告をし、しばらく叡山で山林修行に専念する希望を述べたことだろう。

「おお、それはよいことを思いたった。この有様では、この先国分寺が立ちゆくかどうかの見込みもないし、学問の資にあずかれるかどうかもわからないからな」

「はい、幸い母の里も近うございますので、雨露を防ぎ、飢えを凌ぐほどのことは何とかなると思いますので」

近くにある国府にも帰国報告をし、授与された戒牒を開いて、まちがいなく官僧の資格を得たことを確認して貰い、それから規定に従って山林修行に入る届を出す。もちろん『叡山大師伝』にはそんなことは書いてないし、語るところはひどく神秘的である。私は、こうした高僧伝とは、距離をおいた形で最澄の姿を求めようとしている。なぜそうしたいのか、という理由を語ることにもなるので、『叡山大師伝』のこのあたりをかいつまんで触れておく。

受戒した最澄が戻ってきたとき、父の百枝が言った。

「昔、子供を授かりたくて、比叡山の中に霊地を見つけ、草庵をいとなんで七日の間、懺悔(さんげ)の行を行おうとしたが、四日めに夢のおつげがあってそなたが授かったために、つい後の三日の行を果たせなかった。この際、そなたが、その分を追修してほしい」

そこで父の籠った場所で悔過(けか)の行を修行すると、数日後に、不思議にも、香炉の中から一粒の舎利が出現した……

『大師伝』では、この後、最澄が一度舎利を見失い、また見つけだして大喜びする話に続くのだが、私はこうした類型的な奇瑞譚は、あまり信用していない。そういう奇瑞を振り落しても最澄は十分人間的魅力にあふれた人物だからである。

では『叡山大師伝』から、神秘性を払い落してしまえば何も残らないかというとそうでもない。『大師伝』は、百枝の作った草庵を「叡岳の左脚、神宮の右脇で、今の神宮禅院の地がそれだ」とはっきり言い、最澄が南都から帰って最初に入ったのもここだ、としているのだ。この『大師伝』がいつ書かれたかは、じつは問題もあるのだが、ともあれ、『大師伝』の書かれたときに神宮禅院が存在し、その時点で、最澄ゆかりの地と考えられていたことだけはたしかであろう。いま叡山の山裾を流れる大宮川の流れに沿って登って行き、途中で川を渡ってさらに山道を分け入ったところに、神宮禅院址とされる樹々にかこまれた静寂な平地がある。ここから山肌に沿って上ったところが八王子山だ。古代以来神なる山とされ、日吉大社が今のような形で山麓に作られるまでは、八王子山そのものが「神宮」だったとすれば、神宮禅院址の平地はまさに「叡山の左脚、神宮（八王子山）の右脇」という条件を充たしている。

が、これから先は発掘調査に俟たねばならない。じつは神宮禅院址よりもさらに川近くに下ったところにも広い平地があり、寺院の存在を思わせるような礎石ふうの石が、落葉に埋れるようにして散乱しているのだが、これらの結論は専門家の研究に委ねるほかはなく、結局『叡山大師伝』から引きだせる証言は『大師伝』成立当時、現在の根本中堂以外に、神宮禅院があったというだけの頼りなさなのだ。はたして神宮禅院の創始は最澄の父の百枝の営んだ草庵なのか、また最澄が南都から帰国したとき、どういう形で存在していたのか、はっきりしたことは言えないのである。

けれども、別の、かなり有力な証言がほかにある。日本の最古の漢詩集、『懐風藻』に比叡山が仏道探求の地であったことを裏づける詩があるのだ。作者は石見守麻田連陽春、内容はごくわかりやすいのだが、じつはいろいろの問題をかかえた作品である。題にこうある。

近江守藤原仲麻呂どのが、父君が以前稗叡山に作られた禅処の柳を詠じられた詩に和する一首

仲麻呂は奈良朝きってのマキアベリスト。孝謙女帝の片腕でもあり、後に女帝と対立して非業の死を遂げた恵美押勝そのひとだ。その父ならすなわち武智麻呂で、不比等の長男、南家の祖である。この藤原一族にとって、近江は心のふるさとだったことはすでに書いた。近江守になることに執念を持ったのもその一つだが、武智麻呂がその地位を得たのは和銅五（七一二）年、その在任中の和銅八（七一五）年に比叡山に登って数日滞在し、柳の木を植えたことが、『武智麻呂伝』に出ている。このとき彼はここに仏道を求める禅処――瞑想道場ともいうべきものを建てた。息子の仲麻呂が近江守になったのは天平十七（七四五）年だから三十年後のことである。武智麻呂が比叡山に上った時、仲麻呂は十歳の少年だったから、あるいはそのときも父に従って来ていたかもしれない。

ところで詩は前後二つに分けられる。前者をかいつまんで意訳するとこんなことになる。

おお、近江よ、かつての帝都の地よ。

おお、稗叡よ、神の山よ。その静かさ、山河のたたずまい、さながら仏の真理を語る。
わが父はここに仏縁を結び、精舎を構えた。伽藍は空に聳え、鐘声は風とともに流れた……

これに対して後半は、三十年の時の経過を物語っている。

月日は空しく過ぎぬ。
かつての禅処に人影なくただ寂寞、
草はいたずらに茂り、樹々はや老いたり。
いまはかたみの榻を残すのみ……

この両方をあわせて陽春の一つの作品と見る説と、いや、前半こそ表題にある仲麻呂の作だ、という二つの説がある。仲麻呂はかなりの学者なのに他に詩が残っていないので、もし彼の作と断定できれば貴重な一首ということになるが、はたしてどうだろうか（このことは岸俊男氏『藤原仲麻呂』〔吉川弘文館〕に詳しい）。

ともあれ、ここで目にとめておきたいのは、近江と比叡が藤原氏一族によって同格の存在と考えられていたことだ。武智麻呂の精舎はどうやらなくなってしまったようだが、以後も、その後を慕うものがここを神聖視し、修行の場としていたかもしれない。仲麻呂は近江守からしだいに躍進し、遂には近江に保良宮を建設するまで漕ぎつけた。当然、比叡の重みも増していたことだろう。こう考えると、ここが最澄入山まで人跡未踏の地とは考えにくい。仲麻呂は挫折するが、その後道鏡時代が終って、僧侶の山林修行が認められるようになると、ふたたび近江における有力な拠点となったのではあるまいか。

現実に武智麻呂の禅処の旧蹟と神宮禅院が結びつくかどうかは、それこそ発掘に期待しなければならないところだが、こうした証拠を固めてゆくと、最澄の帰国当時、かなりの規模の神宮禅院の存在を認めてもいいのではないか、という気がしてくる。「山林修行」という言葉から、野に伏し山に伏し、樹下石上での修行を連想するのも考えものだ。これはこの後の最澄の籠山についても言えることであるが。

ともあれ、まず、最澄は神宮禅院に入った、と考えていい。ここには精舎もあったし、修行僧もいた。が、そこでは最澄の願いとした天台教学への没頭は不可能だった。むしろ僧侶が多すぎて、そのころ流行ってもいない天台三大部などひろげれば、それこそ奇異な眼で見られるかもしれない。

そうした煩わしさから逃れるために、最澄は、大宮川の畔の道をさらに溯る。この道は谷道と呼ばれ、横川に通じる道である。叡山には、さらに本坂と呼ばれる根本中堂へ通じる道、無動寺に通じる道などがあって、ドライブ・ウェイができるまでは山頂と坂本を繋ぐ主要道路だった。現在壮年の叡山の僧侶の方々は、物資を担いでこれらの道を登り降りした経験を持っておられる。最澄の当時はもっと細い杣道でしかなかったろうが、最澄はこの谷道を溯って、北谷（現在の根本中堂あたり）に上る道を選んだのではないか――叡山の方はそう見ている。

根本中堂の上、現在の文殊楼の近くの高みに上ると、それこそ目の下に琵琶湖を見下すことができる。最澄はここに立って、草庵にふさわしい地を物色したのではないだろうか。山頂に近いこのあたりは、小起伏が重なりあい、それぞれに小さな台地を抱えている。大きく削平して広い平地を得るのはむずかしいが、小台地を利用すれば、こぢんまりした草庵を作るには手ごろである。しかも起伏が肩を寄せあって連なっているのではなく、それぞれが孤立し、台地の下は急激になだれて深い谷を作っていることが多い。つまり起伏と谷筋が、いくつもに分れ、小台地はそのまま静寂の小天地を形造っているのだ。

最澄の草庵の地といわれるところに建つ本願堂は、風雨にさらされた白灰色の木肌を持つ物寂びた堂宇である。根本中堂の目の下にあるが、しかし、そこに行くには、深い谷に架けられた素朴な木の橋を渡らねばならない。さわやかな谷川の水音が耳に満ちるここに立てば、丈高い樹々に蔽われているせいか、足許の下草は夏でも若々しい薄緑だった。

叡山の唯一の水源もここから近い。これは生活の第一条件である。またわずかに尾根を下っているだけでも、風雨を凌ぐには好適だったのではないか。風道を見分け、巧みにそれを避ける勘にかけては、古代人は現代人の及ばないものを持っている。最澄も鋭い勘で嗅ぎわけたか、案外、それ以前から付近に似たような山林修行者がいたか、それとも、このあたりこそ、武智麻呂の旧禅処だったたか、これも発掘調査でもしてみなければ決定的なことは言えないのだが……

草庵の創設、生活のための準備には、麓の母方の力が大きく働いていたに違いない。最澄が一人で木を切ったり柱を立てたりするところを、無理に想像するには及ばないだろう。その間にも彼の心に湧きあがってくるのは、

——一日も早く、ここで天台教学にひたりたい。

という思いだった。読むべき法文は山ほどある。それに、天台の教は『法華経』をはじめとする法文の研究と同時に、止観の実践を要求している。研究と、瞑想による心身の統一、この二つは車の両輪のようなもので、どちらが欠けてもならない。そしてこの閑寂の地こそ、止観実践に最適ではないか。

——この谷川の流れだけを耳にして、一心に心を澄ます。その流れの音さえも聞えない境地になるのか、それとも、それらと合一した自分自身を見出すべきなのか……

最澄はいま、天台教学の祖、天台大師智顗（ちぎ）のことが頭から離れなくなっている。奈良ではじめてその法文に接したとき、壮大でしかも一分の隙もない教学体系の前で息を呑む思いだった。

——これが仏教というものなのか。

今までの自分が知り得たことはその万分の一でしかない、という思いとともに、このすばらしい教学体系を打ち立てた智顗という人物のスケールの大きさ、思考力の底知れなさ

に畏敬の思いを深くせずにはいられなかった。

——いったい、智顗とはどういうお方なのか。

その生涯を知りたくなったのは当然のなりゆきである。智顗の生れたのは五三八年だから、最澄より二百三十年も前の人物だ。荊州に生れたが十七歳で父母を失い、出家する。二十歳で具足戒を授けられ、当時随一の高僧慧思に師事、禅と『法華経』の真髄を体得し、やがて陳の都の金陵の瓦官寺で教化活動に入った。年三十二歳、『法華経』や『大智度論』を講じ、人々の鑽仰をうけた。

が、最澄に衝撃を与えたのは、その後の智顗の思いきった行動である。まさに陳の知性の星、精神的支柱と仰がれていた智顗は、数年後、人々のとめるのもきかず、都を棄てて台州の天台山に籠ってしまったのだ。

「自分が指導しても、真理を体得した者はじつに少ない。それも年々その数が減じてゆく」

指導に絶望したことも理由であろうが、ここで彼はもう一度求道者に戻ったのだ。ときに三十八歳。

——何百年に一人、という頭脳の持主、智顗禅師が、四十に手が届くところまできて、もう一度一介の求道者に戻られたとは……

その研究生活で結実したのが、『法華玄義』『法華文句』『摩訶止観』の天台三大部と知ったときの驚きはどんなだったか。

――そうか、学問とはそういうものなのだな。奈良へ行ってわずかな勉学期間を経験しただけで受戒してしまったこの俺、しかも三か月の夏安居で事足れりとして、僧侶面をしている自分は何とあさはかな存在であることか。

智顗は陳の朝廷の度々の招請やみがたく十一年めにふたたび金陵に出て『法華経』を講じた。やがて陳は隋に亡ぼされてしまうのだが、その隋の晋王広（後の煬帝）にも篤い尊崇を受けている。

――そうか、十一年か。智顗禅師ですら、そんなに長く、籠られたのか。とすれば自分も……

私は最澄の比叡入りの最も大きな契機は、智顗の天台山入りに啓示をうけたことだ、とひそかに思っている。天台での十一年間の籠山が、智顗に天台三大部を完成させた。その天台三大部を持って、最澄は叡山に登ったのではないだろうか。

しかも智顗の生きた時代をそこに重ねあわせれば、ふしぎな相似が浮かびあがる。当時は南北朝から隋の統一へと移り変る動乱と変革の時期である。しかも北周の武帝の廃仏毀釈が行われたのが五七四年、その翌年に智顗は天台入りするのだ。彼のいた陳と北周は離れているとはいえ、智顗がそのことに全く無関心だったとは思えない。そして最澄も、桓武における政治改革――廃仏毀釈とはいわないまでも、それに似た宗教政策の変革をこの眼で見ている。

天台三大部という法文から受けた衝撃もだが、若い青年であってみれば天台大師智顗そのひとの軌跡に最澄はより激しい衝撃をうけ、ひたすらその後についてゆこうと思い定めたのではあるまいか。

——大師の籠られた天台山は、どういうところなのか。

そこをこの眼で見る可能性は、今のところ彼には皆無だが、それでも、その山を、その参籠の禅処を、どうしても見たい、と胸を熱くしたことだろう。この天台大師その人に対する傾倒は、それ以後の彼の中で、激しい炎となって燃え続ける。そのことをぬきにして彼の生涯は語れない。

青年最澄は丈高く色白の美丈夫だったらしい。もの言いおだやかで、生涯声を荒らげたことがない、ともいわれている。そのことから、どちらかといえば冷静な学究タイプを想像しがちだが、むしろそういう人こそ、内に秘めた情熱は激しいのだ。

若き日にめぐりあった永遠の師、智顗。その日の感動を決して彼は忘れないだろう。

——二百余年の歳月を超えて、師は自分に語りかけてくれた。その師の言葉をよりよく聞くために、これから山に籠るのだ。師と同じ歳月をかけよう。いや、それでも足りないかもしれないが……

私のこの推量は、天台法文とのめぐりあいを入山以後とする『叡山大師伝』からは大きくはみだしている。史料の上を虫が這うようにして、と言いながら、勝手な逸脱をしているようだが、しかし、『大師伝』を全く否定しようとしているのではない。やや逆説的にいえば、私は私なりの『大師伝』の読み方をしているのだ。『大師伝』が天台法文とのめぐりあいを入山後としたひとつの理由は、さきにあげた南都と最澄の微妙な関係からと思われる。対立した相手のお膝元から写しとりましたというのでは都合が悪いだろう。しかし、それだけではない。それを語るために、ここで伝記の読みかたそのものについて語っておきたい。

こういう仕事をしていてまず感じるのは、どの伝記にもありがちな、あらわな虚構性である。たとえ面識のある人が書いたものでもあてにならないことが多いことに呆れはてるのだが、そのうち、伝記の書き手の心情が少しずつわかってくる。例えば織田信長のことを書いた『信長公記（しんちょうこうき）』というのがある。信長を扱う小説はたいていこれを使っているのだが、このごろは彼の周辺の確実な史料が固まってきているので、それとつきあわせてみると、そのいい加減さは呆れるばかりで、とても材料として使う気になれなくなる。

しかし、もう少し丹念に、どこでどういう嘘、またはそれに近い言い廻しをし、どの問題では目をつぶって書き落しをやっているか、というように見てゆくと、書き手の意図がしだいに透けて見えてくるのである。そうなってわかるのは、書き手がひどく気を遣い、主人公に同情していることだ。ひいきしすぎて筆が曲ってしまう。そのあたりを読みとるのはなかなかおもしろい作業でもある。

『叡山大師伝』にも同じことが言える。善意に満ち、最澄への鑽仰の念が迸(ほとばし)りすぎて、こうした「伝記的手法」を使ってしまうのだ。さきに書いたような奇瑞譚の後に『大師伝』は、いよいよ最澄の叡山での修行の始まったこと、つましい生活、不動の探究心に感じて最澄を慕う修行者が集まってきたことを語っている。その次に、最澄が籠山の決意を語る有名な『願文(がんもん)』を書いたと述べ、『大乗起信論疏(だいじょうきしんろんしょ)』ほかを読むうち、それらがいずれも天台教学を指針としていることを知って、それを求め続けるうちに、そのありかを知る人にめぐりあった、というふうに続く。

つまり『大師伝』は『願文』を書いた後で天台の法文にめぐりあった、とも取れる書き方をしているわけである。が、『願文』をちょっと気をつけて読めばわかることだが、『願文』の文章は『天台小止観』や『摩訶止観』を読まなければ書けるものではない。私のようにひと通りの知識しか持たないものでもわかることなのに、『大師伝』はなぜそのような書き方をしたのか。

一つには筆の勢いというものがある。同志が次第に増えてきたこと、そこで清新の気を漲(みなぎ)らせた『願文』を書いた——というふうに筆が滑ってゆくのはごく自然なことだと、もの書きの一人として、これは納得がゆく。しかし、それだけではあるまい。多少天台の法文に触れたものなら『大師伝』のこの文章の運びに、

——おや、最澄は天台の法文を読まないうちにその精神を感得していたのか。

と、改めて驚くだろう。『大師伝』はそれを計算に入れている。つまり舎利発見と同様の神秘的表現方法が、ここでもとられているのだ。そしてこの『大師伝』が以後最澄に関する正史的取扱いをうけるうち、神秘的表現方法という、いわば伝記についての当時の約束事への関心が薄められてしまった。おかげで、智顗と邂逅した最澄の青春の感動に蔽いがかけられ、叡山入りの最も根本的なファクターが遠くに押しやられてしまった——私流の復元のしかたをすると、こんなことになる。私が、ここで『大師伝』と違った書き方をしているのは、最澄の情熱を掬(すく)いあげたいからだ。智顗に魅せられ、ひたすらのめりこもうとしている人間最澄の青春の燃焼を——

『願文』にはその青春の情熱の迸りがある。まさしく素肌の最澄を感じさせる凛乎たる名文だ。

悠々タル三界ハ、純(モッパ)ラ苦ニシテ安キコト無ク、擾々タル四生ハ唯患ニシテ楽シカラズ。

（原文は漢文）

対句をとった型通りの文章かもしれないが書きだしはなかなか荘重である。

「悠々と時の流れゆくこの世界は、ただ苦悩に満ちているだけで安らかなことはなく、さわがしく生きている生き物は、ただ患(うれ)うることのみで楽しいことはない」

『日本の名著』（中央公論社）で田村晃祐氏はこう訳しておられる。かなりの長文なので、以下その訳業に助けられてこのあたりをかいつまんでみると次のようなことになろうか。

「すでに釈尊は世を去られ、弥勒菩薩が出現するのはもっと先のことだ。ひどく不安定な時代に我々は生きていることになる。しかも人の一生はごく短い。しかし、因果の哲理を述べられた釈尊は、たとえ短いとはいえ、人間としてこの世に生を享けることは稀有なことだと言っておられる。その稀有なる時間に、我々は全力を尽して善行を積まなければならないはずだ」

ついで、最澄自身の反省に入る。

「ところがどうだろう。自分は戒を守ることもせずに、衣服、飲食、臥具、湯薬など、他人の力にあずかっており、無知で真理の世界を知らず、結局あらゆる生きものに迷惑をかけ、怨みを買う存在になっている」

真の意味の僧侶としての完成した生き方もせず、その特権だけを貪(むさぼ)り、うかつにも真理に気づかず、悪を犯している、という徹底した自己批判がそこにはある。釈迦はこういう者は次の世には地獄に堕ちる、と見ている。これでは稀有にして人間と生れてきた意味がない。そこから最澄の痛烈な懺悔が始まる。

　是(ココ)ニ於(オイ)テ、愚中ノ極愚、狂中ノ極狂、塵禿(ヂントク)ノ有情(ウジヤウ)、底下(テイゲ)ノ最澄、上ハ諸仏ニ違ヒ中ハ皇法ニ背キ、下ハ孝礼ヲ闕(カ)ケリ。

自分はおろかで最低の人間だ。仏の教にも背き、天子の法にも違反し、孝養も欠いている、というのである。そこまで罪を告白した後最澄は五つの誓いをたてる。

「私は六根相似の位という悟りへの段階に到達しないうちは、世間に出ることはなすまい。

まだ真実の道理を照らす心を持たないうちは、種々の才芸を習得することはなすまい。

まだ戒律を完全にそなえることができないうちは、施主の法会にあずかることはなすまい。

まだ悟りの智慧の心を持たないうちは、世間的な種々の業務にとらわれることはなすまい。但し、六根相似の位に到達した場合は除く。

過去と未来世の中間である現在世において修した功徳(くどく)は、自分の身だけに受けることはせず、あまねく人々に施して、すべての人にことごとく最高の悟りを得させよう」

(以上田村氏の訳による)

その後に、こうして努力して悟りを得たときは、その解脱(げだつ)の悦びの味を、人々とともに味わうことにしたい、と誓っている。

ここに述べられた激しい自己批判を仏教的な表現でいえば懺悔(さんげ)である。これこそ、智顗が深化させ、大きく展開させた中心思想の一つ、と大正大学の故塩入良道氏は見ておられる(「天台智顗禅師における懺悔の展開」)。自分の犯した罪を匿しておかずに正直に吐露する、という智顗の思想を最澄はみずから実践した。ここに、彼の智顗への傾倒が大きく物語られている、とはいえないだろうか。

が、そうした根本問題よりも、小さな問題をとりあげた方がいいかもしれない。たとえば、

　愚中ノ極愚、狂中ノ極狂、

自分を最低の人間だときめつけている大変激しい表現だが、私は『天台小止観』を読みはじめて間もなく、おや、と思う文章にぶつかった。「序」の部分にこういう一節がある。

　偏(ヒトヘ)ニ禅定福徳ヲ修シテ智慧ヲ学(ガク)セザル、コレヲ名(ナツ)ケテ愚ト曰(イ)ヒ、偏ニ智慧ヲ学シテ禅定福徳ヲ修セザル、コレヲ名ケテ狂ト曰フ。

つまり禅定だけやって、仏教の学問的研究をやらないものは「愚」、学問研究だけやって禅定を修しないのは「狂」だというのだ。その両者を均等に行わなければ、完全とは言いがたい、とするのが、『天台小止観』の基本的立場なのである。

最澄の言葉はまさしくそれからきている。ただ愚だ狂だと、ムード的に自分を最低の人間だ、とおとしめているのではなく、

「自分は禅定も修していない。学問も未熟だ。『小止観』のいうところの愚、狂そのもの、しかもその最低線上にいる」

　ということなのだ。禅定という身体に課せられた修行と、仏典の研究——中でも『法華経』の徹底した読みこみこそ、智顗が仏徒に期待した二本の柱なのである。そこを踏まえ

ての『小止観』の文章であり、それを最澄は心を震わせながら受けとめている。「極愚」も「極狂」も『天台小止観』を読まなければ出てこない言葉だ。

それに、最澄の比叡入山じたいが、『小止観』の導きに従って行われているように私には思われる。『小止観』は止観を修する条件の一つとして、

「静処に閑居せよ」

と言っている。深山とか、少なくとも人里を三里ぐらい離れたところに僧院を——。叡山はまさにその条件をみたしている。なお『摩訶止観』にも同じようなことが述べられている。『小止観』を『摩訶止観』のダイジェスト版と見ていいかどうか、専門家の中にはさまざまの議論があるようだが、このあたりは確実に両者が重なりあっており、最澄が『摩訶止観』を読んでいた根拠にはなろう。

さらに、五つの誓いの第一条は、より『摩訶止観』の世界に近い。原文にはこうある。

我未（イマ）ダ六根相似ノ位ヲ得ザルヨリコノカタ出仮セジ。

さきに訳文をあげておいたが、眼、耳、鼻、舌、身、意の六つの機関、つまり六根（こん）の働きが清浄になり、仏の悟りに似たところまで到達しないうちは世間に出ない、というのである。「出仮」については後でもう一度考えたいが、ともかく、大変な修行をしなければ六根相似の境地などに到達するはずがない。それでは最澄は一生世の中に出ないつもりなのか、それとも、自分は仏に相似のところまで行く自信があるというのか、と、はじめ、

私はこの一条だけを睨んで、正直のところどう理解すべきか途方にくれたが、『摩訶止観』の中に解く手がかりを見出した。智顗は悟りの境地を六つ（六即）に分類しているのだ。

自覚しなくとも本来仏性を備えている初心の理即。

はじめは何も知らなくても、師の指導や経巻を読んでその文章の中から悟る名字即。これを名字の止観だとも言っている。

次に体験的に、つまり名だけでなく行いによって悟りに近づく観行即。観行の止観ともいう。

次にこの止観がいよいよ深まって、六根が清浄になった相似即。相似について、『摩訶止観』は、「射をつとめるうちに的の近くにあたるようになることだ」としている。最澄はこの相似即をめざしたのだ。

さらにはもっと高度な分真即、究竟即があり、究竟即は最高の悟り、仏そのものの悟りだといっている。

こう見ると、理即は低く、究竟即が高いようだが、一方で智顗は人間を上根、中根、下根に分け、上根のものなら、理即、名字即の段階でも世の中に出てもいい、といっている。さらに、中根のものなら相似即までいかなくても世間に出ることができる、といっているから、相似即、つまり六根相似位になって世に出ることができるのは下根のものということになろうか。こうした悟りの段階と受入れ側の能力といった複数の要素を組みあわせるのが智顗のおもしろいところだが、これだけわかってくると、最澄の意のあるところも読みとれるような気がする。

彼は自分を下根だと感じている。だから極愚、極狂の身は、相似即に到達するまで、じっくり修行をしよう、というのである。師の教えを全身でうけとめ、ひたすらそれを守ってゆこうという純粋さ。まず汲みとるべきは、この若さの情熱である。相似即になるのは至難のわざだから、最澄は世間に出ないつもりなのだとか、相似即になれるとは大変な自信家だという読み方は、理屈が先立って、文章の勢いを捉えていなかったのだ——というのが、いまの私の受けとめ方である。

——俺は下根だ。理即、名字即の段階で世に出て人を救えるような人間じゃない。相似即まで、とことん修行するのだ。そこに到達できるかどうかわからないけれど、智顗禅師がそう仰せられている以上、俺にはそれ以外の道はないんだ。

智顗に対するひたすらな傾倒だけが、そこにはある。そして、それが信仰というものの原点ではないか。後に親鸞（しんらん）の言う、

　たとひ法然聖人にすかされまひらせて、念仏して地獄におちたりとも、さらに後悔すべからずさうらふ。

と同じ激しさを持つ信仰告白である。最澄は秀才だが、理論だけの人ではない。もしかすると布教の人でもなかったかもしれない。みずからがまず信じる人であり、魂を燃焼さ

せる人だったのだ。彼はいま智顗に魅せられている。

「禅師がそう仰せられるなら、愚狂の最澄は生命をかけて努力いたします」

おそらく最澄の眼は輝いていたことだろう。そして、稀有なことだが、彼はその輝きを生涯保ちつづけた人間である。若いころは激しく傾倒した主義主張をも、歳月を経たとき、人は、

「青春の情熱だったなあ、あれは」

ある懐しみと苦笑をもって思いだすことの方が多い。が、最澄はそうではなかった。その情熱を生涯貫き通している。多分信仰というものはそういうものなのだろう。カトリックのミサ曲の中に「クレド」という章がある。

「クレド　イン　ウヌム　デウム……」

われは信ず、唯一の神……から始まる信仰宣言の章である。ほとんどの場合が暗く、重く、しかも魂の底から湧きあがってくるような、確信にみちた信仰告白に貫かれている。信徒でもない私の知るクレドはモーツァルトのミサ曲のいくつかだけなのだが、私が最澄の『願文』の一節を読むとき、耳いっぱいに鳴り響くのは、このクレドなのだ。

もちろん『願文』については、宗門の碩学の綿密な研究がある。『伝教大師研究』を読むと、『摩訶止観』の影響があるのかどうか、むしろ華厳や三論にかかわりがあるのではないか、最澄が影響をうけているのは『摩訶止観』ではなく『天台小止観』ではないか

等々……。門外の私はそれをとやかく言う資格はないし、全く別の立場で、つまり最澄の人間をみつめるところでこれを書いている。

私は『願文』を書いたであろう日の、最澄の筆先をみつめている。その筆先から迸り出るものだけを——といったらいいかもしれない。まさに愚直に、そしてひたすらに、最澄は、一字一字に魂をこめて書いている。

ところでその時期だが、『叡山大師伝』はそれを入山直後ととれる書き方をしている。が、無理にそれに捉われる必要はないのではないか。天台の法文をはじめから持ちこみ（後につてを求めてしだいに充実させていったことは考えられるが）、必死で読破してゆくうち、いつか最澄に共鳴する同志が現われた。焼けた国分寺から来た僧か、あるいは神宮禅院止住の修行僧か。

このとき、天台教学の研究にあたって、指導的役割をはたしたのは最澄であろう。

——なるほど、天台教学とはそういうものか。じっくり腰を据えて読もうじゃないか。

こうした同志的結合こそ、本来の僧伽（僧団）である。そうなったとき『願文』が書かれた、と考えられはしないだろうか。すなわちこれは、最澄の仏に対する誓いの言葉であると同時に、同志への決意の表明であり、ある意味では同志との誓いでもあるのだ。そう考えれば——つまり『大師伝』の神秘主義を脇において、入山前に天台教学への接触がまずあった、とすれば『願文』にあふれる最澄の情熱がじかに伝わってくるのである。

彼ら同志の毎日はどうだったのか。『法華経』『金光明最勝王経』『般若経』等を欠かさず読誦する。『大乗起信論』や『華厳五教章』を研究するのはもちろんだが、天台法文をじっくり読みこむことがその中心になったと思う。また智顗の提唱した礼懺の実行ともう一つの柱は止観行の実行である。

智顗が中心に据えるのは『法華経』精神の解明にある。その説くところの『法華文句』『法華玄義』に取り組んでみて気づかされるのは、いかに『法華経』をなおざりに読んでいたかということだ。最澄は十二歳で出家したとき、最初に暗誦させられたのがこの『法華経』だった。十五歳で沙弥となることを許されたときも、

「法華経一部が読めます」

というのが、資格申請の第一項目に入っている。

少年最澄は、まるで詩でも暗誦するように『法華経』を誦んじていたかもしれない。が、智顗の著書に触れるに及んで、その丸暗記が全く『法華経』の真髄に触れていなかったことに気づいたはずだ。それは我々が、かるた取りのために丸暗記した『百人一首』に、百通りの人生とその哀歓がこめられていることを知ったときの驚きの比ではなかったと思う。

——これで自分が『法華経』が読めるつもりになっていたのだからな。

おのれの無知が恥ずかしかったし、そこまで到達した智顗の智慧の底知れなさに、息を呑む思いだったろう。智顗は晋王広から智者大師と諡されている。智者とは覚者、最高

の智恵である仏の智をわがものにした人、という意味であろう。これが勅賜大師号のはじめである。

――まことに、千年に一人の智者、覚者でいらっしゃる。

『法華経』の読みとりの背後には、驚くべき智顗独自の仏教の体系化がある。その荘厳堅固に構築された仏教体系が、最澄の眼前に全容を現わしつつある。あたかも虚空に一瞬にして現出した華麗な楼閣を見る思いで、

――そのことに気づかなかった自分は、いったい何を見ていたのか。真に見るとは？　読むとは？

と改めて彼は思ったのではないだろうか。

唯識を学んだときのことが思い出される。しかし、あの精緻な認識論も、この目眩(くら)むばかり輝かしく、荘厳かつ堅固な体系的思考の前では影が薄くなったことだろう。最澄を揺さぶった智顗の天台教学体系について、専門家でもない私に語る資格はない。大正大学で三年聴講するうちに、先生方の示教を得て、やや輪廓を摑みかけてから、まだ十年に満たないのだから。籠山してひたすら探究に打ち込んだ最澄の姿勢とは程遠い。しかし、智顗という存在と、仏教を体系的に把握しようとする精力的な試みを知ったときの私自身の驚きから、多少最澄の心情を手探りすることはできるかもしれない。

仏教は釈迦がこの世を去ってから数百年後に中国に伝えられた。その間にインドにおいてもさまざまの展開を見せ、さまざまの経典が生れた。が、それらの経典は、
「如是我聞(にょぜがもん)」

かくの如く釈尊が語られたものを、私が聞いた、という形で、つまり釈迦一代の中に語られたこととして伝えられた。もちろん、現在は誰もそんなことは信じていない。釈迦の入滅じたいにも各種の説があって（紀元前五百数十年頃とか三百八十年ぐらい前とか）、一定しないのだが、ともかく釈迦の生前は経典は成立しておらず、その死後、早くも弟子たちの間に釈迦の説いた言葉について諸説が生じ、結集(けつじゅう)という集会によって内容を確認することが行われたらしい。

そして釈迦の説いた戒律と仏法に関する教説が整理されたのが釈迦の死後百年くらい経ったときで、その後さらに仏教じたいが発展の過程で上座部(じょうざぶ)と大衆部(だいしゅぶ)に分かれ、その中でも分裂現象が起って、それぞれのグループで信奉する教説に少しずつ差ができた。そこにインド特有の精緻な認識論も生れたわけだが、仏教じたいはさらにひろがりを持つ民衆仏教としての展開を見せる。それが大乗仏教で、その経典である『般若経』『華厳経』『法華経』などの初期大乗経典が成立したのは、紀元後一世紀から三世紀ごろ、といわれている。

つまり、大乗経典はお釈迦さまのご存じないところで成立したのだ。お釈迦さまがよみ

がえって、これらの経典を眼にしたら、どういう顔をなさるか、これこそ見ものだが、それにもかかわらず、これらの経典も、すべて、

「釈尊はかく語りたまえり」

という形で成立しているのである。

中国にそれらの経典は、じつに無秩序に伝えられた。ぽつりぽつりと、しかも経典成立の時期などはおかまいなしという乱雑さだ。これはさらに後進的な日本についてもいえることであるが。漢訳が始まったのは、後漢が亡び三国時代に入った三世紀のころといわれているが、それから二百年ぐらいの間漢訳はかなり盛んになる。

それにしても、これらの経典がみな釈迦一代の説くところだというのだから、むしろ人々はめんくらったことだろう。たとえば、『万葉集』も『源氏物語』も『平家物語』も『お伽草子』もみんな一人の作者が一代のうちに書きあげたとされるようなものなのだ。しかも、『お伽草子』が一番先に入って次に『源氏』『平家』が伝えられた後で、『万葉集』が、というような形で、外国にもたらされたとしたら？　その国の人はめんくらうにきまっている。

中国でも、まさに一時期、そういう体験をしたと思う。さらに知識が加わってくると、この雑多で、ときには矛盾する仏教の教説を整理し、その展開を跡づけようとする試みが出てくる。これが「教相判釈（きょうそうはんじゃく）」で、どのようなことが説かれているか、批判、解釈して

系統的に理解しようという試みである。そして智顗はその大成者といってもいいだろう。もちろん教相判釈——約して教判といわれる試みを行ったのは智顗だけではなく、それ以前にも多数あった。が、智顗は仏教に対する広範な知識を駆使し、すべての経典を包括し、矛盾なく捉えた第一人者といえるだろう。

当時は現代のような仏教史に関する学問的な研究が行われていたわけではないから、智顗も、すべての経典を釈迦一代の説法とする枠を超えてはいない。それを歴史的把握がなってない、と嗤いすてることは、しかし正しい評価とはいえないだろう。

智顗の生きたのは南北朝から隋にかけての時代、日本では、まだ欽明（きんめい）天皇が仏像を見て、

　相貌（みかほ）、端厳（きらぎら）し。

と仏さまの顔を見てびっくりしているだけの時代なのだ。

それにもともと、インドという風土の体質が歴史的把握に関心が薄いときている。思弁的には精緻をきわめても、仏教を歴史的に体系づけ、それを他国に伝えるというような努力をしなかった——というより、そういう発想がまるでなかった。

ところが、中国は歴史の国である。雑多に流れこんできた仏教に首をかしげながら、まず気になるのは、この仏教をいかに歴史的に把握するか、ということであったろう。一応釈迦一代の説教という、当時としては聖なる大前提ともいうべき枠を破るところまでは思いも及ばなかったにしても、

「では、釈尊が、いかなるとき、いかなる状況の下でこの経を説いたか」

を、当時最高の知識僧たちは、釈迦の伝記と読み比べつついろいろ考えた。たとえば、「釈尊が悟りをひらかれて最初に法を説かれたのは五人の比丘に対してだった。ではそれが最初の説法ということになるが、それは何という経だろう。釈尊は各地で説教され、最後にクシナガラの地で沙羅双樹の下で入滅された。つまり涅槃に入られたのだから、最後の経典が『涅槃経』ということになりはしないか」

というぐあいに。歴史的理解を欠いてはものごとを納得できない中国人の歴史癖のしからしめるところである。智顗の解釈もその流れの中で生れたもので、大体経典の成立を五つの時期に区分し、厖大な経典を八種類に大別してそこにあてはめる。それを「五時八教」という。

それだけなら、大変初歩的な、幼稚な、歴史感覚の導入ということになるが、智顗の解釈はじつはそれだけではない。その五時に分類しながらも、単純な発展段階説をとるのではなく、第一時の中にすでに五時すべての原理というか、要素というか、そのようなものが蔵される、といった具合に五時それぞれに相関性のあることを指摘しているのだ。

彼の作業の中には、仏教の史的理解とともに、仏教原論が含まれ、上座部仏教から大乗までを包摂して考えている。一見矛盾するようなものを矛盾なく捉える大きなスケールを持つ思弁体系の完成である。一見矛盾するものを矛盾なく捉えるというのは、いわば人間の抱えた大命題で西欧哲学は苦心の末、ヘーゲル（一七七〇―一八三一）が弁証法を完成させた。智顗の思考方法はこの弁証法にどこか似ている。しかし西欧は西欧らしく、正と反のテーゼを立て、それが止揚（アウフヘーベン）されて合が確立されると考えた。智顗の説くところもアウフヘーベンに共通したところがあるが、正と反が同次元で、パッとアウフヘーベンされるとでもいうべき違いがある――と私には思われる。難解のようだが、種々の仏教の教説のそれぞれに理解をしめしながら、さらにその根底を貫く仏教とは何かという問いに答えようとしている点で、智顗はやはり中国仏教界の最高峰の一人であろう。

その智顗が、諸経典を綿密に検討し、分類した結果選びとったのが『法華経』だった。

「なぜなら『法華経』には、すべての人が救われる、と説いている。それが仏教精神の根本であらねばならない。また釈尊が現世に出現したのは大昔の、それも百年足らずの時期だが、それは久遠（くおん）の釈迦が、生と死の姿――万物が生れ、かつ滅びるという大原理を身をもってしめされた現象であって、久遠の釈迦はそれより以前から生き続け、未来にも生き続けている、と『法華経』は説いている」

簡単にいえばそういうことになろうか。仏教は釈迦入滅後、さまざまの展開を見せたことは周知の通りだが、最初は、

「自分は釈尊の直接のお教えを聞いている」

という出家集団の直弟子及びその流れを汲むものが優越を誇っていた。が、仏教が民衆

化され、出家集団以外の在家の信者が増加し、大乗仏教が確立してくると、優越感を誇る連中への激しい批判と反撥が出てきて、

「そういう凝りかたまりは結局成仏できない」

とまで言われてしまう。が、やがて、仏教はより寛(ひろ)やかになって、すべての者は成仏できるという形に止揚されてゆく。これが『法華経』の説くところである。

「久遠の釈迦」という発想はそれといわば表裏一体をなす。一度地上に出現しただけが釈迦のすべてではない、ということは、裏返せば釈迦の説法をじかに聞いた弟子とか、そこからの直伝を誇る人々だけが特権階級ではないことを意味する。釈迦の精神は永遠なものであり、釈迦は永遠に生き続けるのだ。このあたり、仏教が僧侶以外の民衆に浸透し、その原理の永遠性が主張される段階にいたったこと——これは仏教以外にも共通することだが、宗教としてのある発展段階に達したことをしめすもので、『法華経』は、まさにそれを反映して編まれた経典といえるだろう。

智顗の『法華経』への評価には異論もあるだろう。いや『般若』の方が深いとか、『華厳』の方がより本質的な問題に迫っているとか……。じじつ、後になって最澄を悩ませるのはこれらの反『法華経』側からの激しい攻撃である。しかし、ここで智顗の考え方に注釈を加えるならば、

「智顗の生きた時点に立って、仏教とは何かを考え、中国の現実に相応した経典を求める

ならば」

という条件がついての『法華経』ではないか。中国人は常に現実的にものを考える。歴史的把握も体系づけにもすぐれているが、一方その底には、

「中国の仏教としては」

とか、

「現実の中国の立場からすれば」

という意識が流れているのだ。その裏づけともいうべき興味ある発言を智顗はしている。自分でここまで体系づけを行い、『法華経』を評価しながらも、彼は言うのである。

「執(しゅう)してはいけない」

何かを、絶対だ、と思いこむことは仏教精神に反する、というのだ。

「これが絶対、永遠だ。自説以外は容認しない」

とは決して言っていない。ひとつを絶対化せずにすべてを包括し、そのありようを認めようとする智顗の精神の自由さ、寛やかさは注目すべきであろう。

最澄は十二年比叡山に籠って、その智顗からの呼びかけに耳を傾け続ける。といっても、まったく下界と没交渉だったと考えなくてもいいだろう。いやむしろ、天台法文の充実のために、奈良の大寺に写経を申しこんだりもしているのではないか。私の推定のように、最澄が官僧の身分のまま比叡山入りしているとしたら、近江国分寺（実体は焼失したとし

ても）を通じて、もしくは大安寺にいるお師匠さま行表を通じて、こうして経典類を集めることは不可能ではなかったはずだ。

もちろん桓武による梵釈寺の創建も逸早く耳に入ったことだろう。何しろそのありかは比叡山の麓といってもいいところなのだから。むろん、

「近江に、帝が純粋の仏教の研究所を建てられた」

という知らせは、最澄を大いに力づけたに違いない。仏教にも新しい脱皮、胎動が始まったらしい。しかもその拠点が叡山の麓であることに、偶然以上のものを感じたかもしれない。

——帝は近江を学問の地、宗教の地として考えておられる。いや、そのことを献策したのは帝の側近の藤原氏の誰かではないか。

ともかく思いがけない形で、目の先が明るくなった感じである。梵釈寺にはその後、下総、越前の二国から各五十戸の封戸が施入された。つまりそこからの貢租は梵釈寺に納められるようになったわけで、量的にはわずかとはいえ経済的な基礎も拡充されていった。

この梵釈寺と最澄のかかわりを探るすべはないが、何がしかの交渉があった、と考えても、さほど不自然ではないように思える。梵釈寺創建当時は律師六人がいたというが、六宗兼学の学問寺であってみれば、これが主任研究員というところであろうか。こうした最高の研究機関が近くに出現したことは、最澄にとって心強いかぎりであったに違いない。

梵釈寺の創建におくれること二年、延暦七（七八八）年には本願堂よりやや高い台地に一乗止観院が建てられた。これが現在の根本中堂の原型ともいうべきもので、最澄はここに自刻の薬師像を安置したという。なぜ薬師像なのか、多少の疑問が残るが、この左右にささやかな文殊堂と経堂も作られたといわれている。後にこの三つの堂宇に蔽いをかける形で根本中堂の姿がととのった。もちろん現在までに、何度か火災にも遭ってはいるのだが、ともあれこうして最澄の籠山修行は少しずつみのりを見せていったのであった。

これに関連して触れておきたいのは、最澄の十二年籠山についてである。最澄は天台教学の探究と止観に十二年の歳月を費す。これがいわゆる「十二年籠山」で、この間、全く世間と絶縁して仙人のような暮しをした、と思われがちだが、そこまで固苦しく考えるのはどうだろうか。もし世間と全く没交渉とすれば、お師匠さまの行表との交渉も、まして梵釈寺とのかかわりなど考えられもしないわけなのだが、ここでもう一度ふりかえってみたいのは例の『願文』の誓いの第一条である。原文はこうある。

我未ダ六根相似ノ位ヲ得ザルヨリコノカタ出仮セジ。

問題は「出仮」である。世間に出ない、ととってしまえば、世間との絶縁だが、この出仮は、世間に出て宗教活動をすることだと思う。人々を教化するとか、もう少し幅広く、僧侶としての社会的活動一般について言っているのだ。自分は下根だから、それまでは自己形成をしっかりやる。それからでなければ大それた教化活動はできない、という意味だと思う。そうだとすれば自己形成に資する経典の収集のために、お師匠さまにお願いの手紙を出したり、梵釈寺の高僧たちと交渉を持つのは出仮にはあたらないと思うのだが。

いまでも延暦寺では十二年籠山という修行がある。叡山を一歩も出ず、最澄の廟所に奉仕し、午前二時から夕刻まで勤行に励む。つまり最澄の十二年籠山を体得しようというわけである。これを実際にしておられる方、あるいは、叡山関係の方がどう受けとられているかは知らないが、一般がそれを「苦行」という受け取り方をしていることに、私は多少の疑問を抱く。

最澄は「苦行」としてこれを行ったのではないからだ。天台関係の諸法文をくりかえし読み、仲間と討論を重ねる。と同時に止観の真髄を体得しようと、専心これに打ちこむ。きまじめな最澄が、愚直なまでにそれにのめりこんでいるうち、いつのまにか十二年は過ぎてしまった、ということではないか。十二年籠山を説く経典もあるし、より具体的には智顗の天台籠山十一年が一つの目標だったのだろうが、そののめりこみじたいは法悦であっても苦行ではなかったはずだ。後に最澄は叡山で修行する弟子たちに、十二年籠山を義務づけているが、これとて、

「苦行をしろ」

と強いているわけではない。極愚、極狂の自分だって、そのくらいやれば、何とか摑めるものがある。つまり平凡人のできることを勧めているのであって、精神的あるいは肉体

的に自分を苦しめるということではないと思う。だいたいお釈迦さまも苦行の無意味に気づいてから、やっと悟りに達したのではないか。それを知らない最澄ではないだろうし、智顗の説くところも同じである。

ちなみに、叡山の修行の代表的なものとされる「回峰行」も、最澄とは無縁である。もちろん止観の修行の中には、いわゆる坐禅と同じく、坐って行う止観行のほかに、歩いて行う修行がある。前者は常坐三昧、後者は常行三昧といい、正確にはこれに半行半坐三昧、非行非坐三昧を加えて四種三昧という。回峰行はこの常行三昧の系統をひくものとされているが『摩訶止観』には、常行三昧は道場において、仏具、お供えを整え、沐浴して、

専ら行旋し、九十日を一期となす。

とある。修行は堂内で行われるのだ。

最澄はこれらの四種三昧に真剣に取り組んだろうが、その常行三昧は『摩訶止観』に則ったもので、山の中を飛ぶように歩いたわけでもないらしい。また回峰せよという文章は、私見の限りでは見出せないし回峰行の成立は最澄の没後である。なお、三昧について『摩訶止観』は『大智度論』をひいて、「よく心を一処に住して動ぜざる」ことだと言っている。これこそ止観の世界であって、坐禅（常坐三昧）が苦行でないと同じく、常行三昧も心を統一するための修行法であって苦行の強制ではないと思う。

修行の方法はいろいろあっていいわけだし、修行される方について、さかしらを立てよ

うというのではないが、ただ天台および最澄について、一般がついそういう受け取り方をしてしまう傾向に対して、問題提起をしておきたい。

　こうして比叡山に籠る最澄の耳には、梵釈寺創建以外の世の中の動きも、もちろん伝わってきたことだろう。例の藤原種継暗殺事件に始まって、帝王桓武の身辺に、次々と不運が襲いかかってきたこと、そして長岡新都が洪水で壊滅的打撃を被ったこと、蝦夷に出兵した軍隊が大敗を喫したこと……。そして遂に彼は長岡の都が廃されるという噂を聞く。しかも新しく選ばれたのは、なんと、山背の宇太。

　――おお、比叡の山裾が都となるのか。

　これは梵釈寺創建にもまして衝撃的な知らせだった。が、この時点でも、彼は桓武との宿命的なめぐりあいを予感していたわけではなかった。

朕、利あらざるか

延暦十二（七九三）年、五十七歳の桓武はかなり心弱くもなっていたのか、都遷りに先立って、天下の諸国に三日間の殺生禁断を命じ『仁王経』を講じさせ、さらには新宮殿に百人の僧を請じて、『仁王経』の講説も行わせている。

長岡遷都では全く見られなかったこれらの行事は、桓武が仏教に手をさしのべたがっている姿勢をしめすものだろう。打続く災厄で、漢風の祭祀に自信を失いかけていたとしか思えない。

こうなると、人間はしだいに迷信ぶかくなってくるし、頼れるものなら何でも頼りたくなる。仁王会は、仏教を見棄てようとしていた桓武にとっては屈辱的な妥協である。とはいうものの、全面降伏は王者の誇りが許さなかった。今度の遷都にも、旧都の寺の移転は許さず、

「東大寺も興福寺も薬師寺もそのまま」

という姿勢だけは、辛うじて貫き通している。なお新都には、周知のように東寺、西寺があるわけだが、その両者が、当初、寺の機能を持っていたかどうかは疑わしい、というのが、村尾次郎氏の指摘である（『桓武天皇』吉川弘文館）。たしかに、いまは「寺」といえば仏教寺院のみをさす言葉だが、中国にあって「寺」は「役所」の意味を持つ。中でも鴻臚寺（こうろじ）といえば異国の客のための役所であり、日本でも鴻臚館といえば迎賓館であった。もともと仏教も、外来文化として外交関係の事務を扱う玄蕃寮（げんばりょう）の管轄になっていたから、鴻臚寺的性格を持った役所と寺院的機能の間（あわい）には区別のつきかねるところもある。また、東寺造営などに関する史料が散見されるのは桓武の死後のことなので、当初から官の大寺的性格があったとは考えにくい。

遷都計画は緒についたが、今度は桓武は拙速は避けた。何ひとつ祟りの材料が転がっていないようにと神経質すぎるほど気を配った。遷都発表から六か月で遷ってしまった長岡京の場合と比べると、小黒麻呂以下が視察し、桓武自身がその地を検分してから遷都まで一年半余りもかかっている。その裏には、もう早く遷りたくとも遷れないほど財政状態が悪化していたということも考えられるけれども。

延暦十三（七九四）年十月二十二日、桓武の車駕は新京に向う。この日は辛酉（かのととり）、陰陽道のいわゆる「革命」の日を選んでの遷都であった。仏教の力でお清めもしたが、やはり桓武の心は陰陽道に傾いているのだ。遷都の詔は、葛野ノ大宮ノ地ハ、山川モ麗シク、四方ノ国ノ百姓ノ参出来事モ便ニシテ……

とある。遷都の直後の十一月八日には、

此ノ国ハ山河襟帯シ自然ニ城ヲ作ス。コノ形勝ニ因ンデ新号ヲ創スベシ。ヨロシク山背ノ国ヲ改メテ山城ノ国ト為セ。

という詔も出た。同時に人々は遷都を祝ぎ、異口同音に「平安京」と唱えたという。これによって新都は「平安京」と名づけられるのだが、このあたりはやや演出の臭いがする。近郷の民を大量動員してバンザイをさせることは前にもあったし、現代まで度々見ることのできた風景である。ともかくも、何ごともめでたしめでたし、と騒ぎたてるのは、意識的に注意を逸らせるとか、主催者側が無理にもおめでたくしようとしている場合が多い。

むしろこのとき注目すべきは、同日出された次の詔であろう。

近江国滋賀郡古津ハ先帝ノ旧都ナリ。今、輦下ニ接ス。昔号ヲ追ヒテ改メテ大津ト称スベシ。

最澄にゆかりの深い滋賀郡、すなわち父の本貫の地と同じ郡の中にある古津は、大津に改められた。桓武の祖である先帝天智に敬意を表しての改称であるが、少なくとも、この時点で、近江の地が桓武に関心を持たれていることがはっきりしめされている。

ところで、この遷都と叡山について、一つのエピソードがある。宇太の地を視察した藤原小黒麻呂が、

「あそこは大変地相もいいが、鬼門にあたる東北に高い山があるのが問題だ」

といったというのである。さらにここに最澄という僧が長年修行をしているので、彼に祈願をさせて凶運を払ったらどうかということになり、遷都に先立って、最澄の建てた一乗止観院で法会が行われ、桓武もそこに臨んだ、というものだ。

この話の原典をあきらかにし得ないが、『叡岳要記』には似たような話を載せる。桓武は遷都しようとしたのだが、

雲峰（比叡山のこと）帝都ノ丑寅ニ峙チ、嵐径鬼門ノ凶害ヲ成ス。時ニ当リテ大師、自ラ伽藍ノ基跡ヲ開キ、聖主（桓武）深ク叡山ノ護持ヲ恃ム。（『古事類苑』引用）

凶運を気にする桓武のために最澄が法会を行ったことについては『叡岳要記』（『続群書類従』）は、延暦十三（七九四）年九月三日のこととして、

願主最澄禅師

桓武天皇行幸

上卿大納言正二位藤原小黒麻呂

と記す（以下の顔ぶれは省略）。

これが事実なら、まことにドラマティックなめぐりあいということになるが、私は首を傾げるほかはない。なぜなら『叡岳要記』のいう九月三日の法会のそのとき、小黒麻呂はすでにこの世にいないからだ。彼はこの年の七月、六十二歳で死んでいる（細かいことま

でいうと彼は当時正三位で正二位ではない。死後従二位を贈られてはいるが）。その前年宇太の地を視察したのは事実だが、遷都以前に死んでしまったので、実質的に造宮造都を推進したのは和気清麻呂だったようだ。

一方桓武が、遷都に先立つこの時期、わざわざ叡山に登ったとは考えられないし、それを裏付ける史料はもちろんないから、『叡岳要記』のこの法会の記事は信用しない方がよさそうである。だいたい『叡岳要記』の成立は鎌倉期といわれている。延暦寺と天皇家および藤原氏との結びつきを強調する伝説がまぎれこむ余地は十分すぎるほどある。

この法会の前提になっている叡山鬼門伝説だが、おもしろいことに『叡山大師伝』には出てこない。まさに『叡山大師伝』が飛びつきそうなこのエピソードが書かれてないということは、その時期にまだこの伝説が生れてないことを意味するのではないか。さらに『叡山大師伝』をなぞった感のある和文の『伝教大師伝』にいたっては、宇太の地について、

「左は青竜といって東に流水があり、右は白虎といって西に曠野があり、前は朱雀といって南に沢地があり、後は玄武といって高山があり、四神相応の地だ云々」

と手放しの褒めようなのだ。してみると鬼門伝説は、『叡山大師伝』や『伝教大師伝』成立後に生れた、と見るべきではないだろうか。正史に拠ったと考えられる『日本紀略』には、もちろん縁起でもない凶運は出てこない。迷信深くなっている桓武の心情に即して

いえば、一つでも凶運のあるところと知れば遷都をためらうにきまっている。小黒麻呂も清麻呂も、それこそ、傷つきやすい桓武を真綿に包むようにして、

「さ、今度こそは大丈夫でございますよ。地相のいい所でございますから」

と遷都をすすめたに違いないのだ。ちなみに、京都の東北の守りは鞍馬(くらま)の兜跋毘沙門天(とばつびしゃもんてん)であろう。その造顕はやや時代が下ると思われるが、同じ発想の造像は、坂上田村麻呂にかかわる言い伝えをからませて、東北数か所に見られる。『叡岳要記』に投影しているのは、こうした事実ではないか。

結論的にいえば、この劇的めぐりあいは、私としては見送らざるを得ない、ということだ。それに、延暦十三（七九四）年に、王都擁護のために大法要を営んだのでは、十二年籠山の意味をなさなくなる。

「最澄が叡山を出ていないからいいのだ」

というのはどうだろう。帝王を救い、国家を救うのは「出仮」そのものではないのか。さきに「出仮」とは単に世間に出ることではないはずだ、と言っておいたのはこのためである。最澄は言っている。

「戒律を完全にそなえないうちは施主の法会にあずからないし、悟りの心を得ないうちは世間的な業務にとらわれることはすまい」

と。桓武の臨席はともかく、閣僚級の官僚が来ての法会となれば、当然多額の布施にあ

ずかったはずだし、世間とかかわりを持ったことになる。これを延暦十三年とするのは、十二年籠山と矛盾しはしないだろうか。だから桓武と最澄のめぐりあいはもう少し先のこと――と私は見ておきたい。

ということは、桓武の孤独な懊悩は、まだ続いている、ということだ。そしてまさしく史料はその心の明暗を、あますところなく伝えている。遷都直後は、さすがに桓武は精気を取り戻したようだった。鷹を肩にとまらせて、都の周辺に度々遊猟に出ては、五十九歳とも思えぬ速さで馬を走らせたりもした。しかし、これとて、心の底からの遊楽ではなかった。

――川はどうか、今度は溢れはせぬか。

都の内外を巡回して、懸案の治水工事を急がせた。しかし川の流れのつけかえや、水害対策は、必ずしも桓武の期待通りには進んでいなかった。何といっても財政が涸渇してしまったのが痛手だった。諸国から納入させる建築資材は粗悪ときている。人夫の集まりもよくない。当時の最高技術者である飛騨の匠たちは途中で逃亡する始末。

――いつになったら工事が完成するのか。

天を仰いで歎きたいところだが、王者たるものそれもできない。それでも、強いて闊達に振舞い、遷都の翌年の四月には宮廷で内宴を催し、木の香もかぐわしい新宮殿の水辺でひと日を楽しんだ。皇子、皇女、きさきたち……。その介添役をするのは女官長百済王明信だ。

――いつまでも若いな……

初夏に近い陽射しの中で見るかつての恋人の豊麗さに、改めて眼を見張る思いである。異国の血を享けているからか、その肌は陶器のような輝きを失っていない。

――俺とは違うからな。あの女は、俺のような苦労をしていない。

ふとからかってみる気になった。

「尚侍（ないしのかみ）」

「御用でございますの？」

ふりむいた流眄（ながしめ）には思わせぶりな色さえある。

「これはどうだ」

一首の古歌をしめす。

以邇之弊能（いにしへの）　能那何浮流弥知（のなかふるみち）　阿良多米波（あらためば）　阿良多麻良武也（あらたまらむや）　能那賀浮流弥知（のなかふるみち）

昔の古い道を新しくしようとすれば、改められないこともない――というこの歌は新京への讃歌であるとともに、

――どうかね、そなたとのかつての恋路の思い出に……

というセクシュアルな意味もある。

「さあ、返歌をしてくれよ」

「まあ、そんなこと、急にはできませんわ」

言いながらも明信は、きさきたちの前で、かつての若き日の情事を決して匿そうとはしていない。

「さあ、早く」

「駄目ですわ、そんなこと」

「仕方がない、代ってつけてやるか」

紀美己蘇波（きみこそは）　和主黎多魯羅米（わすれたるらめ）　邇記多麻乃（にぎたまの）　多和也米和礼波（たわやめわれは）　都弥乃詩羅多麻（つねのしらたま）

お忘れになっているのはあなたさま。女の私は、いつも前の通り変らない純情な白玉でおりますのに……

「ま、そう言ってほしいものだな」

「無理ですわ、もう常の白玉なんていえる年じゃありませんもの」

「いやいや、どうして、なかなかのものさ」

「おからかいになってはいけませんわ。帝こそお盛んでいらっしゃるくせに」

じじつ、そのころも、桓武の側には新しい若いきさきがいたし、皇子や皇女は生れ続けている。尚侍の明信はそんなことは全部知りつくしている。かつてそういう仲だった女性は、男性の臣下とは別の親近感があるものだ。後宮のさばき方もみごとで、おかげで多くのきさきたちの間に軋轢が生じることもないし、異腹の子供たちもきわめて仲がいい。

その中で一人むっつりしているのは安殿だ。薬子と引き離されて以来、いつも不機嫌で、突然、

「ああ、頭が割れそうに痛い」

などとわめき散らす。やれ胸が痛いの、熱が出たのと騒ぎばかり大きく、それもみな父の非情な仕打ちのせいだ、というようなそぶりを見せる。

——あてつけだ。あてつけたくて仮病を装っているにすぎん。

桓武はいよいよ不愉快になっている。

「いえ、皇子はほんとうに火のようなお熱で」

東宮付きの女官がそう言っても、返辞もしない。

——あいつは自分で病気を作りだしている。どこまでひねくれればすむというのか。

じつは桓武は斎宮になった朝原内親王を呼び戻して安殿のきさきにすることを考えている。朝原ももう年頃だし、遷都を機に、来年あたりは他の皇女と交替させるつもりなのだが、帰京したら、安殿に嫁がせるのが一番望ましい。井上が父光仁のきさきに、その娘の

酒人が自分のきさきに、という流れを考えれば、当然、朝原は安殿の後宮へ入ることになろう。安殿を呼びよせて内意は伝えたのだが、

「あの女に魅力は感じませんね。そのことを御承知の上でなら」

にべもない返辞だった。

——薬子の代りに朝原なんて、とんでもない。

といわんばかりである。しかも断らないところがかえって小憎らしい。

——む、む、親の気も知らんで。

子供はそれぞれにかわいいが、とりわけ朝原に対しては、幸せにしてやらねば、という思いがある。非業の死をとげた井上、その蔭でどこか性格を歪ませてしまった酒人。その異常なまでにあけすけな性欲は今も変っておらず、時としてやりきれない思いにさせられるが、しかし、酒人にだけは不幸な思いを味わわせたくない、という負い目がある。常軌を逸した彼女を、とにかくなだめすかし、上機嫌にさせておかねば、井上の恨みはもっと激しくなるだろう。それを辛うじて防いでいる、という思いでいるのに、もしそんなことを安殿に言えば、

「父上のなさったことのつけまで私が払わなきゃならないんですか」

そんな答が返ってくるにきまっている。

「いや、そうじゃない。井上さまの祟りがそなたに及ばないために、そうしてほしいの

だ」

と言っても、結局解ってはくれないだろう。こうした父と子の決定的な乖離も、桓武には井上の怨霊のなせるわざのようにも思えてくるのだった。

——こんなとき、他にふさわしい皇子がいたら、そちらに朝原をやってもいいのだが。

しかし、年格好を考えるとそれも不可能だ。次の皇子の伊予は、これから帯剣させようと思っている稚さなのだから……

伊予はなかなかしっかりした息子である。母親の吉子が側にいて、何くれとなく面倒をみているからかもしれない。母を失った安殿とそのあたりに差が出てくるのだろうか。

——もし、伊予を皇太子に据えていたら？

ふと、そんな思いが胸をよぎることすらある。しかも、きさきの旅子、乙牟漏が続いてこの世を去ったのに、吉子だけは健在だ。

——吉子の父の是公は藤原南家の家筋だからな。良継や百川のような式家の連中ほど恨まれていないのかもしれぬ。

が、現実には、安殿はすでに皇太子だ。いまさらその決定を変えるわけにもいかないが、日に日に人間的な偏りを露呈させ、片意地になってゆく姿を見ると選択を誤ったな、との思いがつい湧いてしまう。

——あれでは俺の跡継にはなれぬ。

新都の建設はまだまだこの先長く続けなければならない大事業だし、もう一つの蝦夷地遠征も長期戦の様相を帯びている現状なのだ。古佐美に代って大将軍となった大伴弟麻呂は、さすがに前回のようなぶざまな負け方はしなかった。首級四百五十余、捕虜百五十はそれなりの戦果ではあるが、

「負けはしなかった、しかし勝利ではない」

というのが実態だった。かの地に根を張る蝦夷たちの抵抗はしたたかで、古佐美軍が敗北した後は、衣川からさらに南方の伊治あたりまで勢力範囲にしてしまったらしい。これに対決するには即戦即決主義は無意味である。じっくり腰を据えて長期の持久戦に入らねばということで、現地の拠点拡充、長期滞在戦へと作戦を変更した。

が、即戦主義から持久戦への変更は、それじたい、大きな作戦の失敗といわねばならない。持久戦がどれだけエネルギーを費すものか、いかに国家の足をひっぱり、泥沼にはまりこむ結果になるか……。そのことに桓武が気づかなかったはずはない。しかし、これが彼の政治生命を賭けた大事業であってみれば、いまさら後にはひけない。辛酉の年に即位した革命の帝王、桓武がまず打ちだした二大政策――遷都と蝦夷地進出のうち、一方の柱である遷都がうまくいっていないだけに、蝦夷地進出は桓武の執念になっている。

――ぜひとも戦いに勝たねばならぬ。

すでに年老いたいま、焦りはいよいよ募るばかりであった。

このあたりに、桓武の王者としての悲劇がある。歴代帝王の中でぬきんでて意欲的だった彼は理想に先走りすぎて現実を見据える力に欠けていたのだ。客観的に見れば、この時期、日本古代国家の経済はかなり行詰っていて、新都建設と厖大な軍事予算の出費には耐えきれなくなっているのだ。しかし桓武はそうは思わなかった。強力な政治権力を以てすれば、経済をコントロールすることが可能だと自信を持っていた。が、経済は政治権力の網目をすりぬけたところで自律的サイクルで動きはじめる。税の取りたてがきびしくなれば、災害や飢饉を口実に軽減を申し立てる。貢納物は数だけ揃えて、質はどんどん落してゆく。結果的には国家経済はいよいよ貧しくなるばかりだ。

蝦夷についても桓武の認識は不足していた。未開の蓄地のように考えているのだが、このころの蝦夷はすぐれた馬の産地である。馬はすなわち、機動的軍事力の基本だから、これを駆使されれば、攻撃側はひとたまりもない。さらに当時の蝦夷の人々は鉄による農具の生産も含めて、かなりの経済力を蓄えていたようだ。それを全くの後進地帯と思いこみ、彼の地への領土進出こそ国威の宣揚だと頭からきめてかかったところに、桓武政治の大誤算がある。

桓武はしかし、政治が何よりも好きな帝王である。父をはじめ奈良朝歴代の天皇も、彼の目から見れば、ほとんどが落第だ。理想とすべきは曽祖父天智――。意欲的に律令国家を展開させた大帝王に続くのは自分だ、というくらいの気概を持っていた。だから自分の理想はまちがっていない——と彼は死ぬまで思い続ける。信条確信タイプの人間の悲劇である。

ではその理想がなぜ思い通り実現しないのか。そこに桓武は井上、早良たちの怨霊を考えないわけにはいかないのだ。

——彼らが自分の前途に立ちはだかっているのだ。

その思いこみを、しかし嗤うわけにはいかないだろう。当時は天災も流行病も飢饉も、すべて天子の不徳のいたすところだ、という考え方があったからだ。

——その不徳とは何か？　罪なき井上、他戸を死に追いやり、早良を憤死させたことだ。

思わず、桓武はわが掌を眺める思いだったに違いない。

——血が、血がしたたり落ちている。ああ、俺の掌は血に濡れたままだ……。拭っても拭ってもそれは取れない。

いわゆる怨霊思想であるが、この期のそれに極めて特徴的なのは、一人の為政者の犯した悪業が、そのまま国家に祟りをする、という考え方だ。ところが、少し時代が下ると、祟りをする悪霊が矮小化される。悪業を犯した人物の子孫に仇をするものとして意識されるようになるのだ。後に登場する菅原道真あたりがその分岐点である。九州からの流行病の伝播は道真の祟りだという考え方もないわけではないが、それよりも道真の怨霊は、彼を左遷した人々、中でも藤原時平とその子孫、及びその血をひく醍醐天皇とその皇子たちに祟る、というように考えられている。

さらに時代が下ると、悪霊の機能はより細分化（？）されて、藤原氏のどの家筋には誰が、というふうに分れてゆく。滑稽なようだが、そこには天皇を含めて貴族たちの国家的責任からの逃避がある。当時も、次々と社会的な問題は起っているのだが、そのころになると、

——これは自分の責任だ！

とノイローゼになるほど悩んだ政治家はひとりもいない。災害が起きれば陰陽道の人々に占わせ、その進言通りの祟り除けをするとか仁王会を催すくらいである。もっとも、桓武のこの壮大な失策に懲りて、領土拡張のような経済の根底をゆるがすような政策はさっぱりやめてしまったおかげで、それでも二、三百年、決定的破綻もなしに、王朝政治は続いたのであるが……。ともあれ、誰もが国家的責任をとらなくなるという日本人の体質は、このあたりに根ざしているといえるかもしれない。これに比べれば、のたうち、呻きながら、

——俺の責任だ。

と一生思いつづけた桓武は、まだしも責任政治の人といえるだろう。後世から見れば、桓武政治の失敗は、現実認識の欠如にある。それに気づかないから、政治の方向はまちがっていないと信じ、うまく行かないのは怨霊のなせるわざだ、という思いこみに陥ってし

まった。しかし、その発想の滑稽さを嗤うよりも、いまは、自分の罪業によって背負いきれないほどの重荷を背負ってしまった人間の、魂の呻きに耳を傾けるべきであろう。

個人から個人への復讐だったらまだいい。桓武はそれを甘受する勇気は持っていたであろう。が、いまや悪霊は虚空いっぱいにひろがり、日本全土を蔽おうとしているではないか。

このとき、桓武の頭にうかんだのは、おそらく先帝聖武のことではなかったか。この帝王もまた一生を罪の思いにさいなまれつづけた人であった。彼の母は藤原宮子、それまで藤原氏の血を享けた帝王は一人も出現していない。母系を重くみる当時の風習の中では異例の即位だった。しかも皇后に立てたのは同じく藤氏（とうし）の安宿媛（あすかひめ）――光明皇后だが、これも先例のない異例中の異例である。もちろん周囲には激しい反対があった。それを藤原氏側が力まかせに抑圧したのが、いわゆる長屋王（ながやおう）の変で、このとき夫の長屋王とともに非業の死を遂げた吉備（きび）内親王は、天武の孫、つまり聖武の叔母にあたる女性なのだ。これを機に、持統以来の皇室ファミリーの血は絶え、藤氏系の血が登場するのである。すでにこのあたりのことは別の作品に書いているので省略するが、こうして光明を立后させたのもつかのま、この計画を推進し、長屋を死へと追いつめた光明の四兄弟が、その後しばらくして、ばたばたと数か月のうちに死んでしまった。

――呪いだ。長屋王一族の祟りだ。

以後聖武は正常な精神状態を失う。その後に起った九州での兵乱に怯えて、王者らしからぬ放浪が続くのも、自分の犯した罪の重さに呻いての所業なのである。

そこで聖武が、最後に救いを見出したのが仏教だった。大仏の建立はその全力をふりしぼっての贖罪（しょくざい）であり、鑑真の来日にあたって進んで受戒したのも、懺悔の思いをこめてであった。

が、そう思うとき、

——俺は？　俺はどうしたらいいのか？

桓武はふたたび呻いてしまう。仏教をすべて排除したわけではないが、聖武の行ったような仏教政治と絶縁することこそ、彼の政治刷新の大眼目ではなかったか。

——いまさら、大仏など造れるものか。

しかし、彼の信じる陰陽道による消災がまるきり効果を発揮していないことを思えば、桓武の心はより重くなる。

そして、そのとき——。

今までと全く違う仏教を探究する情熱の青年僧の存在を知ったとしたら？

私はここに最澄を置いてみたいのだ。

とはいうものの、藤原小黒麻呂を仲立ちにしたドラマティックな出会いを否定してしまうと、困ったことに、二人のめぐりあいの手がかりは皆無である。小説的なふくらませ方をするなら、いくつかの場面を想像できないこともないのだが、ここではそういう手法をとるまいと覚悟している。

そこで少し角度を変えて、その時期を探ってみると、そこには確信にみちた証言がある。『叡山大師伝』である。

延暦十六年ヲ以テ、天心感有リテ内供奉（ナイグブ）ノ例ニ預レリ。近江ノ正税ヲ以テ山供ノ費ニ充（ア）テ、中使ノ慰問山院ニ絶ユルコト無シ。

この書き方からすると、少なくとも延暦十六（七九七）年、あるいはその少し前に最澄は桓武にその存在を知られた、ということになろう。

じつは『叡山大師伝』の最後の方に、最澄の外護者（げごしゃ）の名前が三十名近くあげられている。これについては佐伯有清氏の詳細な研究（『慈覚大師伝の研究』所収、吉川弘文館）があるが、そこに並んだ顔ぶれは、むしろ最澄の後半生にかかわりを持つ人々であって、年齢、官歴を考えても、この時点で桓武の側近にいて最澄を推挙するだけの力があったとは思えない。

強いてあげるならば、彼らより一世代前の和気清麻呂――

これが一般的な見方である。例の道鏡追落しに活躍したといわれる彼は、称徳女帝の死後の光仁時代は、その割にはかばかしい出世もせず、桓武即位後、少しずつ陽のあたる場所に姿を現わしてきた。先の長岡京の造営にも力があったし、平安京遷都を提案した一人でもあった。小黒麻呂の死後、造宮大夫として、平安京建設を推進しているし、さきにあげた『叡山大師伝』に登場する外護者の中に、彼の息子の真綱、仲世がいることから考えて、最澄と桓武の間に置くのにふさわしい人間であることはたしかである。

しかし、史料的に、延暦十五、六年の時点で最澄と彼を積極的に結びつけるものがあるわけではないので、ふたたび視点を変えて、時代の流れをみつめてみると、まず、このころ、廟堂において世代交替が行われていることに気づく。すなわち、延暦十三（七九四）年に小黒麻呂が、十五（七九六）年に右大臣藤原継縄が、十六（七九七）年に大納言紀古佐美が、というふうに、桓武初世を支えた側近が、次々に世を去っているのだ。といって、頼りになりそうな有能な新人がいるわけでもなく（和気清麻呂は参議にもなっていない）廟堂はやや活気を失った感がある。六十歳の桓武は信頼する側近を失い、泥沼化した政情の中でいよいよ孤独にさいなまれていたに違いない。

そうした状況に対応してか、仏教界に、ほのかな変化が見えてきた。さきに触れた梵釈寺に、十人の禅師がおかれるようになった、というのもその現われの一つかもしれない。

さらに史料の上を這ってゆくと、『日本後紀』にこういう記事がある。

「延暦十六年正月、僧正善珠の弟子の慈厚に、師によく仕えたという理由で大和国の稲三百束を賜わった」

「延暦十六年四月、僧延尊、聖基、善行、文延等に大和国の稲四百束を賜わった。山中で苦行、修道したとの理由からである」（『日本後紀』逸文）

最澄の名は出てこないが、ここに『叡山大師伝』の記事を重ねれば、彼の置かれた位置も納得できる。何も特定の個人との結びつきなど問題にしないでもいいのである。いわば宗教界の新しい波が手垢のつかない新人を探し求めていたのであって、最澄もその一人だったのではないか。つまりごく自然に、歴史の流れの中で二人のめぐりあいがはぐくまれた、と見た方がよさそうだ。

もちろん反論はあるだろう。

「最澄は彼らとは違う。内供奉になったのだ」

と。しかし『叡山大師伝』の慎重な表現に注目していただきたい。「内供奉」になったのではない。「内供奉の例に預って」つまり内供奉の例にならって近江の正税が与えられたのである。例を列とする読み方もあるという宗教もいただいたが、ここでこだわりたいのは「内供奉」という言い方についてである。内供奉とは宮中の内道場（ないどうじょう）という所に奉仕する僧のことだが、はたしてそのときすでに桓武のための内道場があったのかどうか。内道場に奉仕した道鏡が問題をひき起したことに批判的だったはずの桓武の宮廷に、ただちに想定してもいいのか。ちなみに、史料に「供奉」という僧侶の肩書が登場するのは、桓武朝では延暦二十四（八〇五）年が初見である。

もう一つの問題は十禅師についてである。権威のある辞書さえ、内供奉イコール十禅師としているが、後には同一視されたとしても、当時は、宮中ならぬ梵釈寺にも「十禅師」

はいるではないか。また十禅師の起源といわれる光仁朝の記事を見ても、持戒の誉高く、看病をよくする僧に供養の資を与えたとあるだけで、内道場のことには全く触れていない。どうやら光仁帝は仏教界の綱紀粛正のために、寺の格や僧の年臈に関係なく、行いの清い僧を厚遇したのではないだろうか。そして、桓武が切に求めたのも、まさにこうした持戒の清僧だったのだ。

『伝教大師全集』伝えるところの、延暦十六（七九七）年十二月の官符をそのまま信じてよいかどうか、多少疑問はあるのだが、その官符にしても、本文には「最澄を十禅師の闕に補する」とあって「内供奉」の文字は見えない。内供奉に補せられたとしても、後のことではないだろうか。

さて、側近が次々と身辺から去るにつれて、桓武の心情はいよいよ不安定になってゆく。十数年来忘れようとして忘れられなかった井上皇后母子と弟早良に対する罪の思いは、いよいよ重く胸にのしかかってくる。

それまでは、あからさまに罪を告白することは帝王の誇りが許さなかった。帝王の不徳が、すなわち天災を招き、失政に繫がると思われていたそのころのことだ。今まで、

「井上皇后は巫蠱を行った。早良は謀叛を企んだ」

としていたのが、

「それは全部まちがいだった。罪は自分にある」

と言い直すことは、自身の六十年の人生をすべて否定することだ。

「自分は天下の悪帝だった」

と宣言するにひとしい。

——それはできない、どうしても……

必死に頑張りながら、桓武の心はしだいに弱くなっている。その現われを、私は、延暦十五（七九六）年十月、僧四十人を請じて、宮中で七日間行われた薬師悔過会と見ている。悔過会とは、おのれの罪を懺悔（仏教ではサンゲ）するために行う法要のことで、史料で見るかぎり、桓武朝ではそれまで一度も行われていない。光仁朝では、飢饉流行のため、毎年正月諸国の国分寺で吉祥悔過会を行うことを命じているが、それと宮中における薬師悔過会とはやや性格を異にするだろう（もちろん、これとは別に各寺の行事としては行われていたかもしれないが）。この悔過——すなわち懺悔の行は、これをつとめる僧侶自身が厳しく戒を保った清僧でなければならない。想像を逞しくすれば、最澄および延尊以下の山中苦行僧は、そのために請じられた僧であり、供養の資は、その奉仕の布施として与えられたと見ることもできるかもしれない。

内供奉ノ例ニ預レリ。

という表現も、そういう意味だと納得できるのであるが。

それにしても、無名の僧が正税を受けることは異例の厚遇である。仏教界のこうした動きの波の中で捉えるならば、最澄の場合は叡山に近い梵釈寺あたりの推挙とは考えられないだろうか。当時梵釈寺を統轄していたのは大僧都等定（とうじょう）という高僧である。宗教省ともいうべき僧綱（そうごう）の責任者である大僧都が、梵釈寺にかかわっていたというだけでも、この寺の重みは知られるというものだが、それ以外に手がかりがないので、これも想像の域を出ない。

つけ加えておくと、さきに最澄が書いた『願文』に感銘を受けた内供奉禅師寿興（じゅこう）という人物がいる。「内供奉」については、先の理由でちょっと保留をつけたいのだが、その禅師が、梵釈寺の十禅師の一人なら、まさに彼こそ最澄を推挙した人物にふさわしいのであるが。

もうこれ以上、出会いのきっかけを詮索するのは無意味かもしれない。むしろ両者にあっては、めぐりあいのドラマよりも、その後の魂のふれあいこそが、二人の人生を、そして日本の歴史の流れを決定づけるものとなるのだから。

かりに最澄が薬師悔過会に招かれたとしよう。三十を僅かに出たばかりの青年僧は、その日、年老い、やつれはてた王者の姿を見たはずだ。

――おお、おいたわしいほど、おやつれになられて……

思わず息を呑み、胸もつまる思いではなかったか。

いや、悔過会にも招かれず、清僧のゆえに正税を下賜されただけであってもいい。彼はそのとき知ったはずだ。王者が、なぜ、山中に持戒する無名の僧に関心を持ちはじめたか。そして、どんなに苦悩にみちて、薬師悔過会を行ったかを……

多分、仲間の僧たちは噂しあったことだろう。

「悔いておられるのだよ、井上廃后や早良廃太子のことを……」

「それにしても宮中で薬師悔過会とはな。前代未聞じゃないか」

「だっていまさら、南都へ依頼されるわけにもいくまいし」

「都にはしかるべき寺がないときてはな」

「で、御心は安らかになられたのか」

「いや、それがなかなか。皇太子の安殿親王の御心も御体も平常に復されないとかで」

「そうか、そうだったのか。御子のために、すべてを投げうって懺悔しようと思いたたれたのだな。それも効がなくてはな……」

このどちらの場合を想像してもいい。最澄は思わず叫びたかったに違いない。

「帝、この最澄は、お救い申し上げるすべを知っておりますのに……」

最澄は天台大師智顗にまつわる伝説を知っていたはずだ。一つは智顗に深く帰依していた陳の王室の太子永陽王が落馬していまにも死にかけたとき、智顗の弟子の智越によって救われた話である。もう一つは智顗の実の兄の陳鍼が五十歳で死ぬ相があったのに、これも智顗の力で十五年生き延びたという話である。

このとき前者では観音懺、後者では方等懺と呼ばれる懺法を行った、といわれている。懺法というのは悔過と同じく、過去の罪を悔い、罪障を除く行法である。中国人はきわめて現実的だから、こうした現世利益的な面がなくては、人々は納得しなかったのであろう。

智顗のめざした懺法は、しかし、それにとどまらなかった。独自に展開させた止観――四種三昧と関連づけて、ものの本質に迫るための徹底的思惟、そのための俗念の放棄と過去の罪業への根本的な懺悔へと発展させた。その基底に『法華経』がある。これが法華懺法である。のちに天台宗の盛行とともに、平安朝を通じて、最も主要な宗教行事の一つになったこの法華懺法は、まだこのとき日本にはもたらされていなかった。

最澄は現実的な意味でも、悩める王者を救いたかった。そして、より深い、宗教的な意味でも、智顗の説くところを伝えたかった。

「一切の仏法とは懺悔にほかならない」

智顗はそういう言い方もしている。

――いわば大懺悔ともいうべき境地に到達されたら、帝はどんなに御心安らかになられることか……

最澄は、ひとたびは南都仏教に訣別してしまった桓武の心の中のこだわりを知っている。

――帝に南都の仏教だけが仏教のすべてでないことを知っていただけたら……

仏教を総合的に把握しようとした智顗の寛やかさ、思惟の深さ。それに触れることによって、王者の魂はよみがえりを得るだろう。

十二年の籠山によって、最澄の魂は透明になっている。俗を離れきって、人の魂の本質をみつめる瞳を持ち得たということか。どうやら彼は願っていた六根相似位に近づき、いよいよ人のために身を捧げる時期に到達したのかもしれない。そしてその純粋さは、一条の光となって桓武の魂を射し貫いた。

「おお、そういう仏の教があるのか」

「救われるのだな、必ず?」

直接の対話であろうと、あるいは文書による上申であろうと、それはかまわない。桓武はまさしく最澄という存在を知ったのだ。

翌延暦十七（七九八）年から、最澄は猛烈な勢いで一切経の蒐集に没頭する。

「すべての経も論も律も、章、疏、記も写しとってしまうぞ」

こうと思ったら、一心不乱に突走ってしまう彼らしい宣言だ。弟子たちが必死になって写しとると、そのそばから彼はこれを読破してゆく。といっても、貧寒たる叡山に多くの経典があるわけでもなく、南都七大寺に助力を依頼するよりほかはない。

「どうか皆さまの食事の中、一匙の飯を写経生に与えて写経させてくださいませんか」

官の大寺の僧でもない彼が、こんなことを頼めるのは、背後に桓武の存在のあることを感じさせる。

――智顗の説く天台教学がいかにすばらしい体系的なものかを知るためには、まず一切経を読破しなくてはならない。そうして帝にまちがいなく智顗の教学をお教えしなければならない。

きまじめに、彼はそう思いこむ。外から見ればいささか虫のいい頼みだが、それを臆面もなくやってのけるところが、いかにも彼らしい。籠山ときめれば智顗に倣って十一年、いやそれを超えて十二年間籠山するし、写経を思いたてば、地のはてまでも尋ね求めて、一切の仏典を写しとらねばやまない、と心に決める。

これもいわば桓武のため、そして天台教学のためである。智顗の教学を誤りなく伝えるには一切の仏典を読破し、自分自身が納得していなくてはならない。それでなければ、桓武に対して責任ある答はできないではないか。

彼はいまや、全身全霊を捧げて奉仕すべき対象を見出したのだ。

――悩める老帝のために……

そう思うからこそ、彼は写経と仏典の読破に熱中するのだ。たしかに近江国の正税を受けることによって、叡山の草庵の基礎は確立したし、写経の資にあてることもできたろうが、それだけでは、もちろん足りない。そこで、

「一匙の協力を！」

という要請になる。

十二年山籠りした彼の純粋さが、言葉の裏できらきら光っている。悩める帝のために、という熱情が彼のその言葉をより熱いものにしている。

これに応じて、大安寺の聞寂がまず多大の協力をしてくれた。お師匠さまの行表はこのころ大安寺で亡くなっているが、多分その縁に連なってのことであろう。

一方、鑑真の弟子で東国にいる道忠が、経、論、律二千余巻を写して送ってくれた。じつはこの道忠との縁が後に大きな意味を持つようになる。彼については、また後で触れる折もあるだろう。

経典はしだいに集まってきた。最澄は寝食を忘れてこれに読みふけり、智顗の教相判釈の前に改めて首を垂れ、『法華経』こそ究極の救いの経典であることにいよいよ確信を持つ。

ふと眼をあげたとき、この丈高い白皙の青年僧の眼に映ったのは、緑深い梢でもなければ澄んだ蒼空でもなかったろう。

――法華の世界が見える。天台教学の世界が見える。自分の生き方はきまった。

最初のころの経典研究は、たしかに自分自身のためのものだった。しかし、いまは違う。罪の思いにおののき、呻く、一人の老いたるひとのために、彼は真理の道への灯になろうとしているのだ。

――これが他人のための修行、智顗禅師の言われた利他行なのだな。

じつをいえば、ここでも最澄と桓武のめぐりあいを証拠づけるものはない。が、史料の上を丹念に這うならば、両者の魂の響きあいを確実に聴きとることができる。

すなわち延暦十六（七九七）年――最澄が桓武の知遇を得たといわれるその年、二人の僧が淡路の国に遣わされて、亡き早良のために経を読み、悔過を行った。その僧の中の一人をただちに最澄とするような臆測はつつしむとしても、桓武は、あきらかに仏教による懺悔をはじめたのである。

――悪かった。許してくれ。

王者としては口が裂けても言いたくない言葉だ。じじつ、この後の政変、戦乱にあたって、何人の王者が、この告白をなし得たか。

「自分は知らない。責任は某にある」

問いつめる側も、「君側の奸」を退けるだけで満足してしまう。しかし、いま、桓武は勇気ある告白を敢えてした。それまでに、どんなにためらい、悩み、逡巡をくりかえしたことか。

――どうしてもせねばならぬか、懺悔を。

その耳には最澄の声が響いたはずである。実際に会ったとか会わないとかの問題ではない。新しい宗教的信念を持った清浄な求道者の、命を賭けての進言がなければ、踏みきれるものではない。

——勇気をお出しなさいませ。懺悔は敗北ではありませぬ。

——敗北ではない？

——はい、大懺悔は魂の浄化です。そうしたとき、はじめて敵も味方もなくなります。怨念を逃れ、自由で高度な精神の世界へお進みになれます。

——世間は自分を嘲(あざけ)るであろう。

——嘲りを恐れて眼をそむけることはむしろ卑怯です。迷いです。迷いをお棄てください。

『日本後紀』の逸文にある淡路での悔過は、たった一行分の短い記事にすぎないが、それが桓武が悩みに悩み、呻きに呻いた末の帰結であることを知るべきである。

地にひれ伏し、いま王者は悔いている。

——早良よ、許せ。

勇気ある懺悔といわねばならない。その勇気を支えているのは、人間を超えた聖なるもの——推測を加えれば、万人に赦(ゆる)しを与え、成仏を保証する法華の世界ということになりはしないか。

桓武は日本の仏教のありようのすべてを認めたわけではなく、依然として、旧都における僧尼の濫行を禁じたり、俗人同様のえせ僧侶を叱責したりしているが、このあたりから少しずつ仏教への歩みよりを見せていることはたしかだ。延暦十八（七九九）年になると、宮中および皇太子安殿のいる東宮に、僧三百人、沙弥五十人を招いて、『大般若経』を読ませているのもその一つであろう。

そして、延暦十九（八〇〇）年六月、遂に詔が発せられた。

　朕思フ所有リ、宜シク故皇太子早良親王ヲ崇道天皇ト追称スベシ。

廃后井上内親王には皇后の称号を回復させ、両者の墓は、ともに山陵と称するように……

非業の最期を遂げた人々の名誉回復が行われたのだ。現在も「名誉回復」という言葉は気軽に使われるし、単に言葉の上での鎮魂のように思われがちだが、これは体制側が一大決心のもとに行う自己批判であり、静かなる革命ともいうべき政治変革宣言なのである。

——よう遊ばされました、帝……

一切経の読破にあけくれながら、最澄は、都の空を望んで、ひそかな呟きを洩らしたことだろう。

——それでこそ、真の王者でいらっしゃいます。

——そう思ってくれるか。

桓武はいま、新しい仏教の世界に導かれようとしている。燭を掲げてその先に立つのは最澄だ。無垢の魂を持つ彼の純粋性が自己崩壊寸前に追いこまれた王者を救ったのだ。千二百年の歴史は、残念なことに、このことを忘れている。桓武を最澄の庇護者としてのみ捉え、王者の眷顧を得たことで、最澄が天台宗を広める機会を得たように思いがちであるが、事実は決してそうではない。救われたのは王者桓武の方なのである。

井上皇后と早良親王の名誉回復が行われたころ、最澄の仏典の蒐集、講究も一応の成果を見るにいたっている。諸仏典を読破することによって、彼はいよいよ智顗の透徹した仏教観に傾倒し、『法華経』への帰依を深めていった。

そうして、その過程で、彼は桓武のためにもう一つの大事業をやってのけている。

それは桓武と南都仏教勢力との融和である。長岡遷都以来、両者の間は、とかく疎遠になりがちだった。桓武は事あるごとに南都の僧尼の堕落を詰り続け、厳しい姿勢を崩そうとはしなかった。が、最澄からの依頼で写経に応じたあたりから、南都側は桓武体制に一歩近づく。ここで巧まずして最澄は両者の関係修復のフィクサー役を演じたわけである。

そしてその総仕上げが、延暦二十（八〇一）年に叡山の一乗止観院で行われた法華十講だった。その三年前から最澄みずからは法華十講をはじめている。つまり『法華経』の講義である。全八巻について行うのが八講、それに開経として『無量義経』を、結経として『観普賢菩薩行法経』を加えて行うのが十講であり、それぞれ一人が一巻を担当することが多い。

延暦二十年、最澄は新たに南都の学僧十人を招いて、講筵を開くことにした。近江の国税の施入を受け、経済的な基盤はやや安定したとはいえ、一乗止観院の規模は南都の大寺に比すべくもない。

　卑小ノ艸庵(サウアン)ニ竜象（高僧）ヲ容(イ)ルルコト能ハザルモ……

としきりにそのみすぼらしさを詫びてはいるが、ともかく、この大企画はみごとに実現した。

一草庵の法師にすぎない彼が、どうして、この大プロデュースに成功したのか。誇り高い南都の学僧たちが、よくも叡山まで出かける気になったものだ。一気に歴史の大舞台に跳びあがった最澄は奇蹟の人という感じもするが、しかしこれまでの過程――桓武の懊悩と懺悔、それにかかわりを持ったはずの最澄とその法華十講を踏まえて考えれば納得がゆく。

そしてこの際顧みておかなければならないのは、最澄自身もまた南都で受戒した官僧だったということである。これを南都側からみれば、最澄もまた南都系の一僧侶、彼らの後輩なのだ。その後輩が、新都に近い叡山に拠点を築き、南都と桓武体制との橋渡しをしようとしているのだ。

――よくやったぞ、最澄。

その努力を多とすることはあっても、彼を対立的存在とは見ていなかったろう。最澄の方も、そのあり方に批判を感じつつも、この時点では南都をあからさまに敵視しようなどとは考えてもいない。後に激烈な論争がくりかえされることから、最澄を初めから南都と別の次元に立つ僧と考えるのは誤りであろう。その意味でも、大正大学の木内堯央教授の「官僧最澄」という指摘は見過ごせない。

南都はこのとき、喜んで最澄の申し出に応じたはずだ。

――どうやら帝もこの催しをひそかに嘉（よみ）しておられるとか……

最澄より数倍も鋭い政治的嗅覚を持つ彼らの読みに、そつはなかったろう。一方の最澄は、

――おお、諸大徳がお受けくださった。

巧まずして南都と桓武の間に立ってフィクサーとなったことよりも、十数年かかって読みぬいた『法華経』を晴れがましい舞台に載せる日のきたことに胸を躍らせていたのではないか。フィクサーといえば世故にたけた社会の黒幕、腹黒い怪物的存在を連想するが、およそ世事に疎い、生きることに無器用で、一途にまじめな求道者である最澄が、ときとして、こういう役を演じてしまうところが歴史のおもしろさである。

法華十講は、どうやら大成功だったようだ。『法華経』はもちろん天台宗の独占物ではないし、南都の僧侶たちにもなじみ深い経典の一つである。その講説はあくまで流暢で心にしみるものであったに違いない。

――これでいい。これでいいんだ。

最澄は自分の信奉するこの経典を、仏教界のメイン・テーマとして押しだすことに成功し、あふれる涙を拭いあえずにいたのではないか。ちなみに十一月という月に開催されたのは、その二十四日が智顗の忌日にあたるためである。

――遥かな山河、遥かな歳月を超えて、いま、禅師の御教が東海の辺土にひろがろうとしております、小弟子最澄の報恩をお受けください。私には、禅師がこの地に光来されたようにも感じられます。

講筵を終って、合掌し立ちつくす最澄の姿が眼に浮かぶ。

それから二月と経たないうち、今度は和気弘世と真綱が、高雄山寺に十数名の高僧を招いて天台（法華）三大部の講説を行うことになった。高雄山寺は、彼らの父清麻呂の墓のある和気氏ゆかりの寺である。

この大がかりな講説に、最澄は講師の一人として招かれている。二月前の法華十講を主催した実力、ここで講ぜられる天台三大部に対するなみなみならぬ造詣の深さを買われたものと思われる。

このとき、弘世たちは、

「今度の催しは世の常のものではない」

と言い、桓武の意向に添うものであることをほのめかしている。はたせるかな、桓武から、催しを喜ぶという勅が下され、講説に招かれた僧侶側からも謝辞が捧げられた。このときの講師の顔ぶれの半ばは、二月前の叡山一乗止観院の法華十講に招かれた人々であり、この催しが、明確に先の十講の延長線上にあることを感じさせる。

僧侶側はこのとき講ぜられた天台三大部を口きわめて賞讃している。

「智顗の説くところは、釈迦一代の教を網羅し、総合的に把握しており、釈迦の考えをじつに深く理解しております。これは南都では未だ聞かないもので、長年にわたる三論、法相の論争の問題点もすっかり氷解しました」

南都ではこれまで法相と三論の深刻な対立があり、これについては桓武も時々融和を勧告している。彼らの間には学問的な論争以外の感情対立もあって、謝辞にいうほど格好よく和睦が行われたわけではないのだが、桓武との融和にあたって、南都側も、これと引きかえに内部対立の解消を宣言する必要があったに違いない。

この講説にあたって、きらめくばかりの活躍をみせたのは、もちろん最澄だった。『法華文句』『法華玄義』『摩訶止観』、ともに十年以上読みぬいてきた座右の書だ。法相、三論等の南都側が一流の学僧だったにしても積みかさねの歳月の長さ、天台教学に賭ける情熱が違う。

「叡山に最澄あり」

「彼こそは、当代第一の学侶」

人々の眼はひとしく彼に注がれたことだろうし、桓武の褒詞は、いわば最澄に対して発せられたようなものだった。

　ここでつけ加えておきたい。最澄が桓武の知遇を得たことの意味についてである。彼に対して、桓武が一段高いところから手をさしのべたのではないことはすでに述べた。最澄もまた、王者である桓武に近づき、その苦しみを救おうとしたのではない。一人の悩める老人、桓武を救おうとしたのであって、一身に抱えきれないほどの重荷を負っているそのひとの、負担を軽くしてやりたいと思ったのである。

　つまり、名誉のため、あるいは王者から何らかの利益を引き出そうとして近づいたのでは決してない。この名聞利養（みょうもんりよう）こそ、最澄が最も憎み、遠ざかろうとしたものだったからだ。このことを強調されているのは大正大学教授の故塩入良道氏であるが（「伝教大師の道心と名聞利養」『伝教大師研究別巻』所収、早稲田大学出版部）、この視点をはずしてしまうと、最澄像が曖昧になる。

　そのことがとかくなおざりにされるのは、一つには、時代が下るとともに、叡山じたいが、名聞利養の巣になりはててしまったからだ。これに批判的な気骨ある僧侶は、むしろ叡山を飛びだしてしまっている。

　さらにもう一つ、近代以降の日本の歴史が、その問題を歪ませていることに、最近私も気づきはじめた。いや、少し前から、そのことには妙な違和感があった。いわゆる名刹に行くと、たいていは、

「この寺は何天皇の勅願だ」

という説明を聞かされる。ときには成立の歴史として語られる以上に、皇室との関係が強調されることもある。奇妙なことである。

――仏の前では人間は平等ではないか。お釈迦さまはそうお説きになったはずだ。

と思ったものだが、後になって、その原因が明治期の廃仏毀釈にあることに思いいたった。あのすさまじい嵐の中で、廃寺になることを免れるためには、天皇家との結びつきを強調するよりほかはなかったのだ。いわばお坊さまたちの説明は、明治以来の口癖なのである。

が、そこだけを強調すると、歴史的な認識が歪んでくる。桓武を最澄に対する強力な外護者とだけ考えるのがそうだ。この見方に立てば、天台宗は桓武新政を装飾する精神文化――少し酷な言い方をすれば文化的アクセサリーに過ぎなくなる。最澄が真剣に天台教学を求め、桓武が必死に最澄に縋ろうとした当時のありようが復元できない。

もっとも、歴史的復元をもうすこし丹念にやってゆくと、別の問題点も浮かんでくる。たしかに最澄は桓武個人の魂を救おうとしたはずだし、そこに宗教的信念があったと思うのだが、当時の帝王とは、まさに、

「朕は国家なり」

であって、桓武はまた国家そのものだった。国家の災害は君子の不徳のいたすところ、

台風も旱魃もすべて天子のせい、と考えられていた当時としては、諸矛盾を噴きあげている当時の日本の国を救うためには、まず桓武を救わねばならなかった。そこに最澄の「鎮護国家」がある。彼の「国家」の概念は近代的ナショナリズムとは別の次元に立っている。救うべきは国家の精神的荒廃であって、護国思想の中には現代的な国防意識はない。

にもかかわらず、日本の仏教界が、明治以降の近代日本の歩みにぴったり身を寄せ、体制に奉仕し、軍国主義に追随することをすなわち「鎮護国家」であるかのように考えたのも、廃仏毀釈恐怖症の名残であろうか。この「国家」観については、大正大学竹田暢典教授の詳細な論稿（「日本天台における伝戒と護国の思想」『伝教大師と天台宗』所収、吉川弘文館）も読ませていただいたが、なお今日的な問題性を持つものと思われる。帝王と個人、国家と宗教といった重大な問題の十字路に立つという意味で、最澄は日本宗教史上稀な一人といえるかもしれない。

この最澄の身に思いがけない幸運が訪れた。

なんと、憧れの地、中国へ行く機会が与えられたのだ。高雄山寺での講筵の前年、すでに遣唐使派遣の計画は固まり、藤原葛野麻呂（ふじわらのかどのまろ）が大使に任命され、渡航の準備も着々と進められていたのだが、その船に乗って、唐へ行くことが許されたのだ。

その経緯を見ると、ここにも最澄らしさがよく現われている。遣唐船に、仏道探究や、漢文学研究のために選ばれた僧侶や学生が何人かずつ乗せられるのはこれまでのしきたりで、このときも最澄とは別の僧侶が選ばれていたようだ。彼ら学生には遣唐使とともに短期滞在して帰国する還学生と、滞在して勉学する留学生とがいる。最澄は選ばれた彼らに、天台法文の蒐集を委嘱したようだ。きまじめで熱心な彼のことだから、

「天台法文の蒐集だからまず天台山へ行ってくれ。欲しい仏典類はこれこれ……」

ずらりと題名を抜書きして渡したことだろう。

「何しろ日本に渡っている文献には誤字や脱落が多いのでな。例えば、ほれ、ここの意味は通じない。こういうところの意味も直接天台山で尋ねてほしい」

詳細な個条書も持ちだしたかもしれない。

この熱心さは、多分派遣学生を辟易させたに違いない。第一彼らは最澄ほど天台教学に詳しくない。文献のどこがどう違うのか、あるいは法文の題名その他、かの地で尋ね返されたら返事に困ってしまう。それに、これまでの学生のめざしたのは、すべて唐の都、長安である。天台山は現在の上海の南西の山中であって、そんなところを訪れた者は一人もいない。

話しあっているうちに、

——これはだめだ。

最澄はとほうに暮れたことだろう。

――やっぱり自分が行くほかはないな。

こうして派遣が決定するのだが、そうきまると、青年時代、天台大師智顗の修行の地に憧れた日のことが、体いっぱいによみがえってきたに違いない。

――やはり自分が行くべきなのだ。天台大師が招(よ)んでくださっている……

不可能だと諦めていた夢が実現する喜びに比べれば、渡海の危険などものの数ではなかった。

ここで、注目すべきは、入唐僧(にっとうそう)としては、最澄は極めて異例なケースだということだ。それまでの入唐僧は、渡唐までは全くの無名の青年僧である。玄昉のように帰国後中央政界で活躍する人物も、渡唐以前には、足跡を残していない。最澄の場合は、彼らとは全く違うのだ。

すでに年も三十の半ばをすぎ、高雄山寺において天台教学の第一人者と評価されたはずの最澄の渡唐は、いわば大学教授の海外出張、視察と資料蒐集の旅である。そのために漢語を解する義真(ぎしん)という僧侶が通訳としてつけられた。周知のように、このときは空海も一行に加わって渡唐しているが、彼の場合はこれまでの留学生と同じで、待遇は全く違う。そのことについては後にもう一度触れるつもりであるが。

最澄は、多分昂奮を抑えきれずにいたことだろう。桓武との稀有なるめぐりあいが、渡唐のチャンスを恵んでくれた。が、考えてみれば、天台法文への開眼は桓武の遷都、仏教政治への訣別が原因なのだから、運命とはふしぎなものである。

今度の渡唐は国家と国王の運命を担っての渡唐である。当然旅用の資金、施入の品目もおびただしい。最澄の目的が天台関係の資料の蒐集にあったのはもちろんだが、四種三昧や法華懺法の行法をよりよく極めたい、という願いも強かったのではないか。それこそ桓武を救う、唯一のもの、と最澄は信じていたはずだからである。そして、彼が多くの成果を得て帰国することを誰より待ち望んでいたのは桓武そのひとだったこともまちがいない。

最澄によって一筋の光明を見出したものの、老いたる王者は、まだ真の安らぎを見出してはいない。井上、早良に対する罪を懺悔することによって、心の重荷は軽くなったとはいえ、迷いはまだ拭いきれない。

——早く戻れ、最澄。

声を出して叫びたいところだが、運悪く、遣唐使の一行は、第一回の渡唐に失敗してしまう。延暦二十二（八〇三）年四月難波（なにわ）を船出した船は、瀬戸内海を出ないうちに暴風雨に遭って故障してしまうのだ。やむを得ず、装備を新たにして翌年出発ということが報告される。

「最澄はともかく九州に到着し、かの地で社寺に渡唐の無事を祈りつつ、大使の一行を待つということでございます」

何というもどかしさか。

「うう、それでは、帰国は早くても二年後になるな」

すでに六十七歳の老帝は、身の衰えを痛いほど感じているだけに、――はたして最澄が戻ってくるまで、わが命は保つであろうか。

苛立ちはいよいよ深まってゆく。

その上、翌年、葛野麻呂たちが再度の準備をととのえ、やっと日本を船出してまもなく、猛烈な暴風雨が都を襲い、宮中の殿舎も倒壊した。まるで悪魔に踏み潰されたような形で崩れ落ちた殿舎の下敷になって、牛が圧死したという報告をうけたとき、桓武は顔色を変え、唇を震わせた。

「なに、牛が死んだというか」

『日本後紀』は言う。

〔天皇〕歎ジテ曰ク、朕、利アラザルカ。

なぜなら桓武は丑年だったから……。なんとみじめに、迷信深くなってしまったのか。颯爽として歴史に登場し、自信にみちて政治改革を行った若き日の帝王桓武はどこにいってしまったのだろう。このとき、桓武がただちに思い浮かべたのは、大荒れの海の上で、翻弄される渡唐船の姿ではなかったか。

――この荒れでは、彼らは海に呑みこまれてしまったのではなかろうか。自分のために救いの法文を求めにいった最澄の姿を、ふたたび見ることはできないのではないか。

その悲痛な思いを、

　朕、利アラザルカ。

という言葉の上に重ねて想像するとき、その絶望の深さが、痛いほどに伝わってくる。じじつこのころ、海上にあった最澄たちは、恐怖の大時化（おおしけ）を経験している。一行四艘のうち二艘は行方不明になった。最澄の乗った船は辛うじて顚覆（てんぷく）を免れたが、陸地はまだ遥かである。

――彼らが帰れなければ、自分はもうだめだ。

老帝は自分の体を支えることもできなくなる。そしてその年の暮近く、遂に病に倒れた桓武は、もうふたたび起つ日のないことを覚ったに違いない。

もちろん宮中では、病気平癒のための、大げさな祈禱、読経がはじまった。南都七大寺をあげての誦経、宮中での僧侶百五十名を集めての『大般若経』の読誦、諸国の国分寺での薬師悔過会、そして崇道天皇（早良親王）のための寺の建立……

が、それさえ、桓武にとっては別の世界のことでしかない。

――わが人生は終った。

実際に命を終えるのは、一年余り先のことであるが、すでに桓武は自分の身が死の世界に引き渡されてしまったことを感じていたのではあるまいか。『日本後紀』は、

　朕、利アラザルカ。

と嘆いたという話を載せた後に、冷酷に録する。

未ダ幾（イクバク）ナラズシテ不豫（フヨ）、遂ニ天下ヲ棄ツ。

そのことは延暦二十四（八〇五）年正月、病床に皇太子安殿を招きよせ、後事を託したことによって証拠づけられる。

「安殿を……」

苦しい息の下から、病める王者は皇太子を呼ぶ。が、安殿はなかなか姿を現わさない。

薬子の追放を命じられて以来、安殿はなるべく父に近づかないようにしている。せめてもの抵抗である。

「行けばまた文句にきまってるさ」

病める父の心境を思いやることもしないのだ。

「まだ来ぬか、安殿は」

老帝の息づかいはいよいよ苦しくなっている。

「緒嗣（おつぐ）よ、安殿を呼んでまいれ」

命じられた参議藤原緒嗣は、故百川（ももかわ）の子で桓武の側近である。かつて成年に達したとき、桓武は彼を殿上に招いて加冠せしめるという破格の待遇を与えた。加冠にあたって、桓武は彼に、剣を授けて言った。

「これは、そなたの父が、献じてくれた剣だ。大事にして決して失うことがないように」

手渡したとき、桓武の眼には涙が光っていた。以来事あるごとに、

「緒嗣の父がいなかったら、自分は帝位を践むことはできなかったろう」

と洩らしたという。それだけに出世も早く、二十九歳で参議、つまり閣僚クラスの待遇を得ていた。

緒嗣は、老帝のただならない顔色に、事態の急を察したらしい。

「ただちにお連れしてまいります」

「頼む。早く行ってまいれ」

こうして緒嗣に手を曳かれんばかりにしてやってきた安殿であったが、病床の父を見るなり、さすがに、

「父上！」

ひざまずいて、その手を握った。

「来たか、来てくれたか」

わなわな震えて、安殿には次の言葉も出ない。人々を退らせて、老帝の遺言は、長く続いた。何人も内容を窺い知ることはできなかったが、おそらく早良親王配流のいきさつと、それがいかに心の重荷になりつづけてきたか、すべてを、わが子の前に、余すところなく告白したに違いない。

「すべては自分が悪かった。そのことをいま、心から懺悔している。いや、それでも足り

ない。懺悔し足りないまま、自分は死なねばならない。おそらく、そなたが即位した後、早良の怨霊はなおも祟り続けるであろう。崇道天皇とおくり名しても、それで彼の魂は鎮まらぬかもしれぬ」

安殿は一言も聞き洩らすまいと、体を固くしている。日頃疎遠とはいえ、感情の起伏がはげしい性格だけに、彼自身も激しい後悔の念に襲われる。

「父君、父君は、かくまで私の前途をお気づかい下さるのですね。それを……。私は不孝でございました」

人一倍感激家の安殿は多分、自分が一時的昂奮状態に陥っていることに気づきはしなかったろう。それは形の上では、美しい父子の和解であった。

この日、桓武は愛していた鷹と猟犬を放すことを決意した。青年時代から偏執に近いほどの愛着をしめした狩猟への訣別の意向を明かされて、むしろ狼狽したのは臣下たちであった。

「そうまで遊ばさなくとも……。いずれお元気になられて、ふたたび御遊猟にお出になられる日もございますのに……」

「左様です。もうすぐお元気になられますとも！」

「鷹も犬も、お供することをお待ちしておりますのに」

が、桓武はその言葉に耳を藉さなかった。

「もう狩ができぬことは、自分が誰よりもよく知っている。思えば……」

声がかすれ、一段と胸苦しそうになる。

「思えば、無益の殺生をしたものよ」

可愛がっていた鷹を手許に連れてこさせた。いまこの部屋で何が起っているかも知らず、鷹は鷹師の肩で精悍に身構えている。あるじの一言があれば、いまにも獲物をめがけて飛び立つつもりらしい。

――おお……

声ならぬ声とともにさしのべようとした老帝の手は、すでに鷹に届く力もなかった。

「退けよ。放て」

苦しげに言う。

――よろしいのでございますな。

鷹師はその瞳を窺ったが、桓武はそれに応えもしなかった。

「さらば、仰せのままに」

寝殿の階(きざはし)を降りて、大空に拳を突き出す。

「ゆけ！」

飛びたったものの、一瞬ためらうように羽ばたいた鷹は、やがて大きく輪を描いたかと思うと空の彼方に消えていった。

病床の桓武に、むろんその姿は見えない。が、病める老帝は、眼を閉じたまま、鷹の行方を追っている。鋭い羽音、ゆるやかな弧の描き方、その一つ一つが、確実に眼裏に浮かぶ。

——さらばじゃ……

鷹に別れを告げているのではなかった。桓武はおそらく、自分自身に別れを告げていたのだった……

王者すでに亡し

桓武が病床で呻吟していたころ、やっと最澄は唐土に達していた。七月七日出帆、明州——つまり現在の寧波着が九月一日というから、二月近く海上をさまよっていたことになる。じつは一九八六年春、私は最澄の入唐求法の跡を尋ねて天台山まで行ってきた。少しでも当時を追体験できたらと、大阪港からの海路を選んだのだが、申し訳ないほどの平安な船旅で、二泊三日で上海に着いてしまった。もっとも帰途は東シナ海で低気圧に遇い、船はかなり揺れたが、それでも、鑑真輪（中国では船を輪と呼ぶ。鑑真丸というところか）は予定通り、三日めには大阪港に着岸した。

最澄の恐怖にみちた船旅は体験すべくもなかったが、それでも終夜高浪に翻弄されたそのときは、まともに立っては歩けず、格段に小さく弱体な船で二月近くも荒波に弄ばれ続けた一行の心細さが、少しはわかるような気がした。

最澄の乗った第二船が、明州に着岸したのは幸い中の幸い、というべきかもしれない。

日本からの遣唐船で、まともにここに着くことは、きわめて稀なのだ。明州は当時の国際港湾都市の一つである（そのころはまだ上海は海の中で、揚子江のデルタ地帯が形成され、都市が誕生するのはもっと後のことだ）。最澄は約二月をかけて、海路を西南にとって、ここに到着したわけだが、この明州の入口に舟山群島と呼ばれる一群の小島がある。瀬戸内海に似た風景で、この群島に抱えこまれると、東シナ海は嘘のように波静かになる。荒海を乗りきった最澄はこの群島のどれかに舟宿りして、

——ああ、やっと着いたか。

ひそかに胸を撫でおろしたに違いない。舟山群島を出ると、また海がひと揺れしてから甬江の河口に辿りつく。そこから川を溯ってゆくわけだが、

——これが川か。

褐色の流れを前に、日本の蒼い川しか知らない最澄は眼を見張ったことだろう。明州はこの甬江と北方から東流してくる余姚江の合流点にある。上陸したときは精魂つきはてて発病し、九月の半ばごろまで療養につとめたというのもうなずける。このころ遣唐大使藤原葛野麻呂はすでに南方の福州に漂着してはいるが、その地に足留めされたまま三月をすごし、長安入りするのは十二月のことだ。

最澄が療養している間に、第二船に乗っていた判官（三等官）の菅原清公たちは、長安に向けて出発した。この時点では葛野麻呂たちの消息はわかっていないから、万一の場合

も考えて、

――ともかく、遣唐使としてのつとめを果たさなければ。

ということだったのだろう。

最澄は、はじめから彼らと行動をともにすることは考えていない。めざすのは天台山のみである。

――天台山に登って智顗禅師の跡を拝し、その法灯を継ぐ大徳から直接教えをうけるのだ。そして天台の法文をあまねく蒐集するのだ。

最澄はそれしか考えていない。健康回復が意の如くにならないのをもどかしがりながら、彼はまず明州の役人に、来唐の趣を申請し、天台山へ行く許可をとりつける。そのときの書類が、後の著書『顕戒論縁起』に残っており、あらまし次のようなことが書いてある。

「日本国の求法僧最澄は、日本国春宮から寄進された金字の『法華経』十巻ほか、念珠、仏像などを携えて天台山に参拝するとのことである。彼及び弟子義真、従者丹（丹比の唐風の表現か）福成に便宜を計るように。路次の船や担夫（荷物を運ぶ人夫）を与えるように」

つまり官の証明書である。これを持って道を南にとって台州へ。ここは天台山を含む地方の州府である。刺史（長官）の陸淳に会って、金十五両、紙、筆墨などを贈呈して、渡唐の目的を述べ、協力を要請した。

このとき、陸淳は、台州竜興寺に、天台山修禅寺の座主道邃を招いて、『摩訶止観』を講じてもらっていた。陸淳は金は返し、

「ちょうどいい所へ来た。講筵に加わるがいい」

と奨め、法文の書写についても便宜を計ってくれることになった。もちろんこのとき最澄は道邃に会って『摩訶止観』の講義も聞いたことであろう。当時唐には一州一寺一観といって、一つの州には官立の寺院と道教の道観があり、寺は竜興寺と名づけられている。つまり竜興寺は各州にあったわけであり、かつその州の中心寺院だから、法文の書写には、刺史を通じてここの力を借りるのが近道である。

しかし最澄は天台山に行くという大目的がある。やがて台州を発ってかの地に向ったようだが、細かい日程は不明で、天台山と台州を二度往復したようにも思えるのだが、実態は摑みにくい。

天台山ではまず中腹の仏隴寺へ登って、ここで行満から教えを受け、法文八十余巻を与えられた。行満は智顗から数えて六代目にあたる高僧湛然から天台三大部の教えを聞き、後に仏隴寺に入った学僧である。

このほかにも天台山の中にはいくつかの寺がある。その中の一つ禅林寺にいる翛然からも最澄は教えを授けられているが、一番大きな寺は天台山の麓にある国清寺ではなかったか。智顗の没後に建てられた総本山的なこの巨刹で弟子の義真が具足戒を授けられてい

ることは、後のために注目しておきたい。彼は東大寺での授戒を経ないで最澄に従ってきたと思われる。

千年以上を隔てて、私の訪れた国清寺は、多分たたずまいも変っていたと思うのだが、寺の周囲を流れる清流は、さわやかな音をたてていて、どこやら叡山の山麓、日吉大社のあたりの大宮川の姿を思わせた。

——おお、わがふるさとにも似た聖地よ。

最澄はそう思ったのではないだろうか。この浙江省のあたりは日本の風土に似たところがある。現地で聞いた話では、天台山もさほど雪は深くないそうである。孤立した深山を想像していたのだが、山麓の集落ともそう離れてはいない。

国清寺より手前、山を登りはじめたところに隋塔がある。また、寺の中庭には、隋梅——隋代の梅という古木もあって、智顗の時代を偲ばせるかに見えたが、はたしてどうだろうか。寺の近くの宿舎に泊って尋ねると、朝の三時半から勤行があるという。暗い中を起きてみるとすさまじい豪雨で、闇の中を足許をライトで照らしながら寺に辿りつく。大雄宝殿の軒には、赤い軒灯が灯され、中から早くも読経の声が溢れていた。

僧侶の数はほぼ七、八十人であろうか。黒い帽子に赤い袈裟をつけた僧侶が長老らしく、これに黒衣と灰色の衣をつけた僧侶が続く。ほかに黒衣の有髪の尼らしい人々が二十人ほど。その他に一般の信者と思われる男女が二、三十人。大きな声で何かを唱えながら、大雄宝殿の中をぐるぐる廻っている。いわゆる行道であろう。宿舎から案内してくれた女性に促されて、その中に加わる。正直のところ、仏教信者というわけでもないのに、と後めたい気もしたが、ただ壁に身をよせて突立っていては悪いような、そんな雰囲気であった。

後で知ったことだが、人々は、

「南無消災延寿薬師如来」

と唱えていたのだ。拍子をとるように太鼓が鳴り、時折大きな鐘が鳴り響くと一瞬沈黙し、またふたたび「南無……」の声が堂内を揺るがす。しばらくすると行道の列は堂内の外側だけを廻るようになり、内側には僧侶が並び、やがて跪拝がはじまる。このときもいっせいに何かを唱えながら、堂の左右に分れて、交互に跪拝を限りなくくりかえすのであった。

終って少数の僧侶が退場した後、一人の僧侶が仏前に向って、薄紅い紙をひろげて早口に呪願文のようなものを読みあげる。はるばる国清寺詣でに来た人々が前以て特志祈願を申し出たものらしい。特志家は数人いて、合図されると一人一人柄香炉を捧げて仏前で跪拝し、薄紅色のその紙は大きな蠟燭でめらめらと焼かれて大香炉の中に投じられる。多分一族のための供養をしてもらっているのだろう。

どうやらこうした勤行の形式はどこでも同じらしく、後に見た舟山群島の中の観音霊場、普陀山普済禅寺での勤行も全く同形式であった。文革以後に仏教の活動が許されてからのものか、それ以前からなのかわからないが、少なくとも日本の各宗の寺々がそれぞれ伝統的に保ち続けてきた独特の法会というのではなさそうである。

天台山もその例外ではない。無遠慮な質問を幾つかして、得た答は次のとおりである。

「僧侶の方々は『法華経』を読まれるのですか」

「いいえ、読みません」

「何を読まれるのですか」

「『阿弥陀経』です」

「『法華経』の研究は？」

「むずかしいので、あまりやりません」

『摩訶止観』についても同じような答だった。

「止観そのものはなさるのでしょうか」

「は？」

「つまり坐禅ですが」

「それも少しはやります」

「どんなふうに？」

「静坐して阿弥陀仏を念じます」

たしかに智顗は精神統一の手段として阿弥陀仏を念じてもいい、と言っていたが、それは雑念を払う手段としてであって、その先に真の止観、真理への探究がある、といっているはずなのだが……

まさに時は遷るのである。現在の国清寺に智顗の天台教学が生きているような気がしたのは錯覚だったのだ。解放・文革後の中国寺院における仏教は、行道で唱えるとおり「消災延寿」の現世利益であって、それを求めてやってくる民衆のためにある。天台教学やその他の中国仏典の研究は、仏教思想、仏教哲学の問題として、学問レベルで中央の研究機関に委ねられているらしい。

仏教の一面が他人を救う利他行である以上、きわめて現実的な中国の民衆のためには、こうした習俗との妥協も、みごとな利他行というべきか。思えば現代の日本の寺院の多くも現世利益の御信心である。日本もまたきわめて現実優先のお国柄であることはまちがいない。ただ中国と日本の違うところは、中国の僧侶は公務員で月給を貰っていることだ。そのことに違和感もあったが、これは最澄時代、官僧であったのと同じではないか、と気がついた。営利に走らないだけいいのかもしれない。ちなみに、中国では、肉食妻帯は現在でも禁じられている。

時が遷るということは、同時に、ものも遷り変るということである。中国はこのあたりもしたたかに受けとめていて、国清寺の仏像も、ほとんど新しいものばかりだった。釈迦像、観音、勢至像、左右に並ぶ十八大弟子像もみな新品だし、天王殿には極彩色の四天王の巨像がそそり立つ。中央の「弥勒像」というのは、にたにた笑っている金ピカの布袋さまだったのには驚いた。日本における神仏習合と似た発想らしいが、手をあわせて拝む気になれない。仏像といえば、飛鳥時代からのものが現存し、古いものはそのまま、色彩が剝落すれば敢えて塗り直しはつつしむという日本の感覚とは全く違うのだ。

国清寺にあった天台大師の画像もエキゾチックな顔立ちの墨絵で、聞けば描かれたのは数年前のことだという。思うに中国では、信仰の対象としての寺院の伽藍や仏像は整備されたものでなければならず、色の剝落した仏像などは我慢できないのかもしれない。一種の完璧主義である。また、日本には古いものはそのままという別の完璧主義があって、例えば高松塚の模写などは、画像の復元ではなくて、剝げ落ち方の復元である。そこには信仰の対象としてのみ仏像を見るか、文化財としての価値を考えに入れるかの違いがあるともいえる。

異国風の智顗の画像の脇に、これも新しい四幅の書が掲げられてあった。

宗依法華判釈五時八教
千年古刹永承衣鉢
昔日霊山同聴法華
行在止観総持百界千如

ここにのみ五時八教と止観、法華の世界はあるようだった。

脇道に逸れた観があるが、じつはこれは、最澄の訪れた当時の天台山がどうだったのかを考えるためである。智顗が天台教学を完成したのは六世紀末だから、二百年余りの歳月が流れている。が、現代のような変りようはまずなかったと思っていいのではあるまいか。智顗は、中国仏教の大成者として、依然高く評価され、師弟相承のかたちでその法灯はずっと受け継がれてきた。道邃のように『摩訶止観』を講じる学僧がいるのでも知られるとおりである。しかもこの地は智顗以前から、江南仏教の聖地とされていたし、むしろ長安のように政治の中心ではなかったことが幸いして、政治変革の波をまともに被らずにすんでいた。このことは長安に赴いた空海と比較する上でも大きなポイントであろう。

国清寺から背後の天台山に登ると中腹に智者塔院——つまり智顗の遺骨を納めてあるという塔を中心に真覚寺がある。バスなら三十分ほどの行程であろうか。道もさほど険阻ではない。日本でいえば信州あたりの高原地帯の山路をいくという感じで、山肌に沿った道は丈高い松林に包まれている。かなり登ったところでも、ふいに民家が二、三十戸出現するところをみると住みにくいというのでもなさそうだ。智顗時代は、もちろんこういう風景ではなかったろうが、しかし山僧たちにとって、生活困難の地ではなかったと思う。

智顗の塔は、もちろん当時のものではないようだ。この真覚寺のあたりは仏隴峯の南峯、金地と呼ばれたところで、智顗の修行の地はその北峯の銀地、そこに開いたのが修禅寺である、といわれているが、各寺の確たる遺跡は定めがたいというのが真実らしい。

じつは旅行前に武覚超(たけかくちょう)氏の「天台山巡礼記」(『叡山学院研究紀要』第七号所収)を読ませていただいた。智顗の故地であり、最澄が訪れたはずのこの修禅寺の跡を確認すべく、中国側と折衝し、苦心を重ねて、短時間の探索を特別に許され、羅針盤と写真機を持って山路を走り下り、智顗の説法の跡と思われる岩や禅林寺跡を発見する感銘深いレポートで、是非その跡を尋ねたかったが、私には特別な寄り道をお願いする語学力もなかった。しかし辛うじて、

「金地、銀地」

という私の言葉を、案内に立たれた現地の識者、周栄初氏が領解して、

「あれが銀地です」

と指さしてくださったが、残念なことに、それは乳色の霧の彼方だった。真覚寺からさらに登ると智顗が悟りを開いたといわれる華頂(かちょう)峯がある。また別の道を辿ると、天台の奇観といわれる石梁瀑布(せきりょうばくふ)がある。しぶきをあげてなだれ落ちる勇壮な滝をまたぐようにして、自然の岩が橋のように懸っている景勝の地である。後にこの地を訪れた日本僧成尋(じょうじん)の『参天台五台山記(さんてんだいごだいさんき)』に詳細な描写があるが、多分最澄も華頂峯を極め、石梁瀑布の奇景にも感嘆したことだろう。

いうまでもなく、最澄は、皇太子安殿(あて)に託された金字の『法華経』を、国清寺に納めて

いるが、彼の目的はそれだけではなかったはずだ。例によって『叡山大師伝』のこのあたりの記述は、行満が、

「昔、智顗禅師が、自分の滅後二百年に、東国にわが法が興隆するだろうと予言されたが、まさにそのとおりだ」

と言ったというような話に終始し、行満から八十二巻の法文を授けられたというほかは具体的な内容に乏しい。これ以上は、だから推察のほかはないのだが、もう一つ、最澄には、天台山で是非とも見たい、体得したい、と願っていたものがあったのではないか。

法華三昧と、法華懺法である。

じじつ、彼の請来した仏典の目録には『法華部』一千六百八十三紙の中に『法華懺法』一巻十八紙が入っている。しかし行法である以上、法華懺法がいかなる形式で、どんなふうに行われるのか、これは実際に見なければならない。

——天台山で真の法華三昧を体得したい。法華懺法を見たい。

最澄の胸中には熾烈な願いがあった。そしてその願いはまさしく果たされた——と私は思う。はるか東の空に向って、彼は心の中で叫んでいたに違いない。

——帝、私はいま法華三昧を得、さらに法華懺法を学びました。帝の御魂を救いまいらせる行法を。

しかし、このとき、すでに桓武は病床にあった。魂より先に、肉体が朽ちはてようとし

ていた。やがて、鷹を放つ日がくることを、海の彼方にある最澄は知る由もない。

台州に戻った彼は道邃の講筵に連なる。持ち前のきまじめさ、しつこさで、疑点を一々質問して、『摩訶止観』のすべてを理解しようとし、ときには通訳の義真や師の道邃を辟易させたのではないか。師の席ににじりよって、生命の一滴までも吸いつくすくらいの熱心さで道邃に迫ったであろう姿が想像される。翌年の春、あるいは道邃は、

「もうそなたに教えることは教え尽した」

と言ったのではないか。その上で、最澄は彼の後の生涯に大きな意味を持つ歴史的体験をする。弟子の義真とともに、師から菩薩戒を授けられたのである。

菩薩戒について全く知らなかったとは思えないが、ここで彼が改めて受戒しているところをみると、当時の日本でこの授受は行われていなかったのであろう。以前鑑真が来日当初、東大寺の大仏殿の前に壇を築き、聖武太上天皇以下にこの戒を授けはしたが、やがて廃れてしまった。どうも日本ではこの戒の意味がよく理解されなかったようだ。

戒というのは仏教の三本の柱の一つである。戒・定（禅）・慧（知識）の三つを守らなければ仏教徒とはいえない。慧は仏典を読む知識、定は内省という心の問題であるのに対し、戒は外に現われる行である。まず仏教徒としてしてはならないことはすべきではない、という根本認識があり、それが外に現われる場合、殺人、嘘つき、盗みをしないという行動になる。これは人間の根本にかかわることについての禁戒である。仏教徒とは限らず、人

間存在の大前提だが、これに加えて釈迦在世当時の釈迦教団は、つまり出家集団であったから、集団維持のためのきまりが自然に作られた。それも原則を討議してきめたのではなく、事件が起きたときに釈迦が判断して、以後の規準にするという形で造られていた。それは性に対する規制、物欲に関する規制にはじまって、服装とか食事、住居についての、さまざまの規則があり、集団に入るときの儀式作法もきまった。

しかし時代が下るにつれ、釈迦の教えを奉じる集団も増加し、それぞれのきまりができ、中国に入ったときは「四分律（しぶんりつ）」「五分律」「十誦律（じゅうじゅりつ）」等さまざまの律が伝えられ、律を専門に研究する僧侶も現われた。中で主流ともいうべき「四分律」を研究し、中国の仏教界にふさわしい解釈を試みた律学の大成者が道宣（どうせん）、法礪（ほうれい）であって、鑑真は道宣の系統の律僧である。

ところで仏教は、すでに釈迦滅後五百年ごろ、出家集団から在家の信者を抱えこむ民衆的なものへと変っていた。ここに出家でなくても、在俗の人でも救われるという考え方が生れるわけだが、これが、大乗仏教である。それに従って、戒律観も変ってゆく。道宣は、これについて、

「分通大乗（ぶんつうだいじょう）」

と言っている。つまり、四分律は大乗にも通じるという見解である。戒を精神面から見ればそのとおりであろう。

しかし、一方では在俗の信者を含めた新しい戒律観が現われる。人間は誰でも仏になれる、という考え方に基づいて菩薩戒が提唱されるのだ。これを三聚浄戒ともいう。「摂律儀戒」「摂善法戒」「摂衆生戒」という三つの戒は、少し大まかな言い方をすれば、悪いことをせず、善法を守り、他を救うということで、つまり、人間の原点に戻ってそのあり方を考えたときに出てくる結論である。四分律のように細かい規定ではないが、戒律の純粋原則論ともいうべきものが、ここにはある。同じ発想が『梵網経』の説く十重四十八軽戒であって、十か条の大戒と四十八条の軽い戒にまとめてある。内容については後で触れる折もあるだろうが、これは僧俗いずれにも共通して守るべきものと考えた。現在では、『梵網経』は中国成立のものと考えられているが、それだけ、中国の風土にふさわしい戒律観であったらしく、道宣も四分律と梵網戒は同列のものと見ている。つまり簡単だから低いというのではなく、むしろ精神的には高く寛いものを含むと見るわけで、天台大師智顗もその法系を継ぐ湛然もその立場に立って、『梵網経』をとりあげたり菩薩戒についての著作を残している。

この菩薩戒を受けたとき、多分、最澄は、中国における戒律観の多様性に気づかされたことだろう。私は若き日の彼が、南都で唐招提寺を訪れたと想像しているのだが、そのとき眼にした盧舎（遮）那仏が、まさに『梵網経』の世界を具現していたことを思いだしたに違いない。

鑑真も道宣の説くところを学び、智顗の天台教学に傾倒している。その梵網戒が日本に根づかなかったのはなぜか。

——それは多分、日本の仏教界が戒の精神を見ず、授戒を単に儀式と見ていたからではないか。

最澄はそう感じたはずだ。日本を離れることによって、南都仏教の実体をひたとみつめることができたのだ。たしかに、東大寺での授戒はセレモニー化し、僧侶の資格を得るための通過儀礼になりはてていた。

戒律の多くが守られず、研究もなおざりにされていたことは当時、唐招提寺自身が、

「律の書物はあっても講じられなくなって久しい」

と歎きを洩らしていることでもよくわかる。

それだけに、改めて受けた菩薩戒は、最澄に何と新鮮な感銘を与えたことだろう。後になってみれば、これこそ最澄渡唐の最大の収穫ということになるのであるが。

周知のように、この後、帰国の船を待つ間、彼は越州（現在の紹興（しょうこう））の竜興寺に行って、高僧順暁（じゅんぎょう）から密教の法文を学び、灌頂（かんじょう）をうけている。

当時、中国では密教が大流行であった。最澄もいくらかの関心はあったようだが、日数から見ても越州入りした四月八日からたったの十日間では、学び得た知識のほどは知れている。しかし、戒の多様性に気づかされていた最澄としては、貪欲に灌頂にあずかろうと

したのであろう。しかもこの灌頂の儀式は、今までの授戒作法と違って、曼荼羅を懸け、法具を飾った、神秘、華麗なものだった。

——こういう世界もあるのか。

きまじめ最澄としては、いささか度肝をぬかれる思いだったのではあるまいか。

さて、このもの珍しい密教に関する典籍も集め、法具や図像をも携えて最澄が大使葛野麻呂らとともに明州を出帆したのは五月十八日。六月五日に対馬に着いているから、往路に比して順調な航海といえるだろう。前の年の九月明州に上陸して以来の精力的な活躍は、まさに超人的だった。が、疲れを感じるどころか、彼の胸は喜びにはずんでいる。

——これで帝をお救い申しあげることができる。帝の御期待に添えるのだ！

彼は知らない。すでに彼にとって至福のときは過ぎてしまっていることを……

桓武との魂のふれあい、寝食を忘れての求法の旅——。それが生涯の最も幸福な時期だったと覚るのは、ずっと後のことだ。いま、彼は、何が待ちうけるかも知らずに、都への道を急いでいる。

途次、まず知ったのは、旧冬以来の桓武の臥床である。

——な、なんと。自分が法文の蒐集にあけくれているとき、すでに帝は御病の床に？

七月、帰京して携えてきた法文の目録を献じたころには、桓武の病状は、ほとんど回復の見込みもない状態に陥っていたらしい。それでも、

「これらの諸経典の普及、中でも天台教学の確立こそ、帝の御意志なのですから」

という上申を容れて、ともかくも勅によるという形で、天台関係の法文の書写が始められた。宮中から紙が支給され七通ずつ作成して七大寺に収める計画だが、じつは完成するのは十年も先のことである。在唐中の最澄のなし得た書写に比べて、この重い足取りはどうしたことか。

八月、彼は殿上で悔過読経したと史料は語る。それが法華懺法であったかどうかわからないが、それで桓武の病気が平癒しないと見てとると、宮廷は密教の秘法をやたらに催促しはじめる。

「そなたが伝授された密教の秘法は効験あらたかだというではないか。早速諸大徳に灌頂を授け、ともに秘法を修せよ」

例の高雄山寺に慌しく法壇が設けられ、費用を惜しまず毗（毘）盧遮那像や曼荼羅が描かれ、諸僧への灌頂が行われた。

――天台教学の普及や宣揚は原則論だ。そんな抽象論では帝の御病気は癒らぬ。

ということらしい。このことは、第一次灌頂を追いかけるようにして、桓武自身の身代りとして、二人の僧侶が灌頂を授けられたことでも察しられる。いや、その後も重ねて密教の秘法が修せられたようだ。まさに、中国で聞いた、

「南無消災延寿……」

の大合唱以上の、現世利益待望である。日本もまた、眼に見える病気治療とか、降雨、疫病除けといった、きわめて現世的な利益を宗教の第一の任務と考える程度の「宗教心」しか持ちあわせない国だったのだ。

このとき行われた密教の秘法がどのようなものかわからないが、彼の持ち帰った仏典の中には、『梵漢両字大仏頂陀羅尼(だらに)』とか何種類かの陀羅尼がある。つまり仏典を漢訳せずに梵音のまま唱えるもので、耳で聞く限りでは訳がわからないだけ何やら神秘性を増す。梵音そのものを研究しないで呪文のように唱えて、その効力を期待するわけで、現世利益を待望する人々にとっては、うってつけだったはずだ。

多分最澄は呆然とし、心ならずも、この密教大歓迎の波に巻きこまれていったのではないか。もちろん『叡山大師伝』はそういう書き方はしていない。というのは叡山じたい、後には「台密」を標榜して、密教的な体質を濃くしていくから、むしろ、最澄が空海より早く、中国密教を伝えたという点を強調する姿勢になっているからだ。

しかし、最澄の心情に即していえば、彼は必死でこう言っていたのではないか。

「やっと天台三大部は完璧なものになりました。もう一度、この三大部の講筵を。法華懺法も体得してまいりました。帝のおんために、なにとぞ本格的な懺法を行わせてくださいますよう」

が、そんな声は無視される。

「天台三大部の講説は、書写ができあがってからだ」

そのくせ、書写にはいっこうに熱心でないのである。法華懺法についても、根本的懺悔など、今の場合に何の役に立つか、と否定されてしまう。精神性より日本人が好きなのは即効性のある現世利益なのだ。

——いったい、自分は何のために唐国へ渡ったのか。

数か月かかって、苦心して集めた天台法文はかえりみられず、いわば出航待ちの軽い気持で十日ばかりで授かってきた密教だけが歓迎されるとは……

最澄の胸の中を風が吹きぬけてゆく。しかも、この不満を訴えようにも、桓武は病床にあって、じかに接触の機会はない。じじつ灌頂を授けたのも身代りだったし、病床に呻吟する老帝に近づいて、帰朝報告をすることは不可能だった。史料は「殿中で毗盧遮那法を修した」ことを伝えているが、その場に桓武が臨んだ形跡は窺えない。

——帝……

必死の呼びかけは、桓武の耳に達することはなかったろう。かつて、二人の魂の間に交された信頼の絆を確かめようにも確かめるすべはなかったのである。

しかも、老帝の病状は、日一日と悪化してゆく。そしてそのことが、いよいよ最澄の立場を苦しいものにしていった。人々は、

「最澄の秘法は、帝を救えなかった」

と見たのである。現世利益待望組は眼先の現象だけで判断する。病が癒れば名僧、雨が降れば高僧なのであって、呪力だけが規準の評価になってしまう。最澄は彼らの前で恥をさらしたのだ。今考えれば、人々が最澄に期待したことは、所詮、不可能に近いことだ。桓武の病が何であったかはわからないが、長期臥床を強いられる不治のものであることは想像がつく。呪法で救えるものではなかったのだ。その病状の悪化が、最澄に密教の秘法を強い、結果的には最澄の立場を失わせるのである。

この唐突とさえ思える日本における密教待望の姿は、もう一つ大きな歴史の舞台に載せて考える必要がある。一般には、最澄が都を留守にしていた二年ほどの間に、日本の空気ががらりと変って、とか、病床の桓武自身が、最澄の伝えた密教に異常なまでの関心をしめして、というふうに解釈されているが、はたしてそうだろうか。

たった二年ほどの間に仏教界ががらりと変ったとは考えられないし、それを裏づける史料は皆無である。奈良では依然として、法相が優位で、三論との対立も続いている。密教の旗手が忽然と現われた気配もない。桓武の突然の密教への傾倒も不自然である。ここはむしろ桓武の意志というより「意志を無視して」と考えるべきではないか。なぜなら、最澄の帰国した年の正月、すでに死期を覚った桓武は皇太子安殿を病床に招いて、後事を託してしまっていたからだ。つまり、以後の歴史は、桓武の手を離れ、安殿とその側近に徐々に権力が移るかたちで展開していった、と見るべきであろう。

たしかに安殿は父帝の病床で、あふれる涙をこらえもせず、首を垂れてその遺言を聞いた。その場かぎりでは父子の完全な和解が行われた、と安殿自身も思ったことだろう。しかし、この父子の間には根強いわだかまりがある。一つは藤原薬子の問題である。この恋人を退けられて以来の安殿の怨念は、いまも胸の中にくすぶっている。それともう一つは、安殿もまた父に劣らぬ政治意欲の持主だったことだ。

安殿の中には父の政治に対する対抗意識がある。

――自分だったら、ああいうふうにはやらないな。

思いきり腕を振ってみたくて、うずうずしているのだ。しかし父帝ほどのスケールの大きさ、政治性に欠ける安殿の場合、それは政治意欲というより自己顕示欲に近いものだったかもしれない。後事を託された以後の彼が、ひそかに計画しているのは、桓武路線の否定である。いまひとつ突込んでいえば、

――父帝御大漸（ごたいぜん）。

のその日を心待ちにしていたともいえる。もちろん感情過多な彼は、桓武の死にあたって泣き崩れて卒倒するのだが、反面、いかにその死を待ちかまえていたかは、いずれ歴史が明らかにしてくれるであろう。

安殿路線の始動開始、そして桓武路線の退潮――。こうした動きのさなかに最澄は帰国した。この対立は皇太子と帝王のみの問題ではなく、側近に複雑な渦を巻き起していたは

ずであり、その中に最澄は巻きこまれてしまったのだ。

注目すべきは、遣唐大使、藤原葛野麻呂の存在だ。彼は安殿の側近である。後に薬子と「姻媾之中（ムツビノナカ）」と指弾されているように、桓武のお覚えはきわめてよくなかったと思われる。遣唐大使任命も、名誉ではあっても、決して厚遇ではない。荒海を命を賭けて渡海するのだから、帰国できない惧れは十分ある。

――俺は帝にとって、さほど必要な臣下というわけでもないのだな。

安殿との接近を憎まれている、という思いは拭いきれなかったに違いない。

しかも最澄は彼の船には乗っていない。葛野麻呂の身辺に侍したのは空海なのだが、これが不思議な存在で、渡唐の直前に得度し、いわばかけこみ出家の形で、船に乗ったようだ。このことについては後でもう一度触れるつもりだが、どうも最澄のように具足戒を受けた正式の僧侶としての渡唐とは違うらしい。そのことから、彼は葛野麻呂の通訳的な存在だったと見る向きもある。その前半生に不明な点が多く、どこで唐語を習得したのかもわからないのだが……

彼が才能を発揮したのは、葛野麻呂の船が福州に漂着したときだ。言葉も通ぜず、危うく殺されそうになったのだが、空海が筆を振って一行が日本から唐朝に派遣された使節団であることを説明し、やっと難を免れた、というのである。一説には空海は葛野麻呂の通訳だったが、長安ふうの唐語が、南の福州では全く通用せず、あわてて筆談に切りかえたのだともいわれている。もっとも、『続日本後紀』の伝える空海の伝記にはそんなドラマティックな話は載っていない。ただ福州の役人宛に入国を請う文を書いたのは空海で、航海中に両者の間に深い信頼関係が成立したことはたしかで、その関係は葛野麻呂が死ぬまで続いた。

空海は渡唐に先立ち、密教についてかなりの知識はあったようだ。もっとも密教の経典じたいは以前から日本にもたらされていたから、望めばそれに触れる機会はなかったわけではない。空海は、後に、

「自分のもたらしたのは純密で、それ以前は雑密だ」

と言っているが、真言の根本経典の一つである『理趣経』は、じつは道鏡も読んでいる。人間の性欲をむしろ肯定的に認め、悟りの境地との合一を説いたこの経典は、孝謙女帝との情事を正当化するのに最も都合がよかったはずだ。さらにそれ以前、鑑真も密部の経典を携えてきているし、密教経典の一つである『千眼千臂経』の信奉者であったことは、その死後造顕された千手観音像が唐招提寺に安置されていることによっても知られる。

ただ、空海がそれまでの僧侶と違うところは、海の彼方で、その密教が、どのような扱われ方をしているかを知っていたことだ。なぜそうなのかは、やはり彼の前半生とかかわりのあることで、確証はないけれども、彼が海に面した讃岐の佐伯氏の出身で、民間レベルでの海外交易に何らかの形で触れ、中国の情報に通じていたのではないかと考えられる。

もしかすると儒・仏・道の三教の優劣を論じた『三教指帰』も、彼の独創と見るより、唐代の高祖以来の仏・道の対立、代宗、昭宗時代の三教抗争についての資料を知っての作かもしれない。その空海の眼から見れば、

「唐の代はまさに密教時代」

であった。密教は古くインドに成立したが、思想体系として、にわかに中国に流入してきたのは八世紀、唐の玄宗皇帝のころであったらしい。シュバーカラシンハ（輸波迦羅＝善無畏）からはじまり、その中心的存在となったのはインド人を父とするアモーガヴァジュラ（不空金剛＝不空三蔵）で、密教経典の漢訳に力をそそぎ、求法のために、インドへふたたび渡ったりしている。

不空が一躍名をあげたのは、玄宗時代に起った安史の乱（いわゆる安禄山の乱）のときで、都落ちした玄宗のために彼自身は都にとどまり、唐王朝の復活に大活躍を見せた。以来、不空は唐朝にとって神のごとき存在になる。その死にあたって代宗は、彼に「開府儀同三司」の称号を贈り、粛国公に封じて食邑三千戸を与えた。「開府儀同三司」というものものしい肩書は日本の従一位にあたる。僧侶でこうした位階を与えられたのは未曽有のことである。それ以後、唐朝において一種の密教ブームが起ったことはたしかで、もちろん道教の勢いは衰えはしなかったけれど、

「仏教を学ぶなら密教」

と空海が思ったのも当然のことである。最澄も不空のかつての活躍を知らないわけではなかったと思うが、空海のように、生きた現実として把握してはいなかった。その仏道の探究は、主として諸仏典からであり、そこから中国仏教の大成者智顗に行きつくのも、自然な帰結といえるだろう。空海は歴史的に、最澄は思索的に、あるいは空海は現実的、最澄は理論的、理想主義的に、というべきか。

さて、福州で難を免れた葛野麻呂は空海とともに長安をめざす。途中、資格の点で空海が首都入りを拒まれるという一幕もあったが、このときの空海のたくみな弁明もさることながら、その裏に葛野麻呂の助力があったであろうことも想像にかたくない。しかも到着した長安の都では、文字通り密教が全盛だった。ここでの勉学を誓う空海と別れた葛野麻呂は、帰りの船では最澄と行をともにするわけだが、空海とのような呼吸のあったつきあいは生れなかったに違いない。いや、空海に親愛の情を寄せるあまり、最澄には、むしろ冷たい眼を向けがちだったとすれば？

「長安の都では密教一色でありました」

「唐王室もいたく密教を重んじておられまして……。一緒に参りました空海は、只今その密教を研修しておりますはずで」

「天台？　あ、それは隋代の話です。今はもう時代おくれですな」

くらいのことは言ったかもしれない。そうなると長安まで行っていないだけに最澄の立場は弱くなる。

「それでも最澄は越州あたりで、灌頂を受けたとか申しましたな。順暁という僧は、たしかに善無畏の法系は継いでいるようです。試みに灌頂をやらせてごらんになったら？」

こうして葛野麻呂と安殿のペースで事が運ばれていったことは十分考えられる。桓武の病気平癒を祈るに似て、桓武路線の切り崩しは始まったのだ。その上、最澄の祈禱は効を奏せず、桓武の病状は悪化の道を辿るのみだったとすれば、まさに安殿の思い通りに事は運んだというべきである。

桓武の命はいよいよ竭きはてようとしている。そしてこのとき、老帝の魂は、燃えつきる寸前の燭の輝きにも似た剛毅な光を放つ。延暦二十四（八〇五）年十二月、中納言内麻呂が、勅を承るという形で、参議の藤原緒嗣と菅野真道に天下の政治について論じさせた。

このとき緒嗣は言った。

「このところの天下の苦しみは、造宮と蝦夷地への出兵に原因しております。この二つを止めて、民生の安定を図るべきです」

三十二歳の緒嗣に対して六十五歳の老臣、菅野真道は反論する。

「この両政策こそ、帝が最も力を注がれたものであります。これは廃すべきではありません」

激論の結果を報告すると、桓武は静かにうなずいた。

「緒嗣の説をとるべきであろう」

自分の政治生命を賭けた二大政策に、桓武はみずから終止符を打ったのである。もしかすると、緒嗣、真道の政策論争じたい、一種の演出ではなかったかという気もするのだが、ともあれ、桓武はみずからの手で、自己の政策の非を認め、終結宣言を行った。責任をとり続けた帝王の勇気というべきだろう。百川の手で王座についた帝王の政治の幕引きを、百川の子緒嗣が手伝うとは、これも一種の宿縁であろうか。

　桓武の死への旅立ちは着々と進んでいる。翌年正月、最澄に度者（どしゃ）三人を賜ったというのも、桓武の最後の贈物であろうか。「度者」はつまり得度者で、この場合、勅によって、最澄付きの得度者――彼に仕える研究助手がつけられた、と考えるべきだろう。このとき大法師永忠に贈った度者は二人だから、一官僧にすぎない最澄への三人の度者の賜与は桓武の破格の厚遇であるのかもしれない。

「最澄よ、よくわが魂を支えてくれた。わが為に千里の波濤を越えて渡唐してくれたことをうれしく思うぞ」

　苦しい息の中で、最澄に語りかける桓武の声が聞えるような気がする。

　さらにその月の二十六日、最澄の献言による、年分度者制の改革も許可された。これについて最澄は言っている。

　一目ノ羅（アミ）ハ鳥ヲ得ルコト能ハズ。一両ノ宗ナンゾ普（アマネ）ク汲ムニ足ラン。

つまり仏教は、一、二の宗派だけでは十分とはいえない、経・律・論すべてを研究し、完璧な形で受容しなければならない、というわけである。そこで、これまで三論・法相それぞれ五人とされていたものを、

華厳宗二人
天台法華宗二人
律宗二人
三論宗三人（成実宗を含む）
法相宗三人（倶舎宗を含む）

という合計十二人制への変更を願い出たのだ。華厳と法華は「経」のコース、律はもちろん「律」コース、三論・法相は「論」コースである。この「年分度者」はいわば国立大学の研究職ともいうべきもので、最澄や永忠に賜った度者とは性格を異にする。この献策は、木内堯央教授が指摘されているように（前出『最澄と天台教団』）、天台法華宗の単なる割込みではない。智顗の仏教把握を基礎に、仏教全体に目配りをした日本仏教のあるべき姿を構想した学制改革案なのである。

さらにそれぞれの研究者は各宗の立場から『法華経』『金光明経』という護国経典の読誦と解釈が課せられること、試験をうけて十問中五問できなければ得度ができないこと、また研究者は受戒後は『四分律鈔』などの戒本を読誦し、その宗の学業十問と戒律の二

問のうち七問以上に合格したら、諸国の講師等に任用される、といったきまりが定められた。本業ができても戒律に通じていなければ任用されない、というふうに戒律を重要視しているところも注目される。

この学制改革については、宗教省ともいうべき僧綱も大賛成であったらしい。華厳も律も南都の仏教だから、三論・法相の割当てが減ったのではなく、単なるコース変更でしかない。南都側としては不利な点はない、と見たのだ。僧綱のメンバーの中には最澄とともに度者を賜った永忠もいる。鑑真の直弟子如宝もいる。唐招提寺での戒律の披講が行われなくなっていたことを歎いていたこの異国僧としては、戒律の重視は望むところであったらしい。

ただ、このとき、最澄は天台法華分の二人の中、一人には遮那業（しゃなごう）（密教）として『大毘盧遮那経』を読ませ、一人には止観業（しかんごう）として『摩訶止観』を読ませる、としている。遣唐使帰国後の密教志向を考慮したものであろうし、またそれでなければ、この改革案が通り難い状況もあったのかもしれない。が、一種の妥協策ともいえるこの提案が、やがて彼を苦しめることになるのだが、それについては、いずれ触れる折もあるだろう。

こうして、学制改革の大綱は定まった。が、実施に踏みだすより早く、桓武の死が訪れ、政界に混乱が起る。最澄はなすすべもなく、立往生を余儀なくされるのである。

桓武がこの世を去ったのは三月十七日、その床に泣き伏し、起つこともできず、藤原葛野麻呂と坂上田村麻呂に左右から助けられてやっと殿舎を出た安殿であったが、翌日から俄然やる気をしめしはじめる。偉大な父の前で、とかく劣等感にさいなまれ続けていた息子にしてみれば、ここで父に劣らない力量の持主であることをしめす必要がある、と思ったのだろう。

が、意欲だけがあって実力が伴わないと、することが空廻りする。桓武の死の翌日、側近の葛野麻呂を、ただちに権参議(かりのさんぎ)としたことなどは、やや露骨すぎる人事であろう。葛野麻呂は、それまで春宮大夫(とうぐうのだいぶ)——安殿付きの役所の長官だった。これに閣僚級の資格を与えるために「権参議」というそれまで例のない肩書を与えて廟堂に押しこむ。このときは藤原園人(そのひと)も同じく権参議になっているが、何も父の死の翌日、早速任命しなくてもよいではないか。

やがて五月、即位の式を行う。後の平城(へいぜい)天皇であるが、即位と同時に大同と改元したのも、評判がよくなかった。

非礼ナリ。

と『日本後紀』は遠慮会釈なく批判している。編纂にかかわったのが、後に対立的立場に立つ藤原緒嗣だからやむを得ないともいえるが、だいたいこの『日本後紀』は天皇に対しても臣下に対しても、容赦のない評言を下すところに特徴がある。

即時改元がなぜ非礼かについて、『後紀』は続いて書く。

「国君が即位した後、翌年改元するというのは、臣子の情として、一年に二君があるのは忍びないからである。今、年を越えずに改元したのは、孝子の心に違う。旧典を参考にして考えると過失というべきだ」

この論法でいけば、現在の改元の規則なども、不孝そのものということになるが、しかし、こうした例は、奈良時代にもないわけではないので、一方的に責めるのは、やや酷かもしれない。

が、半面『日本後紀』がこう書いても仕方のないほど平城天皇の改革は性急であった。

「先帝は造都、造宮に、また蝦夷地出兵へと多大の出費を重ねたが、自分は違う。緊縮政策だ」

といわんばかりに諸国からの献上物を減らしたり、行政簡素化に乗りだす。かと思うと、地方行政を重視し、全国の諸道それぞれに観察使を置き民生の安定を計らせた。目指すところは決して悪くないのだが、人々を仰天させたのは、藤原薬子の宮廷復帰である。平城は、これ見よがしに、彼女を女官の総元締である尚侍の座につけ、後宮の管理にあたらせた。当時の尚侍はただそれだけでなく、「内侍宣」という形で天皇の意を伝える重要な役である。

「それを、あの、例の悪女に」

そんな宮廷の囁きに、安殿は耳を藉さない。

「ああ、先帝は尚侍の百済王明信とは、昔、深い仲でね。それを尚侍に据えたのだから、自分もその例に倣ったというわけさ」

と涼しい顔をしている。そういうやりすぎは必ず不評を買う。

「先帝の亡くなられた日に、東宮（安殿）の御殿の屋根に血の雨が降りそそいだそうな」

などという流言が乱れ飛んだのも、その一つであろう。おまけに水害、旱魃、疫病などが続出し、新帝はしだいに不安を募らせてゆく。災害は天子の不徳のいたすところ、とされている当時のことだ。

——自分は帝王として欠けるところがあるのか。父を超えられないのか。

いや、内心の動揺よりも、人々が自分に対して、不徳の帝王という評価を下しているのではないか、とそれが気になる。自己顕示欲の強い人間ほど、世評におびえる傾向があるものだ。

その不安定さが生んだのが、伊予親王の横死事件である。

伊予は平城の異母弟で、父桓武にはとりわけ愛された存在だった。母の吉子は、藤原是公（南家）の娘で、桓武のきさきの中では珍しく早逝を免れた女性である。そして、桓武が伊予を愛した理由の一つはここにあったようだ。

——井上、早良の祟りで自分のきさきたちは次々死んでゆく。

そう思いこんでいた桓武は、ひとり難を免れている吉子を見るたび、

——あそこだけは祟りを免れている。

ほっとした思いを感じていたらしい。とりわけ彼女を寵愛したわけではないが、その所生の伊予のことも、

——幸運の子。

という眼で見るようになった。じじつ、伊予は明朗で趣味豊かな風流皇子でもあったし、その屈託なげな振舞を見るだけでも心が安まるのか、桓武はしばしば伊予の邸宅を訪れ、そこでの宴を楽しんでいた。あるいは、そんなとき、

——伊予を皇太子にしておけばよかったかな。

そんな思いが、かすめなかったとはいえない。安殿の精神が不安定になり、薬子をめぐって感情的な対立があらわになると、いよいよ桓武の伊予邸訪問は頻繁になった。『日本後紀』が後に、

性猜忌多ク、上ニ居テ寛ナラズ。

と評する安殿の眼に、それがどう映ったか。しかし、譲位にあたって、桓武は亡き正后乙牟漏の産んだ皇子賀美能（神野）を安殿の皇太弟に指名した。そのことは安殿を安堵させもし、一方ではある種の不安を感じさせた。

——伊予は不満だろうな。きっとそうに違いない。

いわばこの疑心暗鬼が、伊予親王事件を生じさせたといえる。いや、そう思うよりほか原因の探りようもないくらい唐突に、伊予は事件に巻きこまれ、あっというまに逮捕されてしまうのだ。事件にはもっともらしく密告者もいるし、伊予自身が謀叛の計画を告白したことになっているが、フレームアップであることは見えすいている。

伊予とその母吉子はただちに大和の川原寺に移され、やがて毒を仰いで自害した、といわれている。これに関連して、吉子の兄の大納言雄友も失脚した。同じ南家とはいえ別系の中納言藤原乙叡も、罪は免れはしたものの以来逼塞し、翌年懊悩のうちにその生涯を終えた。乙叡は、桓武の愛人であり後に尚侍となった百済王明信が、藤原継縄との間にもうけた子で、父母の縁に連なって、桓武時代には異例の出世を遂げている。多くの別荘を持ち、女好きで、かなりいい気にもなっていたらしく、酒席で安殿を蔑ろにするような言動もあったという。そのことから見れば、伊予との関連はともかく、乙叡が計画的に失脚させられたことはたしかであろう。

それにしても、桓武における井上、早良事件とそっくりの事件がまたくりかえされてしまったのだ。しかも、桓武と同様に、平城もやがて伊予母子の怨霊にさいなまれ、体調を崩してゆく。宿命の相似は薄気味悪いほどだ。

しかも、平城には桓武の勁さはなかった。

——皇位にいるかぎり、自分は呪われ続ける。

そう思いこんで、大同四（八〇九）年には、早くも無理に押しつけるようにして賀美能に譲位してしまう。これが嵯峨天皇である。在位わずかに三年一か月、行政改革に意欲は持っていたかもしれないが、これでは成果をあげることができない。

それでいながら、迷信深くなっていた上皇は、

――父上が、こんな縁起でもないところに都を定めたのがいけないんだ。

すべてを父のせいにして平安京を脱けだし、旧都平城京に安住の地を見出す。後に平城天皇と追号を贈られるのはこのためである。最後まで父の影から逃れられなかった息子の怨念をこめたレジスタンスであろう。

――ここがいい、平安京など懲り懲りだ。

気分が落着いてくると、心因性の健康障害も回復した。こうなると慌てて退位したことも悔まれてくる。しかも気にくわないことに即位した新帝嵯峨は、せっかく平城が手をつけた政治改革の路線を守ろうとはしない。それどころか、観察使を結局廃してしまった。

――何たることか！

平城は激怒し、遠隔操作で政治をコントロールしようとした。もともと太上天皇は政治と手を切った存在ではないから、権限を行使しようとすれば不可能ではなかった。お気に入りの薬子もいるし、その兄の仲成もついてきている。仲成は長岡京で暗殺された種継の息子で、本来ならばもう少し出世コースに乗ってもいいはずが、他の藤原氏に押しのけら

れ、平城の即位を機に失地回復を狙っている野心家だったから、大いに平城の意欲を煽りたてたことだろう。しかも側近の中納言藤原葛野麻呂たち高官の何人かと、太政官の事務官僚の一部を引き連れての平城京への移転だったから、まさに政府は分裂した形で、政令は上皇、天皇の双方から出されるようになった。『日本後紀』のいう、

二所ノ朝廷

という異常な事態が出現したのである。

やがて、平城上皇側はより高飛車に出る。

「平城京に遷都せよ」

と言いだすのだ。ここに及んで、嵯峨側は、俄かに攻勢をかけ、平安京に来ていた仲成を逮捕し、平城京にいる高官たちに帰還命令を出す。狼狽した上皇は薬子とともに平城京を脱出して東国へ逃れようとしたが、天皇側の軍隊に行手を阻まれて、すごすごと引返す。仲成は殺され、薬子は自殺、そして上皇自身は剃髪出家して、あっけない幕切れとなってしまった。

まさに激動の五年間であったが、この間、最澄は、ほとんどなすすべもなく手をこまねいている。せっかく桓武の最晩年に年分度者の改革は行われたけれども、その制度が円滑に動きはじめたとはいいかねた。もっとも、天台業に関するかぎり、叡山での弟子養成は

しだいに途についていたと思われる。数年後、その名が史料に登場する泰範、円澄、光定といった弟子たちが、そろそろその身辺で天台教学の研鑽をはじめていたのではないだろうか。

が、最澄の気懸りは、ほかにあった。遮那業（密教）の学習である。越州で順暁に灌頂をうけたとはいえ、密教の伝授に費した日数はたった十日ほどにすぎない。携えてきた法文類もごく僅かである。

——これは長安で本格的に密教を学んだ空海の帰国を待たねばならぬ。彼に遮那業専攻の学生を養成して貰わねば。

本気でそう思っていた。

が、大同四（八〇九）年まで、空海は、都の周辺に姿を現わしていない。帰国は大同元（八〇六）年のことで、八月、明州を出帆、十月には帰国したはずなのだが。それまでの留学生が十年、二十年の長期滞在も珍しくなかったことから、学半ばで逃げ帰ったように思う人もいるが、これはまちがいで、遣唐判官高階遠成に従っての正式の帰国である。

それにこの前年、彼は長安青竜寺において、不空の弟子である恵果から真言密教を学び、印可を授けられている。その年の末に恵果は世を去るから、最後の弟子として極めて短期間師事したわけだが、密教関係の法文は驚くべく多量に集めているし、学習の成果は十分にあげ得ての帰国だった。

しかし、彼自身は、しばらく九州にとどまり、『請来目録』だけを高階遠成に託して朝廷に献じた。彼自身直ちに上京を許されなかった理由があり、それは伊予親王の事件に関係があるという説もあるが、はたしてそうだろうか。当時、彼の叔父の阿刀大足（あとのおおたり）は伊予親王の侍読だったはずで、事件に連座した疑いもないではないが、しかし事件そのものは、空海の帰国後、一年ほど経ってからである。いかに鼻の利く空海も、それを予知するほどの勘があったかどうか。

あるいは彼は、渡唐中に信頼を得た葛野麻呂からの連絡を待っていたのではないか、とも思われる。それについては上山春平氏の評伝『空海』（朝日新聞社）をお借りしたい。詳しい紹介は省略させていただくが、氏は一枚の新資料から、「空海が入唐までに官度（官による得度）を得ていなかった」のではないかという驚くべき指摘をされているのだ。その説に従えば、留学僧としては異例な渡唐であり、むしろ渡唐後、書類上の手続をとって、事後追認の形で、得度の官符が下付されたことになる。その手続を推進したのは藤原葛野麻呂――というのが上山氏の見解だが、空海の延暦二十三（八〇四）年現在の出家入唐を追認する官符の日付が延暦二十四（八〇五）年九月、つまり葛野麻呂帰国後になっているのも、その説の裏付けとなるだろう。

とすれば、空海は『請来目録』をまず献じて葛野麻呂からの連絡を待っていた、ということになる。が、一方の葛野麻呂はといえば、平城の即位以来、身辺はいよいよ多忙にな

り、そこへ伊予親王の事件が起って、

「むしろ上京は、今しばらく見合わせよ」

ということにでもなったのではあるまいか。

が、それにしても、『請来目録』は直ちに朝廷に披露されたろうし、遮那業の学習を上申していた最澄は、もちろんそれを目にする機会を得たことだろう。

——これはすばらしい。

純粋に彼はそう思い、心強い味方を得た、と思ったに違いない。しかし、いよいよ空海がその姿を現わしたとき、両者の間には、思いがけない関係が展開するのであるが……

久隔帖

おそらく一生涯に何十通となく書いたであろう書簡も、古代人のそれが現代まで残ることはめったにない。その中で、最澄の消息といわれるものが、真偽はともかく、四十通も伝えられていることは稀有に属する。

書簡が——それがなにげない身辺の雑事を語るものであったにしても——読む人にある感動を与えるのは、その人物が、その時点で呼吸し、筆を執り、誰かに思いを伝えていたという偽りない事実を証言しているからだ。しかも当の人物が、やがて襲うであろう運命に気づきもせず、予感のひとかけらも感じてはいないとき、そのいたいたしさに、後世の読み手はいっそう胸を衝かれる。

そうなのだ、最澄は、まだ自分の前途に気づかずにいる……

その思いを深くするのは、弟子泰範（たいはん）あての短い書簡である。「久シク清音ヲ隔テ」という書きだしから「久隔帖（きゅうかくじょう）」と名づけられたそれは、最澄の唯一の自筆書簡として国宝に

指定されているが、

――これが最澄のきわめつきの真蹟か。

千百余年を隔ててたしかめ得るその人の息づかいに感動するよりも前に、心震える思いを禁じ得ないのは、やがて起るであろう悲劇の構図がここには内包されているからだ。いや、幕は上がっているといってもいい。役者はすでに揃い、劇は進行中だ。もう後戻りは許されない。とも知らず、最澄はいそいそと書く。

久シク清音ヲ隔テテ馳恋極（キハマ）リナシ。安和ヲ伝承シテ且（シバラ）ク下情ヲ慰ム。（原文は漢文）

しばらくお目にかかってお話を承る折もなく、寂しく思っておりましたが、お変りもないと伺い、やや心慰む思いでであります――という この消息文のあて名は弟子の泰範となってはいるが、じつは、泰範が当時教えをうけていた空海に対するもの、わざと相手を避ける書き方は、当時のマナーである。

このころ、空海は「中寿感興詩（ちゅうじゅかんきょうし）」を最澄にしめしている。その中にある言葉について、わからないところがあるので、それについての問いあわせをしているのがこの手紙なのだ。

「さきに大阿闍梨（だいあじゃり）（空海）がしめされた詩の序の中に、一百二十礼仏並びに方円図、注義といった言葉が出ております。この詩に和してお答えしようと思うのですが、その礼仏図なるものを知らないので、阿闍梨に伺って知らせていただきたい。和詩はすぐには作れませんが、お答を承った後で必ず作って奉呈したいと思っております」

さらにつけ加えて言う。

「最近、『法華経』の梵本を入手しましたので阿闍梨にお目にかけたく、来月の九日か十日頃参上したい。阿闍梨の御都合はどうか。お暇がなければ後でもよいのですが」

ときに弘仁四（八一三）年十一月。空海の詩にいう「中寿」とは四十歳のことで、この年、まさに空海は四十歳に達していた。その詩も彼の漢詩文集である『遍照発揮性霊集』に収められている。

消息の内容は、至って平凡である。書き手が最澄でなければ、そして千百余年前の遺品でなければ――つまり明治期の無名の知識人のそれだったら、顧みられることもなく破りすてられてしまったかもしれない。

消息の前後をとりまく雰囲気もじつに穏やかだ。空海も、その詩の中で、

　嗟余五八歳

私も四十になってしまった、と言い、

「では何をなすべきか。俗人は酒宴を設けてお祝いをするが、僧侶の身である私は、目を閉じ端座して、仏の徳を思い念ずるにしくはない」

と、その思いをのべる。それについては、文殊の讃仏五八の頌というのがある。五八の歳にこれをひろげて読むのは、愉快なことではないか、とその思いつきを披露したのであった。もちろんこれとて、彼の知識をひけらかしたわけではない。

「まあ、四十という年齢に因んでのこんな趣向はいかがですか。お笑いぐさまでに」

といったものが空海から贈られてきた、と考えればいい。この讃仏頌は五言四句を一行として、五八、つまり四十行からなり、全体は百六十句になるわけだが、くりかえしになっている句を省略すると、百二十句、それを図示したものが礼仏図で、ここに密教的な宗教観が展開されているらしい。

ところで、最澄はこの図示されたものを見たことがなかった。

「それはどういうものですか、教えていただきたい」

という申し出は率直すぎるほど率直で、すでに四十の坂を越えている彼は、年下の空海に、すなおに教えを請おうというのである。この讃仏頌は中国の密教の中心人物、不空が訳したもので、空海はそれを写しとって帰国したようだ。

——ほう、空海法師はこのようなものまで携えて帰ったのか。

最澄は感嘆し、ぜひ見たいものだと好奇心をつのらせる。密教の宝庫に踏みこんで、貴重な典籍、資料を請来した空海への感嘆の声と、彼自身の密教への並々ならぬ関心を、紙背から読みとることができる。

追て書（おつがき）の『法華経』梵文についての短い文章も、梵文——サンスクリットにくわしい空海がこれを見て何と言うか、その意見を聞きたい、ということなのだろう。渡唐経験を持つ二人の僧の、穏やかで心あたたまる交友のあかしである。しかもその間に立っているのは最澄の弟子泰範。彼はこのとき、師の意向に従って空海の許で密教の研鑽につとめている。

消息のうわべだけを辿るなら、これだけのことだ。最澄の率直な人間性、空海の密教への造詣の深さを窺うことはできるにしても、その史料的価値だけに注目すればいい。が、この平和な構図は、数年後、むざんに破られるのだ。最澄は愛弟子泰範に裏切られて切々たる恨みを述べ、空海は執拗に密教経典の借受を迫る最澄に、

「もう、いい加減にしてくれ」

と、絶交状に近いものを叩きつける。そのことを知っている後世の我々は、ただの史料、文化財としてこの短い消息を読みすてることができない。三者の血みどろなドラマが字間から立ち昇ってくるからだ。やがて追いつめられ、絶望の淵に呻吟するはずの最澄の、この素直さ——あるいは人のよさといってもいい——が、いたましすぎる……

日本宗教史上の両高峯ともいうべき最澄と空海の対立については、すでに周知のことでもあり、ここでは詳しい経過を逐うことはやめて、スケッチにとどめておきたい。

この問題の発端は何といっても、先に帰国した最澄が、桓武の意志という形で、天台業の年分度者二人を与えられたことにある。年分度者というのは国費を給付される研究者のことで、この二人は『摩訶止観』研究コースと『大毗盧遮那経』研究コースと定められた。後から帰国した空海は、いわば『大毗盧遮那経』の専門家である。長安でこのエッセンス

を学ぶとともに、密教の儀式（灌頂）を本格的に伝授されてきた。これに比べると、最澄が越州（現在の紹興）で順暁から授けられた灌頂はお手軽なものだった。空海の携えてきた『請来目録』等からこの事を知った最澄は、その経典の借用を申しこむとともに、高雄山寺で、空海から改めて灌頂を受けなおした。

「二人で新しい仏教の世界を拓いてゆこう」

最澄はこう言い、空海もそれに共鳴したらしい。しかし、そのうち、二人のくいちがいがはっきりしてくる。高雄で最澄が空海から授けられた灌頂は、結縁灌頂といって僧俗ともに授けられる、いわば入門的セレモニーで、本格的な密教の僧侶になるためには、さらに秘法・奥儀を伝授されるための伝法灌頂を受けなければならなかったのだ。

「それには三年の修行が必要だ」

と空海は言ったという。これには多少問題もあり、後でもう一度触れるつもりだが、ここでは一応通説に従っておく。叡山で天台教学の指導にあたっている最澄としては、そんなに長い間本拠を空けておくわけにはいかない。そこで代りに信頼している弟子たちを高雄にいる空海の許にやって密教を専攻させることにしたのだという。派遣されたのは門下の高足、円澄と泰範たち。

一方、最澄自身は、せっせと空海から経典を借りうける。実際に高雄山に出かけられないから経典で勉強しようというのである。まじめな最澄はひどく貪欲に密教経典に迫ってゆく。

――あれも、これも……

が、その要求が、密教の真髄に触れる『理趣釈経（りしゅしゃくきょう）』にまで及ぶにいたって、空海のきびしい拒否に遭うのである。しかも、叡山の後継者にと期待をかけていた泰範も空海側についてしまった。このとき泰範にあてて、

「何とか戻ってくれないか」

と切々と語りかける最澄の手紙が残っていたりするので、この問題については、最澄に同情する声の方が多いようだ。

論敵に対する筆鋒の鋭さに似ず、最澄は生涯弟子を大声で叱りつけたことのない人物である。もの言い穏やかでソフトなタイプだけに、手紙からは、涙を流さんばかりにして、ぼそぼそと繰り言を続ける彼の姿が浮かび上ってきて哀れを誘う。

「泰範よ、そなたと私は、一身を忘れて天台教学のために生きてきた。いま、その教が確立されようとしているのは、すべてそなたの功績だ。そのことを忘れはしない」

と彼は綴る。

> 何ゾ図（ハカ）ラン、闍梨永ク本願ニ背キテ久シク別所ニ住セントハ
> 最澄已（ステ）ニ老イ、亦（マタ）窮年ヲ極ム。（中略）早ク弊室ニ帰リ倶（トモ）ニ仏恵ヲ期セン

率直な真情の吐露がいたましい。だから、一般は、

「本も貸さない、弟子も取ってしまうとはあんまりじゃないか。最澄は一度は人々に灌頂を授けた身なのに、年下の空海の前にひざまずいて、改めて灌頂を受けなおしているのに」

と考える。もともと人気のあるのは空海の方なのだが、さすがに空海好きの人々も、この問題には口を噤むか、あるいは、「両天才の不幸な出会い」「宗教観の差」ぐらいでお茶を濁している。

もちろん、一方では、別の観点から上山春平氏のように、客観的分析によって、空海方にも理のあることを説かれる方もある（前出『空海』）。そしてじつは、最澄像を追い続ける私も、上山説に首肯させられる部分は少なくないのだが、ここで視点をずらせて考えてみたい。

空海は、初対面以来、最澄に対する一種の違和感を懐き続けていたのではないか。じつは、いつ両者が顔をあわせたかも問題があるのだが、ここでは一応「久隔帖」の書かれる前年の弘仁三（八一二）年と考えておきたい（最澄の経典の借覧等はそれ以前からのようだが）。

ではなにが空海を困惑させたか。

天台も真言も同じ一乗（人には生れつきによって、それぞれ悟りの到達点が違うとする三乗の考え方に対し、人間は誰でも成仏できる、いわば一つの乗り物に乗って同じく悟りの世界に入れるという考え方）を説く教だから、という最澄の解釈である。

──それは困る。澄法師は、だから手をとりあって南都とは別の新仏教をひろめていこう、というのだろうが、少し違うのだな、これは……。澄法師の認識には根底的な誤りがある。

と空海は思う。すなわち、天台と真言密教とは全く別なものなのだ。この両者は一乗思想だといっても本質的に違うことが最澄はわかっていないらしい、と考える。

この点では空海の言い分は全く正しい。出家集団を対象とした上座部仏教を第一の仏教、俗人の信者も抱えこんで大衆化した大乗仏教を第二の仏教とするなら、密教はまさに第三の仏教とでも呼ばれるべきものだった。もともとインドには、神秘主義、呪術、調伏、息災祈願といった考え方があった。これが仏教の中に融けこんで、陀羅尼(だらに)を唱えたりする宗教儀式が完成し、密教が成立したのは七世紀ごろだといわれている。曼荼羅という一種の神秘主義的な宇宙観の図示もこのころまでに完成したと思われる。

この密教が中国に伝えられたのは八世紀。シュバーカラシンハ(善無畏)、ヴァジュラボーディ(金剛智)から、アモーガヴァジュラ(不空金剛)にいたって、唐朝で熱烈に迎えられたことはすでに触れた。問題の『理趣釈経』は、この不空訳である。

八世紀といえば、すでに天台大師智顗はこの世にいない。

──だから、天台大師は、本当の真言密教を認識していない。

空海はこう言いたかったのではないか。

では最澄はなぜこのことに気がつかなかったのか。一つは、最澄がひたすら天台教学に傾倒し、その法文蒐集のために、ひたすら天台山だけをめざしたからだ。したがって、彼は長安の都の密教の盛行を目にしていない。大陸はあまりに広く、越州で順暁に授けられた灌頂で長安のそれを知ることはできなかった。すべてを天台教学に捧げてしまった最澄のきまじめさが、かえって足枷になったともいえよう。

帰国後、遣唐大使藤原葛野麻呂らによって、彼は長安の密教流行を知らされる。しかし、彼自身の中には密教が全く別の仏教だという認識はない。順暁が灌頂を授けてくれたのでもわかるように、兼修が当然、と思っていたし、請われれば人々に灌頂を授けてしまう。そしてその結果が例の年分度者問題である。

二人の天台業のうち一人は止観業、一人は遮那業という規定を、彼はうっかり受けいれてしまう。これが運命の岐れ路だった。むしろこのとき、年分度者を二人とも天台専攻と主張すべきだったのだ。天台と真言への認識の曖昧さが、こうした結果を産んでしまったのである。

しかし、空海にとってはこれは迷惑千万のことだった。

――天台業として密教をやるなんて、矛盾している。

しかも形の上では天台業を統轄するのは最澄なのだから、これも納得できないことだったに違いない。

「いや、だから、阿闍梨に御協力を得たいので」

と最澄は言ったろう。しかも、まじめで、嘘が言えず、別に空海の上に立とうという意図があるわけではないから、よけいに始末が悪いのだ。

「私はとてもいっしょには……」

と婉曲に断っても、

「では、弟子をさしむけますから」

と踏みこんでくる。結果的には何やら空海の学と行を盗みとることにもなりかねないのだが、そういう発想が全くない最澄は、図々しい申し出だとも思わなかったろう。おまけに本人が伝法灌頂も受けたいと言うのも、空海を呆れさせたかもしれない。

「あなたは天台僧なのか、真言僧なのか」

カトリックの神父がプロテスタントの牧師にもなりたい、というほどではないにしても、

――これはどうしようもない。

と空海がうんざりしたのもやむを得ない。

「理趣釈経を求むるに答する書」という空海の文章が例の『性霊集（しょうりょうしゅう）』に入っていて、全体が手きびしい拒絶の手紙なのだが、その中に、

公（コウ）、是レ聖化（シヤウケ）ナルカ、為当凡夫（ハタボンプ）ナルカ。

という一節がある。

「あなたは仏か、凡夫か」

大変失礼な言い方で、読みようによっては、

「あなた、正気なの？」

と言わんばかりだが、空海の苛立ちがこのあたりにくっきり浮きでている。最澄が『理趣釈経』を借覧したいというのに対するこの一文は長文だし、例の名文の羅列で難解だが、

――もう、いいかげんにしてくれ。

という空海の心情を下敷にして読んでゆくと、案外空海の言いたいところがわかってくるのではないか。空海は明確に言っている。

『理趣釈経』を読んだところで密教はわかりませんよ。文字の理解は何の役にも立たない。文字なんて糟だ、瓦礫だ」

「あなたは真言の何たるかを理解していない。そういう人に秘法は伝えられない。非法の伝受は盗法だ、仏をあざむくことになる」

しかし空海は意地悪く、突き放しているわけではない。密教の真髄はいかにして求むべきか、真理はわが裡(うち)にありと体得すべきである、自分と仏（宇宙）の合一だ、というように即身成仏の原理を説明しようとしている。しかし根底には、

「あなたは仏か、凡夫か」

がある。仏でない以上は凡夫だ、ときめつけているようなもので、

「こういう真理はおわかりになりませんでしょうね」

という空海の素振りがちらつく。

この書簡については、空海の書き送った相手は最澄ではない、という説がある。泰範と同様、最澄の弟子で空海の許に勉学にきていて叡山に戻った円澄あてのものだ、という意見もあるが、さきに、最澄が泰範あてに書いた「久隔帖」がじつは空海あてのものであると同じく、もし円澄あてであったとしても、真実の相手は最澄にほかならない。

円澄あてとする根拠の一つに、文中の「汝」といった呼び方が、最澄あてとしたら余りにも失礼すぎる、という理由があげられているのだが、それはどうだろうか。文中「あなた」に当たる言い方を、空海はときに「公」と書き、ときに「汝」と書いている。「公」はやはり最澄ととっていいと思うが、「汝」は一般論としての他者の称ではないだろうか。現代感覚なら「彼の問題」というべきだろうか。「一方が（あるいは自分が）こうなら、一方（あるいは相手）は……」という読み方もできると思うのだが。

ともあれ、かなり感情を爆発させたこの書簡を手にしたときの最澄の姿を、いま私は想像している。顔を真赤にして書簡をびりびり引き裂くとか、大声で喚きちらすことのできない性格の彼は、多分、長文の消息を手にしたまま、ぽつんと呟いたのではないか。

「でも、やっぱり天台も真言も、一乗思想だということには変りないはずなんだがなあ」

滑稽に近い、このきまじめさ、人のよさ。ふと、傍にいって慰めたい思いに駆られる。

「澄法師、年分度者がいけなかったんですねえ。あの遮那業一人という規定が。ああいうことさえしなかったなら……」

しかし、そう言ったら、多分最澄は、決然と眉をあげて答えるに違いない。

「いや、あれはやらねばならない。何としてでも！」

なぜかくも年分度者にこだわるのか。きまじめな性格もさることながら、彼にはこのことに生命を賭けざるを得なかった重大な理由があるのだ。なぜなら、それは亡き桓武の遺言であり、彼への何ものにも換えがたい形見だったから。

彼は桓武を愛していた。

この言い方を許していただきたい。かの王者亡きいま、最澄は、そのひとに捧げつくした心情は愛以外の何ものでもなかったことを感じているはずだ。そして千二百年を経た我々も、二人のありようをそれ以外の言葉で言い尽すことは不可能なのである。

人々は、ふつう桓武を最澄の「外護者（げごしゃ）」という。この最大の外護者を失ったことが最澄の不幸の始まりだった、というふうに。外護者という言葉にはいまどきのスポンサー的な雰囲気がある。しかし二人の関係はスポンサーとタレントのそれでは決してない。くりかえしていうが、むしろ心から縋りついたのは桓武であり、最澄はその魂の救済に全力を傾けたのだ。

思えばふしぎなめぐりあいだった。桓武が棄て去った奈良に来て、その荒廃のゆえに、最澄は天台教学に目を開かれた。そして、やがてその天台教学によって、魂を食い破られた悩める王者を救う立場に立つのである。最澄が渡唐したのも、病める桓武の負託に応えて、天台法文を充実させるためだった。結局彼は桓武の肉体を救うことができなかったが、桓武は死に臨んで、国家の精神的支柱としての天台宗の確立を遺言したのである。

——だから何としてもやらねば。

しかし、事のなりゆきで密教まで抱えこんでしまったところに、最澄の決定的な失敗がある。それまで全身全霊をかけて読みとった天台教学の確立に絞りこんでいたら、彼のこの苦悩はなかったはずだ。が、桓武の死の直前という異常な雰囲気、葛野麻呂との人間関係、現世利益を求めすぎる日本的風土の圧力をはねのけられなかった人のよさ——こうした事のなりゆきが、いまや最澄を傷つけ、ぎりぎりと痛めつける。しかし、止観業と遮那業の研修を、桓武に誓ってしまった最澄は、それを棄てることはできない。けれども現実には空海の拒絶に遭って、遮那業専攻者養成は壁にぶつかっている。

——もう、自分は老いているのに……

絶望しながら、最澄は泰範の帰山を求めたのではないか。すでに空海の許でみっちり研修はしているし、彼に片腕になってもらえば何とかできると思ったのだろう。

ところが、泰範は帰ってこなかった。それどころか、痛烈な断り状が届けられた。しかも、それは空海が泰範に代って書いたものだった……

書簡は『性霊集』に収められているが、筆者が泰範でなく空海であることはまちがいないような名文である。もっとも『日本古典文学大系』のテキストになっている醍醐本は、直接空海から最澄あての書簡となっていて、そうだとすると、多少問題を含むようにも思えるのだが（『大系』は結論的には空海代筆の泰範書簡としている）、ともかく、内容は、

「ともに天台宗をひろめよう、というお言葉、まことにうれしい限りです。また、法華一乗（天台の教理）と真言一乗に何の優劣があろうかとの仰せですが、おろかな私には、なかなかお答えできません。しかし只今は真言の教に心をひかれておりますので、ほかまでは手が廻りません。あしからず」

というようなことになる。

その前後に、先にあげた、

「何で、私を棄てるのか、帰ってきてくれ」

という、最澄の書簡がくるわけである。そなたを信頼しているのに、とこれほど哀しげな手紙を書き送った有名人が、ほかにいるだろうか。

これに比べて泰範（空海）の消息は理詰めで華麗である。筆者が誰であろうと、そこには空海の、

「真言と天台とは本質的に違う」

という論理が貫かれている。多分師事する間に、泰範はその論理に傾倒していったに違

いない。

——天台と真言、そのどちらを選ぶかというなら、真言です。

おそらく泰範の本音であろう。それに空海という人には一種の人間的魅力がある。それも彼が一生師事したい、と決心する要因の一つであったかもしれない。最澄の未練がましい書状を見て、彼が泰範との間に子弟の仲を超え、恋情にも似た愛着を持っていたと見る向きもあるが、それはどうだろうか。最澄の文章は華麗ではないが、感情のほとばしりは常に激しすぎるほど激しい。簡潔ながら人の魂にじっと視線を据えた文章を書く。泰範へのそれも、愛の告白というよりもっと真剣なものがある、と私には思えるのだが。

それよりこの三者の関係の外縁部を、もうすこしはっきりさせた方がいい。最澄はじつは弘仁三（八一二）年五月、重病に陥って遺言を書いているが、そこにはまず、最初に、

山寺ノ総別当ハ泰範、文書司ヲ兼ヌ。

とある。最高の統轄者として、泰範を指名しているのだ。つまり叡山のナンバー・2とみなされている彼なのである。ところが、高雄に行ききりの彼に対して、叡山では、批判の声があがったらしい。だから最澄の手紙にも、

「まわりがとやかく言うことを気にかけるな」

衆口ノ煩ヲ厭（イトヒ）テ法船ヲ棄捨センヤ。

「もし何かいやなことがあるなら私に直接言ってくれ」

などと、周囲との調整に気を使っている様子が窺える。仲間の間の軋轢で、泰範は嫌気がさしていたのかもしれない。もしそれを空海に告げたとしたら、

「そんなところに帰るには及ばないじゃないか。え？　阿闍梨には言いにくい？　じゃ代って断り状を書いてやろう」

というようなことになるのは当然のなりゆきであろう。それにしても、代って名文を書きまくるとは、これもかなりの「御親切」である。

ともあれ、『理趣釈経』にしても、泰範の帰属にしても、一方的な解釈のできない、さまざまな問題が含まれていることはたしかで、表面の経緯から見て、一方にだけ同情するわけにもいかない。ただ、つけ加えておきたいのは、空海の文章はたしかに立派だし、その理のあることは納得できるが、文章の中にほの見える密教至上的な考え方は必ずしも絶対的な価値を持つものではない、ということである。もともと日本人は神秘主義が好きだし、空海の文章には幻惑させられてしまうので、不可知というだけで、密教を実質以上に買い被っているところがある。数年前に得体の知れない曼荼羅ブームまで起きたのもその現われだろうが、曼荼羅というのはある段階に達した宗教の持つ宇宙観の一つの現われで、例えばラマ教にも同じようなものが見られるが、必ずしも高度の宇宙観とは言いにくい。

長安で密教に触れた空海は、これこそ真の仏教だと思ったかもしれないし、心の底に天台教学などはもう古い、という気持もあったであろう。しかし、後発の思想が、前のそれ

より必ず優れているとはいえないし、中国では、やがて密教が徹底的に批判され消滅してしまう。空海の行ったのは、最盛期というよりやや没落に傾斜しかけたときであって、もう少し遅かったら、空海はほとんど密教に興味をしめさなかったかもしれない。その意味で彼もまさに時代の子だったのだ。

さきに密教を第三の仏教と言っておいたが、神秘主義とは無縁だったお釈迦さまが、もしよみがえって密教を知ったら、首をひねって、

「これは仏教ではない」

と言ったかもしれない。時代によって宗教の受容の姿は変ってゆくし、それまでの中国仏教も、もちろん、お釈迦さまのそれから見れば変化しているが、密教はヒンズー教等の混淆(こんこう)もあって、変化という以上に異質なものを含んでいる。

留保をつけておいた問題にも改めて触れておきたい。結縁灌頂を受けた最澄が次いで伝法灌頂を受けようと思ったら、空海に三年の学習を必要とする、と言われて諦めた、という説である。そう受けとっていい史料もあるのだが、これはじつは少し後のものであって、いまひとつ割りきれないものを含む。それに空海自身の中国における密教の研鑽は、延暦二十四（八〇五）年長安入りして、その翌年まで一年あまりに過ぎない。三年の修行という規定はないようである。よもや、空海は、

「私は一年余りで卒業したが、あなたは三年かかりますな」

と言ったわけでもあるまいし、また空海のためにも、そう言ったとは思いたくないのである。

さらに最澄のためにもつけ加えておきたい。密教についての彼の認識にはたしかに不十分なところもあったが、しかし、一方、そのころの仏教は宗派別の縦割り制が成立していたわけではなく、兼学がむしろふつうだった。中国においてもそのありようは同じだし、最澄の論理もたしかに成り立つのである。

結局、こうした宗教の本質的な問題は、どちらが正しいといえないものを多く含んでいるのだ。だから、この角度から、これ以上両者の対立を探っていっても無意味で、むしろ、別の面からこの際考えてみた方がいいのではないか。

一つは、最澄と南都仏教、とりわけ勢力のあった法相宗との対決がこのころ始まっていた、ということである。

弘仁四（八一三）年、最澄は奈良の興福寺で法相宗の学僧と法論を展開している。このときは、後に深いかかわりを持つ藤原冬嗣（ふゆつぐ）がこの論争を聞いている。冬嗣ときに三十九歳、平城上皇と嵯峨天皇の対決の折、蔵人頭（くろうどのとう）に任じられて、嵯峨の側近で活躍した彼は、当時参議として、嵯峨王朝の実力派官僚の一人だった。興福寺は彼ら藤原氏の氏寺であり、そこへやってきて、法相ならぬ天台の奥儀の優秀性を弁じたてる最澄を、彼はどんな思いでみつめていたことか。

以来、宮中や大安寺で、彼や彼の弟子である光定(こうじょう)が法相宗との論争をしばしばくりかえしているのを、では空海はどのように見ていたか。冷静で目配りの広い彼は、

——なまじ天台と手をつないで、南都側に睨まれるのは、得策ではない。

と思っていたのではないか。この姿勢はその後もずっと貫かれていて、法相とはおよそ異質の密教の立場に立ちながら、彼は一度も南都の僧侶たちとの対立問題をひき起していない。寛やかな性格のためか、南都の僧侶に知人がいたのか、それとも南都の旧派仏教とは次元の違うところにいることを、巧みに認識させてしまったのか。まさに最澄とは対照的な行き方である。空海の目には、

——澄法師は、むきになりすぎている。

と映ったのかもしれない。空海は用心ぶかく距離をおきはじめ、それと気づかぬ最澄がなおも身をすり寄せていったとき、一気にそれを振りきったのではないか。

いや、じつはもっと大きい問題がある。

教義とか宗派といった宗教界の枠を破って、歴史全体の流れの中で、二人の姿を捉えなおすべきだ。そうしたとき、この時点で、決定的に別の方向へ歩みはじめている二人の姿が、くっきり浮かび上ってくるであろう。

薬子の変は、思えば日本史の一つの転換点だった。もともと「薬子」の変などではなく、

平城が企み、そして失敗に終ったクーデターであって、これを妖婦のさかしらが生んだ一過性の現象のように扱うのは的はずれである。この争乱を期に、日本は大きく変った。いや、時代の転換には、こんな大騒動もやむを得なかったということだろうか。

律令制社会はそれまでに、さまざまの矛盾を露呈させていた。歴代の王者はこれにどう対応すべきかを最大の課題にしてきたわけだが、とりわけ、桓武、平城の二帝は、そのことに意欲的だったといえるだろう。桓武は仏教がからみつきすぎた奈良の都を御破算にして、遷都を敢行した。そのための造都、造宮と蝦夷出兵による領地拡大は、積極姿勢といえるだろうが、しかしたちまち財政危機を招いた。軍事費の膨脹、野放図な建設費の支出がもたらす当然の結果でもある。桓武自身遂にはその失敗を認めて両政策にみずから終止符を打ったものの、時すでに遅し、であった。

平城は父の政策的失敗をじっとみつめてきている。即位した彼は彼なりの財政建直し策を別の方面から手がけようとした。観察使の設置は、地方行政の見直しであり、いわば地力回復である。功を急ぎすぎ、思うようにいかないと嫌気がさすという粘りのなさはあったが、しかし、意欲は十分で、決して妖婦に迷わされるだけの政治感覚皆無の帝王ではなかった。つまり二人の王者は、治国——律令政治の建直しを理想にかかげてともに失敗し、手がつけられないほどの財政破綻だけを残したのだった。

その跡を継いだ嵯峨はどうだったか。ここで目をみはるのは、政治の様変り（さまがわり）である。

――理想はさておき、この危機をどうすべきか。

身軽に活躍をはじめるのは、実務派官僚だった。何となく小粒になったように見えるが、さしあたって効果を発揮する現実的な施策によって、とにかくこれ以上の大崩壊をくいとめることを目標にした。そこで行われたのが、農民の課役の軽減や救貧政策、さらには空閑地、荒廃田の開発、再開発であった。それらが、どれだけ実効をもたらしたか、また究極的には誰のための政策だったか等については議論のあるところだが、ともかく、出兵や大建築事業の中止と相俟って、社会が小康状態を保つにいたったことはたしかである。

この政策の推進役は誰だったのか。廟堂のトップだった右大臣藤原内麻呂（藤原北家房前の孫）は弘仁三（八一二）年に死んでいるから、その後を襲った藤原園人と考えられる。彼も房前の孫だが、内麻呂とは別系、つまり内麻呂の従弟だった。

園人は地方官を歴任しているし、平城時代には観察使にも任じられた。彼はみずから、

「私は庶民の苦しみを、具さに見てきた」

と言っているが、その経験が民力復活策の裏づけになっていることはたしかで、平城の施策による観察使が、その廃止後、実効を挙げてきたというのも皮肉な構図である。

彼に続くのは内麻呂の子冬嗣だ。彼はすでに薬子の変の当時蔵人頭として活躍をはじめており、こうした実務派の下で地方力回復につとめるのが地方官に任じられたいわゆる「良吏」であって、彼らが民生安定に力を注いだことはこの頃から史料に現われるようになる。

では、良吏は全体の中でどれだけいたか、その実効はどの程度であったかということになると、議論もあるようだが、しかし、こうした事実が注目されるということじたい、これまでにはなかったことで、時代の流れをしめす指標の一つではあるだろう。

着実に、現実的に――

実務派トップは、桓武や平城のような律令国家再構築といった大げさな旗は振らない。しかも、実効をあげはじめたこれら諸政策は、同時に律令国家体制の原則を掘り崩してゆくものにほかならなかった。原則死守ではなくて、現実に柔軟に対処する道を彼らは選んだ。桓武の遷都、あるいは平城の行政改革のようなはでな目玉はないが、ここで時代は大きな転換期を迎えるのである。少し大げさな言い方をすれば、桓武の遷都によってではなく、この時期に平安朝は始まるのだ。

ではこのとき、彼ら実務官僚に擁された王者嵯峨は、変革の陣頭指揮をしたのだろうか。残念ながらそうではない。それどころか、リアリスト官僚たちの肚（はら）の底はこうだった。

――失礼ながら、帝がお旗を振られるのはもう御免だ。

理想が先行する桓武、平城の施策には懲りているのである。彼らとしては、

「ここのところは私どもにお任せを。何とか赤字のつづくりはいたしますから。はい、今はそれが先決で」

ということだったろう。しかもお誂（あつら）えむきに嵯峨は、前二代のような、やる気型の帝王

ではなかった。

「ま、よきに計らえ」

鷹揚にそう曰うタイプであった。父や兄の失敗は目のあたりに見ているし、即位後まもなくのクーデター騒ぎに懲りてもいた。

——戦争やクーデターは願いさげだ。

と考える「平和主義者」だったのである。もっとも嵯峨が政治からまるきり疎外されたと考えるのは当を得ていない。

「戦乱、クーデターなき平和国家になるためには、文化振興を。帝はその先頭にお立ちください」

実務派たちは、ごく自然に、そういう流れを作っていったし、これは嵯峨自身の望むところでもあった。詩文を愛し教養豊かなこの王者は、ここに文化の華を開花させる。やがて皇位は弟の大伴（淳和天皇）、皇子の正良（仁明天皇）へと移ってゆくが、そうなっても嵯峨自身は上皇として常に中心的存在であり続けた。

この時期の中心は漢詩、漢文学である。『凌雲集』『文華秀麗集』『経国集』、それらの中でまぎれもなく主役を演じているのは嵯峨自身である。この時期、宮廷の儀式、服装なども、唐風によることになり、宮門の呼び名も、和風から唐風に変った。たとえば建部門は待賢門、壬生門は美福門というふうに……。どこやら明治初期の鹿鳴館時代を思わせる雰囲気である。

その現象だけを見て、この時期こそ唐風趣味の時代、イコール律令制復帰時代とするのは当たっていない。実質的には律令ばなれが進行中で、形式面だけ、いよいよ華やかに唐風趣味がとり入れられたのだ。服制の変革は出兵に比べればお安いものだし、造宮の濫費が宮門の名儀変更に変ったのだから、額のかけ替えでことはすむ。まさにめでたしめでたし、実務派の努力で回復してきた経済の中での、これはかなりタイミングのいい贅沢であり、嵯峨の意図も十分に活かされている。

こうした時の流れの中に空海を置いてみよう。唐本国からの新帰朝者である彼と嵯峨が接近しなければふしぎなくらいだ。しかもその両者の間を結びつけることに必死になっている人物が一人いた。

さきの遣唐大使、藤原葛野麻呂である。

空海と彼が渡唐の船に同船し、長安まで行をともにしたこと、帰国後の空海に何くれとなく好意をしめしていたらしいことはすでに書いた。

葛野麻呂は平城天皇の側近である。薬子とかくの噂があって桓武に冷たくされていただけに、平城即位とともに権参議、やがて中納言に昇進した。譲位して奈良に移った上皇にもべったりくっついて行っている。だからクーデター後は元兇の一人として処罰されるところだったが、

「彼は東国へ行こうとした上皇を諫めた」

として罪を許され、中納言のまま、嵯峨の廟堂に復帰した。

まさに幸運児——といいたいところだが、むしろここには藤原内麻呂、園人らの巧妙な政治的意図を見るべきだろう。彼らはクーデターの仕掛人が平城であることを百も承知の上で、すべての責任を薬子と兄の仲成になすりつけてしまった。早良への厳重処分が、後に桓武を悩ませることになったという前例も考えに入れてのことだろうが、ともあれ、平城の行状には全く目をつぶり、むしろ大げさに敬意を表して、そうして、そのまま平城宮にお留まりいただくことにした。

もう一つ、彼らが寛容政策の見本に利用したのが葛野麻呂だった。

——あの葛野麻呂さえ、このとおり。

肚の中では毒にも薬にもならない奴、と踏んでいたのだろうが、形の上では、廟堂の五本の指に留めておいた。

表面は平城側人脈の代表者、しかし実質的には何の発言力もないこの居心地の悪さに気づかないほど葛野麻呂もおろかではない。おどおどする彼に、園人・冬嗣は、またもや寛容のゼスチュアをしめす。

「されば、中納言どのには、帝の文化政策のお相手を……」

ともかく、身の安全を保ち、中納言であり続けるためには、嵯峨にすり寄ってゆくほかはない。唐風趣味の嵯峨のお気に入るための唯一の切札は、かの国で仕入れてきた新知識である。

「あちらでは……。唐国では……。私の見てまいりましたのは……」

こうなったとき、空海は頼もしい助っ人である。

「かの法師は、私よりも滞在期間が長うございます。いや詩文の才はみごとなものでして、書もよくいたします」

空海が嵯峨の知遇をうけたのは弘仁三（八一二）年ごろといわれている。渡唐以前は全く無名に近い存在だった彼が、彗星のごとく「文化国家」日本の檜（ひのき）舞台に登場するのは、こういう事情からではないだろうか。

それを裏づけるのは、『性霊集』所収の数編である。空海は、葛野麻呂のために願文（がんもん）をいくつか書いているし、彼の死後、形見の衣服に曼荼羅を描いて供養している。

もちろん嵯峨にとって新帰朝者空海の知識は貴重だった。その文才にたちまち共鳴し、能書の技法に触れてはみずからの書の世界を豊かにしてゆく。そのこまやかな交流は『性霊集』その他から読みとることができる。空海の融通無碍（むげ）な人柄から、要領よく権力者の身辺にもぐりこんだように考える人もいるが、彼自身、強いてそれを求めたというより、彼を必要としたのは葛野麻呂であり、その延長線上に嵯峨がいた、と見た方がいい。さらにいえば、王朝版文化国家の花咲く時期が、嵯峨と空海をおのずと結びつけたのであって、歴史のベルトのなせる業でもある。

ただ、嵯峨と空海の交流は、桓武と最澄のめぐりあいとは少し違っていた。最澄は天台教学に憑かれていたし、桓武も魂の救済を求めて必死だった。が、嵯峨は違う。空海との交流も、いわば文化面が優先する。仏教にも関心がないわけではないし、空海の密教の教理にも耳を傾けもしたであろうが、しんそこ彼自身の魂の問題として追い求めてゆくというのではなかった。

それより嵯峨の関心は詩文と書にある。吸収したいのは唐風文化そのものである。空海の立場はどこか現代の文化人、知識人に似ている。宗教人にしては詩藻が豊かすぎるというべきか。ただし、私は、権力者に認められてうきうきしている文化人の面影をそこに重ねているわけではない。むしろ空海の心の底は醒めていて、

——そういうことだけのために、自分は渡唐したわけじゃないんだが。

ひそかにそう思っていたのではないか。『性霊集』を見ると彼の人脈はかなり華やかで、誰かのために願文を作ってやったり、誰かのために御礼の言葉の代作をしてやったり、忙しさは流行作家なみである。先輩にあたる永忠という僧が、少僧都を辞そうとしたときにいたっては、その辞表と、それを許さないとする勅答の文章と両方を作っている始末だ。

が、こういうことが本領だとは決して彼は思っていなかったはずだ。しかし彼が唐で授けられてきた密教教学はどれだけ人々に理解されたろうか。後に彼は密教の真髄について

説いているが、人々の求めたのは陀羅尼の現実効果――雨乞いや各種の祈禱であったらしい。

――そうではない。そうではないんだ。

どこからかそうした呟きが聞えてくる。その思いを深くするのは、弘仁七（八一六）年に高野山に禅定の地を賜わりたいと申し出た文章を読むときだ。俗事を離れて、宇宙と合一する密教の境地に沈潜したい、という思いは、いかに栄光に包まれようと、彼の心の中から離れはしなかったのだ。

ふと連想するのは鎌倉末期の禅僧夢窓のことである。鎌倉幕府の滅亡から南北朝時代を生きた彼は、ふしぎにも北条氏にも足利氏にも信頼され、南朝からも北朝からも帰依された。後に彼の弟子達は各地の寺に住持し、夢窓閥ともいうべき人脈を形成する。その権力志向は時折批判の対象となり、中には手きびしい評価を下す人もある。苔寺や天竜寺、鎌倉の瑞泉寺などのすぐれた作庭があることから、

「彼を僧侶としてではなく作庭家としてだけ認める」

と言いきる人もある。「雨露を凌げば足る」という禅の精神からすれば、贅沢な作庭がはたして禅に必要かということにもなるし、権力にちやほやされるかのようなありようは、たしかに出世間の身として望ましい生き方かどうか……。それでいながら、彼はこうした政治社会から逃れたがっている一面も持ちあわせている。何とか隠栖したいと思って中

央を逃れるのだが、また引張りだされてしまう。日本史に名が残るような僧侶に時折見かけるタイプで、空海にもそのような翳(かげ)を私は感じているのだが……

深山での禅定を望みながら、しかし、空海の後半生はいよいよ華やかである。伝灯大法師位に叙せられ、内供奉十禅師となり、東寺を委ねられ、少僧都から大僧都へ。その間に東大寺の中に灌頂道場も設けている。南都仏教も彼はゆったりと包摂してしまう。彼が高野山に隠栖したのは最晩年の五十九歳のとき、以後三年の瞑想の時を持ったのは、せめてものことというべきか。

この栄光と繁忙の人生は、彼と嵯峨のめぐりあいからきている。帝王の信頼をよせる僧侶だからこそ、何もかも頼まれ、彼もそれを断ることができない。しかし、彼が願文を書いてやった人の中には、伝記も伝わらない中級官人層もかなり多い。それは彼自身が権力志向型でない、心やさしき人物であることをしめしているのではないだろうか。綜芸種智(しゅげいしゅち)院(いん)を創立し、身分上の制限から大学へ入れなかった一般人の教育を手がけようとしたのも、当時としては画期的な試みで、権力べったりの人間からは出てこない発想であろう。

こうして空海の世界はぐんぐんひろがってゆくが、最澄は蹉跌(さてつ)続きである。この先その姿を書くのも気が重いほどに、彼の行くところには常に壁が立塞がる。

その差はどこからくるのか。

時代が変ったのだ。

　理想をかかげ、律令体制の建直しを計ろうとした時代は去った。天智、天武時代から奈良時代を通じて時代の枠組を作ってきた律令制は、どう見ても、自分たちの体にあわない部分がある、と現実主義者たちは気づき、

「律令制の原点に戻ろう」

などとは言わなくなってしまった。一面からみれば律令体制の崩壊であり、一面からみれば、変質、再生である。

　天皇のありようも変った。桓武は律令体制の建直しをめざし、理想を掲げて大胆な政策を打ちだしたが、嵯峨は現実面は臣下に委(まか)せ、洗練された文化面の王者の地位に安住する。すでに帝王は政治の全責任を担当して、悩み、呻き、傷つく存在ではなくなる。この性格は、二、三の例外を除けば、後々まで続き、日本の天皇の特性ともなるのである。

　魂を食い破られる王者が不在ならば、それに真剣に応える宗教者の存在も、したがって不要であろう。

　——魂の底よりの懺悔を。国家の支柱としての輝きを。

　最澄がむきになって叫んでも、答える相手はいないのだ。

『文華秀麗集』で見るように、嵯峨は最澄とも詩のやりとりはしているのだが、空海の場合と同じく、嵯峨の求めたのはそこまでであって、天台教学の奥義と真剣に取り組もうとしたわけではない。仏教には無関心ではないが、自分の仏道探究を国家の問題として考え

ているわけではないのである。

また作詩の才能についていえば、最澄には残念ながら空海ほどの輝きはなかった。根がまじめだから、はったりがきかないのだ。そこへゆくと空海の詩才は、あふれんばかりで、たとえば、こんなふうである。

　悠々たり、悠々たり、太(はなはだ)悠々たり
　内外の縑緗(けんしょう)千万の軸あり
　杳々(ようよう)たり、杳々たり、甚だ杳々たり
　道をいい、道をいうに、百種の道あり
　書死(た)え諷死(た)えなましかば、もと何(いかん)がせん

（『弘法大師著作全集』山喜房仏書林、勝又俊教氏編修による）

これは詩ではない。『秘蔵宝鑰(ひぞうほうやく)』という著の序章である。密教教学に関する著作で、人間の心のありかたを十にわけ、悟りへの道程を説き、それぞれの段階に小乗、大乗をあて最終の到達点を密教であるとする体系論をのべるものだ。

それにしても、読む方が照れてしまいそうなゼスチュアたっぷりの書きだしはどうであろう。それに続いてお目にかかったことのないような難解な漢語の羅列がある。空海の頭脳の中には、漢語辞典二十数冊分が収まっているに違いない。

これに比べれば、最澄の文章は率直だが、絢爛(けんらん)というには程遠い。しかも、その文章に

は、中国の玄奘三蔵の文章を手本としたものもあるという。これは木内堯央氏の指摘で（「最澄の企図したところ」『伝教大師と天台宗』所収、吉川弘文館）、もちろん真似したというより、一種の本歌取りともいうべき手法であるが、それ以外のものにも舌を巻くようなレトリックはない。それだけに彼の文章がまっすぐ魂を打つ響きを持つことはたしかであるが。

どんな文章を書くかは、天性とその後の研鑽の方法によってきまるもので、さて、どちらがすぐれているかは性急には言えない。フリルのついたロココ風とボーイッシュなスーツとどちらが好きかというような好みの問題でもあるからだ。

ただ当時の好尚からいえば、空海風のものが断然好まれ、最澄のそれが時流の外にあることはたしかである。優雅華麗な嵯峨朝の中で空海の文才は拍手をうけたが、最澄はそうした宗教以外の面で人の心を捉える術は持ちあわせていなかった。このことは、とりわけ書の分野ではっきりする。空海は芸術としての書を残している。つまり見せるための書である。そのみごとさが、嵯峨をとりこにするのだが、最澄にはそういう遺品はない。彼はひたすら天台教学のために、つまりわが志をのべるために書くのであって、その書蹟を褒められるために書いてはいない。誠実な書風には一種の風韻があるが、空海の書がプロ意識を持つとすれば、最澄のそれは、アマチュアのすがやかさに満ちている、というべきか。

こうして二人の間はひどく隔ってゆく。その意味で、最澄の消息に名づけられた「久隔帖」という題は、偶然のことながら極めて暗示的だ。二人を隔てたのは仏教観の差だけではない。また泰範をめぐる確執だけでもない。歴史が二人の間に、埋めようもない距離を作っているのだ。ここではもしも、というような仮定の入りこむ余地はない。

桓武と最澄のめぐりあい、両者の渡唐、年分度者の天台宗分に遮那業を抱えこんでしまった失敗。平城のクーデター……。財政の再建と律令制社会の変質。いずれもぬきさしならぬ型で歴史の中にはめこまれていて、その中で二人の距離はしだいにひろがってゆかざるを得ないのである。

そして『理趣釈経』および泰範の問題の後、二人は現実に、いよいよ遠ざかってゆく。すぐには実現しなかったにしろ、空海は高野山入りを願い、最澄は都を発って東国を目指すのである。

旅路をゆく最澄の後姿には疲れがにじんでいたかもしれない。

空海との間が決裂しただけではなく、目指す天台宗の確立も一向に進まない――というより、絶望に近い状態にあったからだ。たしかに桓武の死の直前、天台業を専攻する年分度者が認められて以来十年、順調にゆけば、弘仁六（八一五）年までに、二十人の僧侶が比叡山で天台教学の研修にいそしんでいるはずであった。

ところが――

どうだろう。最澄の許にいるのは、たったの六人なのだ！

残りの十四人のうち、早逝した一人は仕方がないとして、後は全部山を下りてしまった。

「老母を養わねばなりませんので」

「諸国を巡遊して修行したいので」

理由はさまざまだが、中には、天台研究を放棄して、法相宗に行ってしまった者もかなりいる。今残る『天台法華宗年分得度学生名帳』の語るところは悲痛である。

光智　法相宗相奪フ
光法　法相宗相奪フ
光善　法相宗相奪フ
光秀　法相宗相奪フ
円貞　別勅、法相宗相奪フ

たしかに、荘厳された奈良の興福寺の伽藍を拠点とする法相宗は、依然宗教界では力を持っているし、それに比べればみすぼらしく、不便な叡山一乗止観院での修行などする気になれなかったに違いない。

彼ら修行者も時代を見ることには敏感だったはずだし、桓武亡き後の世の推移を眺めて、ひそかに、

——もう澄和上の時代じゃないな。

と思ったのではないか。

それに、当時、嵯峨が最も敬意を払っていたのは、法相の碩学、大僧都玄賓（げんぴん）だった。プライベートな御趣味の相手としては空海がお気に入りではあったが、依然、公的、社会的には法相の優位を認めていたことにもなろう。高齢の玄賓は度々大僧都の職を辞すことを願ったが許されず、それをふり払うように地方の寺に隠栖すると、嵯峨はねんごろに呼び

戻したり、手厚い布施を与えたりしている。

大僧都というのは宗教行政のトップだから、いわば宗教界は法相学派に占められているわけである。年分度者たち——宗教官僚の卵の目には、

——まだまだ法相の時代は続く。

と映ったことだろう。

最澄はここでも途方にくれざるを得ない。中国から持ち帰った天台法文の書写は遅れに遅れて、やっと弘仁六（八一五）年に完成し、「摩訶止観」の題字を書の得意な嵯峨に金字で書いて貰って七大寺に安置するところまで漕ぎつけたが、天台教学普及への展望はひらけそうもないのである。

その中で、弘仁八（八一七）年、彼は東国に旅立つ。唐突にも思えるその行為の謎を解いてくれるのは、じつはさきに挙げた『年分得度学生名帳』なのだ。ここで先刻とは逆に、旅立ち以前、最澄の許に残っている六人の中で、出身のはっきりしている者をあげてみる。

光定　伊予国風早郡出身
徳円　下総国猨島（さしま）郡出身
円仁　下野国都賀郡出身

それに最澄の渡唐に通訳として随行した義真（相模国出身）と、泰範の相弟子で空海の許に派遣され、密教を学んできた円澄（武蔵国埼玉郡出身）を加えると、最澄門下のほと

んどが、東国出身であったことにも気づかされる。そして、このときの東国旅行には、その中の円澄、円仁、徳円が同行していたことがたしかめられる。つまり総元締の義真と伊予出身の光定を留守居役に、最澄教団は総力をあげて東国へ向ったというべきだろう。つけ加えると、最澄の東国行きを弘仁六年とする説と二年後の弘仁八年とする説がある。ここでは諸家の研究の結果を拝借して、史料的にも妥当と思われる八年説に従っておきたい。

なお『叡山大師伝』は、これに先立ち、弘仁五（八一四）年に、最澄が九州に行ったと記している。先年の渡唐の折、八幡宮に無事を祈り、その加護によって望みが果たされたことを感謝して、『大般若経』以下を奉納するためにかの地に赴き、八幡大神および賀春（香春）神の感応があったとするのだが、東国に見るような生きた人脈のひろがりをたしかめられないので、一応留保をつけておく。渡唐前に、最澄は九州に一年ほど滞在をやむなくされている。このことの記憶との混同があることも想像されるのだが……

最澄は東山道を経て、信濃から東国入りした。いま彼の前に、西国とは異質の荒々しい姿をさらそうとしているこの地について、改めて考えなおしておきたい。それは、最澄の東国行きは、現在の感覚での地方巡教、または単なる田舎巡りではない、ということへの基本的な確認作業としてである。

東国については、まだ未知の部分がある。日本における東国とは何だったかという歴史考察が足りないためだ。が、少なくとも、中央の大和政権への服属の遅れた地域であることだけはいえると思う。筑紫における磐井の反乱が九州の中央への服属の歴史を語るように、それは多分、毛野国の終焉という形で確認されるのではないか。東国における大古墳を手がかりに、その謎は次第に解明されつつあるようだ。

それ以前、東国には東国なりのすばらしい独自性があった。装飾古墳がそれだ、という人もあるし、東国の先進性を主張する向きもある。が、一方毛野氏の降伏によって、東国の独立の歴史にピリオドが打たれ、後進性が決定づけられたこともまた事実で、以来、東国は中央の前にひざまずき、いわゆる植民地的支配に甘んじるのである。それは、都会と田舎とか、洗練と野鄙といった程度の差ではなく、歴然たる差別と被差別、支配と被支配の問題だった。

それを証明する一つは、渡来系の新入植者の送りこみである。さらに防人の徴用がそれであろう。はるばる西の防衛に東国人が起用されたのは彼らが勇猛だからではない。中央政府は彼らのお膝元にいる生産性の高い農民の労働力を温存するために、軍事労役は後進の東国植民地人民に負担させたのだ。また東国が泣く泣くそれに従わざるを得なかったのは『万葉集』に見るとおりで、ここにあからさまな支配と従属のかたちを見ることができる。

第三に、東国の植民地性をはっきりさせるのは、他ならぬ仏教面においてである。鑑真が来日して、東大寺に戒壇が設置され、三師七証――つまり三人の指導的役割を演じる高僧と七人の証人役の高僧の立会の許で授戒の儀式が行われるようになった後、しばらくして、東国と九州にも戒壇が設けられた。これを単に遠隔地での受戒僧の便宜を計るため、とするのは誤りで、唐制によれば、中央の戒壇は十師によって授戒儀を行うが、地方のそれは、五師でもいいことになっているのを模したものだ。この「地方」というのも、宗主国に対する服属国であって、このあたりに中華思想を見ることができるのだが、日本の場合もまさにそれだった。そのころの日本の政治の推進者は、やり手の藤原仲麻呂で、彼の中にも、唐文化の直訳ふうの日本的中華思想ともいうべきものがあり、奈良の中央政府としては、従属する国に五師の戒壇を置かねば気がすまなかったのだ。その戒壇の設置場所が、山陽でもなく、中部地方でもなく、東国と九州だったことは、この両地方を植民地とみなしていたからにほかならない。

もっとも、最澄の頃は、防人の制は廃止されていたし、東国戒壇（下野の薬師寺にあった）の授戒儀もどの程度行われていたか、もう廃れてしまったと考えた方がよさそうなのだが、しかし桓武朝には、蝦夷出兵の兵役、兵站の義務は重くのしかかっていたし、意識の上では、依然、東国が植民地として捉えられていたことはたしかである。この意識はむしろその後も長く続いた、と私は思っている。

とはいうものの、「植民地東国」のすべてが貧しくみじめで非文化的だったわけではない。開拓の推進力となったであろう渡来系の人々は、高い技術水準とともに、祖国から携えてきた精神文化を棄てはしなかった。

そのことを折に触れて語って下さったのは、関東考古学に詳しい金井塚良一氏である。東大寺創建以前に、東国にはかなりの数の寺院があったという。それを雄弁に物語るのは、最近あちこちで発掘されるおびただしい古代瓦である。依然中央から差別の眼差をむけられながら、一方の極には進んだ文化伝統を持つ、ちょっとアンバランスな東国——。考えてみれば、最澄に従う東国出身の僧侶たちは、いわばその文化伝統の中で育まれたエリートではなかったか。

いま彼らとともに、最澄は東国をめざす。そのとき、多分、最澄は、二人の僧侶の姿を思いうかべていたはずである。

一人は道忠。じつはもう彼はこの世にはいないのだが。

「道忠法師、せめて御生前にひとめお目にかかりたかった。そしてお礼申しあげたかった」

道忠は鑑真の弟子で、かつて叡山に籠っている最澄の請に応じて、多くの経文を書写して送ってくれた人物である。そして彼亡きいまも、その弟子たちが、上野の緑野寺で最澄のために写経に励んでいるのだ。

写されたのは、『法華経』千部、八千巻——

おそらく彼らは最澄の到着を待ちかねていることだろう。

もう一人は広智。下野の大慈寺にいる。すでに最澄は彼に書簡を送っていたのではないだろうか。

「広智法師、再会を楽しみにしている。旅立つときまったその日から、円澄、円仁、徳円らと、法師のお噂をしない日はない」

円澄と広智は、ともに道忠門下、そして、円仁と徳円は広智の弟子なのである。いわば故道忠と広智が、大きな求道精神の環を関東にひろげていたといっていい。今度の東国行きは、だから、広智と円澄、円仁らが連絡をとりあって計画し、最澄を促したものではなかったか。

広智は大同年間に、はるばる叡山に最澄を訪れている。広智については三度叡山に登ったという説もあるが、佐伯有清氏は『慈覚大師伝の研究』の中で再検討され、確実なのは大同五（八一〇）年一回、としておられる。氏の綿密な研究に従って、最澄との対面はこのときとしておきたいが、広智についてこういう伝説が生れるくらい、二人の仲は親密だったともいえるだろう。

では、東国入りした最澄が先ずめざしたのは緑野寺だったか、大慈寺だったか？　これも諸説あるのだが、残された史料から、まず大慈寺へ、と考えておきたい。それでは信州から下野へはどの道を通ったのか？　具体的なことになると、わからないというのが正直なところである。

じつは執筆前に信州へ行ってみた。常識的に見れば、官道である碓氷峠越えと考えるのが妥当だが、その近くに入山峠越えというコースのあることを発見した。しかし、信州で聞いた話では東国への道は実際には数えきれないほどあるのだそうである。鉄道が作られ、自動車での往復が盛んになると、かえって道は限定され、土地の人々が気軽に歩いて越えた道は忘れられてしまう。そうだとすると、最澄の歩いた道をこれときめることは断念しなくてはならないが、いまだに多少の未練があるのはこの入山峠越えである。軽井沢側から上ってみたが、道もさして嶮峻ではないし、思ったよりも早く頂上に到達できる。

――さすが昔の人は、いい道を見つけたものだ。

と峠越えの知恵に感心するような道だ。頂上には近年発掘された祭祀遺跡がある。旅人が峠越えの無事を祈って捧げた土器などが発見され、この道が古くから使われていたことを証拠づけている。この峠越えの道に沿って作られたのが、軽井沢のバイパスで、現代人は故智を生かして新しい道を作ったわけだ。

頂上に立ってふりむいたとき、思わず、息を呑んだ。西の空いっぱいにひろがる浅間山の雄大さ……。こんな堂々たる姿は、これまで見たことがない。雲一つない快晴に恵まれたせいもあったが、尾根から麓まで裾長に伸びる線がさわやかで、これほど姿のいい浅間を捉えることのできるのは、ここしかないのではないかと思った。

最澄たちは、この麓を通り、浅間の姿を見つづけてきたはずだけれども、

「和上、ごらんください」

弟子に指さされてふりむいたとき、

「ほう……」

彼は改めて旅の感慨にふけったのではないだろうか。

「いよいよ浅間も見納めでございます。これからは東国に入ります」

まさしく、ぐるりと峠を廻ったかと思うと、たちまち景観ががらりと変った。

「やあ、これは」

思わず声をあげたに違いない。突兀たる連山の奇景が、空を区切っている。妙義が屹立しているのだ。

「おお、これが東国の山か」

何という山容の違いだろう。風の激しい荒蕪の地と聞いたが、人をやさしく迎え入れる山の形ではないな、と思ったかもしれない。

下り坂はかなりの道のりである。決してらくとはいえないが、下るにつれて、最澄は、この荒々しい風土に、思いのほかに季節の訪れの早いことを感じとったに違いない。彼らが峠を越えたのは、陰暦三月の初めと思われるので、信州側の木の芽はふくらんでいても、まだあたりは枯れ色の風景だったはずだが、麓に近づくにつれ、稚い緑がちらつき、下りきったあたりには桃の花がすでに盛りであったろう。

峠を越えてしまえば下野の大慈寺までは、ほとんど平坦な道が続く。所々に丘陵が起伏を見せるだけの、とほうもない平野のひろがりは、最澄の眼には、ひどく無愛想に映ったかもしれないが、やがて、円仁は、なだらかに重なる丘陵を指さして言ったはずである。

「あれが三毳山（みかもやま）です。私はあの麓で育ちました」

そこから大慈寺まではごく近い。待ちかねた広智は弟子たちを引き連れて、門前に出迎えていたのではないか。

「おお、和上。よくぞここまで」

最澄もまた、

――思いきや、この地に君と相見んとは。

と感慨を深くしたことだろう。この足が東国を踏んでいるという事実が半ば信じられないほどだったかもしれない。東大寺で受戒の日、渡唐の日、東国に在る自分の姿を想像できたろうか、と……

大慈寺で待っていたのは、広智たちだけではなかった。ここでも八千巻の『法華経』が書写されて、最澄の到着を待っていた。この『法華経』を納めた宝塔を建て、これを法華世界のシンボルとしようというのである。上野の緑野寺の写経千部八千巻もそのためであったが、最澄の構想はさらにスケールが大きく、全国に六つの宝塔院を建てるつもりだったという。

中央の安中、安国は叡山の中に。
東国は安東の上野緑野寺と、安北の下野大慈寺。
西国の安西、安南の塔は、大宰府近くと、宇佐郡の香春神宮寺に。

この発想は東国行きの後だともいわれ、実際にこのとき塔が建立されていたかどうか、確かめるすべはないのだが、ともあれ、現在大慈寺と緑野寺の後身である浄法寺には、江戸時代に再建された宝塔がある。五重塔とか多宝塔とは全く違った異形の塔で、ふつうの五重塔の相輪の部分だけを地上に据えたような銅塔で、これを相輪樘と呼んでいる。最澄が発願した当時のものもそうだったのかどうかわからないが、塔身には、それぞれ享保十（一七二五）年、寛文十二（一六七二）年の銘を持つ由来記並びに寄進者名が刻んである。

最澄はここで毎日『法華経』および『金光明経』『仁王経』の長講を行ったという。『叡山大師伝』はこの教化の及ぶところ百千万をこえた、と書き、鎌倉時代に成立した『元亨釈書』も、上野緑野寺で九万人、下野大慈寺で五万人の人が教化をうけたとしている。それらの数字をそのまま信じることはできないにしても、最澄が帰国以来念願していた法華経精神の宣揚が、東国で実現されたことはたしかであろう。しかし、それをすなわち、最澄の名声、人気、と考えることにはためらいを持つ。むしろ最澄を支えた東国出身の僧侶たち、そしてさらにこれを支える根強い基盤に、眼をむけるべきではないか。

ここで写経というものを、もう一度みつめ直してみたい。現在はなぜか写経ブームで、それこそ筆と紙があれば、簡単に『般若心経』の一巻くらいは書きあげることができるが、当時の写経はそんなお手軽なものではなかった。まず料紙を漉かせる。筆墨を調える。これらは当時の文化的な高級品である。千部八千巻を達成する費用は莫大なものだ。これをなしとげるには、大慈寺なり、緑野寺なりを支える経済的バックを考えなければならない。

それは多分、円澄、円仁、徳円らを都に送りだした地盤と同じものだろう。渡来系の人々の先進性の名残もあって、植民地東国にも、こうした知的、経済的なレベルに達した階層が成長しはじめていたはずである。たしかに東国は蝦夷出兵でひどい負担を背負わされた。こうしていよいよ窮乏に追いこまれる人間がいる一方、彼らの手放した土地をかき集めたり、窮乏者を隷属させて要領よく富を蓄積した連中がいたこともまた事実であろう。

この現象は東国には限らなかったし、また、これ以前からも徐々に生れていた、一つの社会の変質であるが、政府がこれに対応する姿勢を示しはじめるのもこのころで、先に書いた実務派官僚は、経済再建のために救貧政策を打ちだすとともに、これら富裕層の掌握へと意欲を見せはじめるのである。

つまり、八千巻の『法華経』の背後には、ある経済的レベルに達した階層がいたということだ。その連中が写経という知的、精神的な作業にすんなり結びついたのは、植民地であるだけ、政治の渦から遠ざけられていたからではあるまいか。これは授戒をめぐる諸問題についてもいえることで、鑑真のもたらした戒律も、中央では政治の波に揉まれて、すぐ風化してしまったが、むしろ、その精神面は東国の道忠のような人物にうけつがれている。鑑真の弟子中、持戒第一と称された彼の持つ意義は、だからじつに大きい。そのことはまた触れるつもりであるが……

ともあれ、最澄の長講に集まったのは、こうした東国の富裕者たちだった。してみれば百千万はもちろんオーバーだが『元亨釈書』の数字も多すぎはしないか。これらをそのまま鵜呑みにして、最澄が民衆の支持を得た、というような表現をすることには、私は首を傾げざるを得ない。当時の東国の一般庶民は、まだ竪穴住居での生活を続けている。畿内ではすでに竪穴住居はどんどん減っている時代だが、まだ東国がその段階には入っていないことは、私自身幾つかの発掘現場で見てきている。家族四、五人がやっと生活できる住居で暮らす彼らに、写経の寄進ができたろうか。むしろそれより上放れた富める人々――それは円仁、円澄を生んだ階層でもあると思うのだが、そういう人々こそ『法華経』の寄進者であり、長講の聴聞者だったはずである。

ともあれ、最澄の意図の一つは達せられた。

――遥かな山路を越えてきた甲斐があった。

と最澄は思ったろうし、かねがね故国と連絡をとり、お膳立てをしていた円澄、円仁らは、ほっとした思いで、広智に礼を述べたことだろう。

「すべては師のお力によるものです」

勢いを得た最澄は、ここで、もう一歩大きく踏みだす。

三月六日、広智と、彼に師事した後最澄の許で研鑽してきた徳円に灌頂を授けるのだ。

そして同日、広智ともう一人の弟子に、円頓菩薩大戒を。

灌頂は、密教系のセレモニーである。ここには空海から伝法灌頂をうけられずに悩んだ最澄の面影はすでにない。それまでに、

——自分は自分の道を行くのみだ。

と決心をつけたかに見える。空海の許で修行していた円澄が帰ってきて、彼を力づけたこともあったかもしれない。最澄が唐で灌頂をうけた順暁は、空海が師事した恵果とは兄弟弟子だといわれている。しかも恵果は空海に会ってまもなく世を去ってしまったのだから、空海が師事した期間も僅かにすぎない。

——とすれば、何の憚ることがあろうか。

最澄も自信を深めたのであろう。

じつはこれより先に、空海は、広智や緑野寺の教興らに、真言密教の経典の書写を依頼している。最澄を支持したと同じ東国の基盤に目をつけていたわけで、教興はそれに応じて写経を空海に贈っている。ただ空海は弟子を派遣しただけで、みずから姿を現わしているわけではないので、最澄の方は機先を制して、みずから東国に乗りこみ、地盤を固めたともいえる。その意味では、このときの灌頂にはかなりの重要性があるというべきだろう。

しかし、より注目したいのは、同じ日に彼が広智、円仁に授けた円頓菩薩戒だ。

この菩薩戒は梵網戒(ぼんもうかい)ともいうもので、十条の重大な戒と四十八条の比較的軽い戒を守るということを誓わせるものだ。華厳思想にもとづく戒律観で『梵網経』に詳しく説かれている。

先にも触れたように、鑑真は来日してすぐ、これを聖武上皇はじめ光明皇太后や僧侶たちに授けている。つまりこの戒は、僧俗ともに受戒できる戒なのである。ついで戒壇院ができあがると、鑑真は僧侶に具足戒を授けた。三師七証が並ぶ中で二百五十の戒律を守ることを誓わせる儀式である。この具足戒の授戒は以後毎年行われたが、梵網戒の方はいつか忘れられた。ひとつにはこの戒の性格がわかりにくかったからだろう。あるいは、僧俗ともに授けられるということで何かお手軽なものと思われたのかもしれない。

いや、それだけではない。当時政府が望んだのは、戒律精神の普及ではなく、具足戒を受けているかいないかで僧侶をふるい分けることだった。当時の僧侶は国家公務員で、免税の特権もあったために、いかがわしいにせ僧侶があふれていた。これに歯止めをかけ、僧と僧でないものを選別する手段に授戒が使われた、というのが実態だった。だから僧俗ともに受ける菩薩戒などは必要がなかったのである。

梵網戒がいつから廃されたか? そのあたりは、はっきりしないのだが、少なくとも最澄の時代には忘れられていたことはたしかである。なぜなら唐に渡ってから、最澄は義真ともに道邃からこの戒を授けられているからだ。一方の具足戒は最澄は東大寺での受戒がそのまま通用し、その儀にあずかってない義真だけが国清寺で受戒している。そのことから逆に推せば、最澄は唐で初めて梵網戒に出会った、と見てまちがいはない。

この梵網戒の記憶が、じつは東国には残っていた。授戒の儀式としてではなく、戒学の流れとして……。具体的には、鑑真に師事した道忠が師から聞かされるという形だったと思う。東国戒壇の設立にあたって、都から派遣されたのは、鑑真門下の唐僧、恵雲と如宝だったが、地元勢として協力したのは、多分道忠と思われるし、当然、ここで戒律についての研鑽が行われたことだろう。道忠が鑑真の弟子中「持戒第一」とされたというのも、戒行の実践者という一面とともに、戒律学についての造詣の深さという面も考えておいたほうがいい。

もちろん、最澄は道邃から授けられたこの戒を、帰国後すでに弟子たちに授けてはいる。大同元（八〇六）年十一月二十三日、円澄を首座として百余人に授戒した、という史料があるが、しかし、なぜか最澄の関心は、その後、密教の灌頂の方へ傾き、連綿として梵網戒の授戒に励んだという史料が見出せない。大慈寺での受戒まで円仁が梵網戒を授けられていないというのもその間の事情を物語っている。

が、最澄の中で、梵網戒への関心が全く失われたのではなかったのだ。とりわけ、師の広智から道忠の戒学について聞いていたに違いない円仁や徳円との話しあいの中で、ふたたび梵網戒への思いがめざめ、その帰結が、東国における三月六日の菩薩戒授受となったとも考えられる。

受戒の後、広智は興奮も醒めやらぬ面持ちで言ったのではないか。

「道忠師は、この戒について、よく語っておられました。鑑真和上も、具足戒と梵網戒を車の両輪のように考えておられた、と。その戒を澄和上がかの国で授けられたということで、鑑真和上の御精神はよみがえりましたな」

鑑真から道忠へ、道邃から最澄へ、二つの環が微妙に重なりあいながら、海の向うと響きあっていることに、最澄も深い感動を押えることができなかったろう。

「そうです、この戒こそは大乗精神にのっとった金剛宝戒なのです」

金剛宝戒――ダイヤモンドに比すべきこの戒にかの地で触れたことの意味を心に深く刻みこんだのはこのときではないか。

後に触れるように、都に帰った最澄はその翌年、叡山における僧侶養成の新構想を思いたつが、そこで授けられるべき戒として、彼は梵網戒を考えている。こうした行動が東国からの帰国直後だったことから見ても、三月六日の授戒は重要な意味を持つ。

五月になると、彼は上野の緑野寺に向って旅立った。一行の中には広智に加えて、一人の少年の姿を見出すことができるだろう。その名は安恵。広智に師事していた十三歳の少年は、これを機に、最澄の門に入ることになった。かつての円澄、円仁が、東国の野から中央へと飛翔する姿を、この少年に見ることができる。彼はまさしく彼らの後継者で、最澄の死後、座主の座は、義真、円澄、円仁、といずれも東国出身の僧によってうけつがれるのだが、その跡を継いで四代座主となるのは、彼なのである。

五月十五日、最澄は胎蔵金剛両部曼荼羅壇において、円澄と広智に両部灌頂を伝えた、といわれている。空海とは訣別して独自の道を歩もうとしている最澄の姿が、ここでもはっきり印象づけられる。現在群馬県多野郡鬼石町にある浄法寺は、この緑野寺の後身と伝えられている。さりげないたたずまいは、由緒を知らなければ、うっかり見過してしまいそうだが、この寺の歴史を見ると、はたせるかな道忠に行きつく。

もう一つ埼玉県比企郡都幾川村に、道忠開山と伝える古刹、慈光寺があり、彼が上野から武蔵にかけて影響力を持っていたことがわかるし、武蔵出身の円澄が道忠の弟子だったことにも納得がゆく。この両寺の距離はさほど遠くない。つけ加えると、往時の緑野寺は現在の浄法寺からやや離れた神流川沿いの地にあったといわれている。古瓦の出土もあって可能性は強いが、川の流れには大きな変遷もあるので、今後の調査に期待したい。

最澄は緑野寺でも法華長講を行ったようだ。宝塔の建立、『法華経』の講筵――。彼の教化活動はかなりの成果があったといえるが、むしろ、それ以上に、彼が東国から得たものは大きかったのではないだろうか。未知の東国が喚起したもの、これは以後の彼の生涯に大きな意味を持つはずだ。その一つは、両寺の支持者の存在を、彼がその肌で感じたことだ。国費ないしは天皇の援助を当然とする中央とは違うものがあること、いわば平安朝の中にうごめきつつあった新顔の富裕の民の顔を彼は見た。そして、この後彼と密接な交渉を持つようになる中央のリーダー藤原冬嗣が掌握しようとしているのはこの階層である。もちろん、これは後世の我々が、歴史の流れをみつめるとき、やっと、ああ、そうだったな、と思うくらいのことなのだが、ともかく桓武を失い、時流からはじき飛ばされていた観のある最澄の立場は、ここでいささかの変り目を迎えたようだ。

もう一つは梵網戒の再認識だ。このことがいかに彼を力づけたか。戒というものに対する革命的な認識の変化は、この東国で、広智やそのほかの道忠の門弟達との真剣な話し合いの結果であることはまちがいない。政治の稀薄な、それだけ精神の純粋性が保たれる環境にあって初めて許される純粋な戒律論が、最澄の精神をみずみずしくよみがえらせたに違いないのだ。

緑野寺を出て、都をめざした彼がどの道を辿ったか、これも不明というほかはないのだが、鬼石から下仁田へ出て、妙義山の裏側を廻って内山峠を越える道も、候補の一つとして考えられる。上りは多少疲れるが、峠を越えれば、やがて佐久平(さくだいら)が開けてくる。最澄の足はやはり疲れていたかもしれない。しかし、往きに抱えていたやりきれない絶望の思いは、もう胸を埋めてはいないはずだ。

——叡山に帰ったら、やらなければならないことがある。

将来に向けての意欲が燃えはじめていたのではないか。

ではなぜ梵網戒なのか？

その理由と、戒の内容について説明を加えるべきところだが、これはこれ以後の彼の悲痛な運命にも深くかかわることなので、その部分に譲り、ここでは東国行きと必然的にからみあった形で展開されるトラブルに触れておかねばならない。

『法華経』を中心に据えようとする最澄に手ごわい論敵が現われたのだ。彼の名は徳一（とくいっ）。そのころ会津にいた。南都で法相教学を学び、早く東国に下り、常陸（ひたち）や会津地方に多くの寺を開いた、といわれている。彼はどうやら法相の中でも一匹狼で、南都の僧侶のありようにも不満を持っていたらしい。最澄が、弘仁四（八一三）年ごろから南都へ出かけ、法相の僧侶達と法論を行っていることはすでに書いたが、そのときの南都の対応を、徳一は、

「手ぬるい」

と思ったらしく、最澄に論争を挑んできた。これが最澄の東国行きの直前で、最澄の東国行きの一つの理由を、徳一らの法相勢力との現地対決だったとする見方もある。ただし、現実には、徳一が会津からやってきて論戦に及んだ事実はない。両者の間は論争文のやりとりの形で行われているのだが、ともあれ、宝塔の建立、『法華経』の長講といった最澄の試みが、徳一を苛立たせ、いよいよその筆鋒を鋭くさせたことはたしかだろう。

ちなみに、徳一には藤原仲麻呂の子だという説があるが、これは信じがたい。奈良末葉

の辣腕政治家仲麻呂は、孝謙女帝、道鏡と武力対決して敗北するのだが、このとき一族は全滅し、わずかに罪を免れたのは、息子で刷雄(よしお)ひとりである。彼が仏教に関心を持っている、というのがその理由だが、刷雄はその後も中級官僚として生き、ひっそりと世を終っている。だから徳一については、出自不詳、年齢不詳というよりほかはない。

もちろん彼の論争の動機はシェア争いではない。むしろ、

「『法華経』とは何か。それが最高の経典か」

と真向から問いかけてきたのだ。これも東国の純粋さといえるかもしれない。

徳一の批判は法相教学に拠っている。法相では、『法華経』を最高の経典とは見ていないのだ。人々を教化するための、権(かり)の教だ、としているのだ。なぜなら『法華経』はすべての人間は悟りに到達することができる、と説くが、それは正しくない。人には差があり悟りに達する段階を異にする。また中には全く悟りの可能性のないものもある。それをすべて悟れるとするのは真実の教とはいえない——というのが徳一の言うところである。

これに対し、最澄は反駁(はんばく)する。すべての人は悟れる可能性を持つ。つまり誰でも救われるのだ。それが仏教の根本精神で、これを説く『法華経』こそは真実の教えである。というように……。両者の論争は度々くりかえされた。徳一の著作として、まとまったものが残っていないが、最澄の著書に残るものを拾っても、かなりの分量のものだったことがわかる。最澄の反論も、いわば彼の全著作の半ばをしめており、両者がまさに智力を傾けて、

押しあっているという感じである。じつは前に大正大学に聴講に行っていたころ、最澄の書いた論争の一部をゼミで読ませてもらったが、きわめて難解だった。

一つはその中に多数の仏典の引用があって、それを知らない者にはなかなか理解できないこと、論理の立て方がどこか現代の我々と違うので、そのギャップが埋めにくかったからだった。それでも読んでいて感じられるのは、最澄がひたすら『法華経』の真理をわからせようとする、その情熱のすさまじさだ。本気で相手になって、ごまかしのできないあたり、いかにも最澄らしい。それは喧嘩相手になるというより、何とかわからせようと、愚直なまでに一々反論する、正直すぎるしつっこさとでもいおうか。しかもこの論争は、その後も長く続くのだ。

宗門外の人間には、わからないところも多いのだが、読んでいると、徳一の言うこともっともだ、と思うところも、じつは出てくる。最澄はそれに対して必死になって反論している。徳一のよりどころとする法相教学は、天台大師智顗がその教学を完成した後に成立した。玄奘三蔵がインドから精緻な論理学を持ち帰って確立したものだから、それだけの鋭さもある。が、ある所ではちょっと次元の違う議論をしているのではないか、と思うところもあり、二人の論争が、ひどく徒労のようにも見えてくる。

彼らの勉強の足許にも及ばず、知識のない者が大それたことを言うようで気がひけるのだが、ただ我々は、彼らより千百年余り後から生れたおかげで、『法華経』がいつごろ成立し、どのような状態に応えた経典なのかということは知っている。すべての経典を釈迦一代の説法だと解する立場に立つ二人とは違った角度から見ることができるのだ。釈迦一代の教だと思うからこそ、真実の教か権の教かということが問題になるのだが、数百年かかって、仏教がいかに受容され、いかなる経典を成立させたか、と考えれば、問題は別になろう。その視点が脱けていることが後世の我々には何とももどかしい。いわば『万葉集』と西鶴の『五人女』のどちらが真の日本文学か、といっているようなところがあるからである。

ただ、この中で最澄の『法華経』観は、より研ぎすまされた。論争の煩わしさの中で、最澄の『法華経』への絶対帰依は明確になっていく。論争に関する最後の著作ともいうべき『法華秀句』はもはや相手を捩じ伏せるためというより、わが裡なるものをみつめた、殉教者の澄みきった信仰告白に似た趣を持つ。あたかも、

「そうなのです。自分の信じるのはこれしかないのです」

と天台大師に向って言っているかのようなのだ。

とはいうものの、私には、徳一との論争に精力をすりへらしてゆく最澄が痛ましい。師と仰ぐ天台大師智顗は、中国仏教を巨視的に捉えて体系づけた最高の智者ではなかったか。彼が『法華経』を認めたのは事実だが、その寛やかさ、スケールの大きさを備えて、仏教全体の総合的把握を打ちだしてこそ、最澄は日本天台の祖たり得るのではないか。残念な

がら、彼はそこまで手が届いていない。

もしも最澄が密教に足を掬われず、『法華経』論争にこれほど精力を費さないですんだら、おそらく日本の仏教は全く別の展開を見せたかもしれない。彼の弟子たちは密教に心を残して死んだ師の意を体して、空海を超えることに必死になった。円仁、円澄はその意味では優秀な後継者だったが、そのために日本仏教は呪術的、神秘主義の翳を濃くする。智顗的な仏教の体系的把握の軌道からは大きく逸れてしまう。

ここで思い起すのは桓武の生涯である。律令体制の再建、革新政治の理想を掲げながら、彼の生涯で得たものは、およそその志とは違ったものだった。最澄にも似た思いを禁じ得ないが、桓武と違うのは、彼自身がその空しさにまだ気づいていないことだ。絶望的状況にありながら、彼は依然、きまじめで必死である。そこから、なお輝こうとしている。それがより痛ましく、心を撃つのである。

わがために仏を作ることなかれ

人間が三年後、五年後の将来を予見することはほとんど不可能である。しかし、あたかも無意識下にそれを覚ったかのごとく、その生涯をしめくくる仕事に全力を傾注して死んでゆく人間もいる。

最澄の場合をそれにあてはめることは可能だし、またそう書いた方が感動的であるかもしれないのだが、私はあえてそういう立場をとるまい、と思っている。未来からの照射に同感するより、相変らず史料の上を這いながら、歴史の中から最澄の姿をみつめて行きたいのだ。

ともあれ、終楽章は始まろうとしている。最澄自身は気づかないことだが、彼の余命はもう五年とは残っていないのだ。

しかし、この時期、最澄は東国行以前に比べ、意欲的で気力に満ちていたはずだ。東国からの帰着は、早くとも夏の終りか秋の初めと思われるのだが、杉木立の深い緑に包まれ

た叡山の庵室で、すがやかな光を増しつつある月を眺めながら、

——いい旅だった。

東国の曠野を、改めて思い出していたことだろう。広智以下のもてなしも心にしみたが、それ以上の大きなものを彼は得た。

一つはかの地で投げかけられた徳一からの批判である。じっくり反論を書くのはこれからだが、旅の道すがら、

——法相と天台とは考え方の基盤が違う。とうてい両立はできない。

と考え続けてきた。根本的な差から眼をそらしていたのが生ぬるかったのだ、と最澄は決意を固めたに違いない。

もう一つは、円頓菩薩戒——梵網戒の再認識である。天台大師智顗も、この戒を説く『梵網経』を高く評価し、その注釈を書いている。

——天台宗の戒律として、これを根本に据えるべきではないか。

法相への訣別と、この梵網戒への再認識は、しかも、問題の裏表という関係にある。

これまでの最澄の認識は、天台宗は確立させたとはいえ、これを大きな日本仏教の枠の中の一つと考えていた。つまり法相、華厳、三論、律が並存し、そこに天台も加わる、というふうに……

が、それではだめなのだ。

——天台は独自の道を行くべきだ。

と彼は考える。そこでの壁は授戒の問題である。東大寺の戒壇で受戒しなければいけないというのが、これまでの鉄則だから、独自の道を行くとはいいながら、結局南都の仏教に従属しなければならなくなる。これまでの年分度者が、せっかく得度しても、比叡山に居つかず、法相に流れてしまうのはこのためなのだ。

——そうならないためには、独自の授戒を行って、純粋な天台僧を作り出さなくては。

そう考えたとき、最澄の中で梵網戒が輝きはじめる。かなり大胆な決意である。当時の比叡山には、一乗止観院はじめ、ぼつぼつ堂宇は建てられてはいたが、実態は地方の小さな山寺(やまでら)にすぎない。中央の東大寺はおろか、他の官寺のような国立の寺院ではないのだ。そこを東大寺並みに授戒のできる場所としようというのは、たとえば、町の私塾の卒業生を、東大卒業生と同じ資格を持つものと認めさせようというようなものだ。

このいわば破天荒な思いつきが実現できるかどうか?

それを考えぬき、弟子たちと討論もし、模索し続けた期間が、東国から帰った弘仁八(八一七)年の後半から翌年の前半であった。水面下に潜ってはいるが、最澄が最も輝いた時期といえるかもしれない。梵網戒が輝き、その照りかえしをうけつつ、最澄の信念が確固たるものになりつつある。真の宗教者というものは、常に現状に対する批判者である。

釈迦もそうだし、キリストもそうだった。最澄も仏教の枠内ではあるが、いま革新をめざしている。温雅な白皙の顔には、いつもの通りおだやかな笑みが湛えられていたとしても、その底にある精神の輝きに、このときほど弟子たちが打たれたときはなかったろう。

義真、円澄、光定、円仁……

彼らは師の下に団結している。無謀ともいえる提案をしようとしている最澄の下からは、かつてのような脱落者はひとりもいない。

やがて、一つの結論が出た。

「天台法華宗年分学生式（てんだいほっけしゅうねんぶんがくしょうしき）」

後から提出されるものとあわせて『山家（さんげ）学生式』とよばれるものの一つだ。

国宝とは何物ぞ。宝とは道心なり。道心あるの人を名づけて国宝となす。

からはじまる有名な文章である。当時の他の文章に比べて気づくのは、余分の装飾がほとんどないことだ。極めて簡潔で、ひた、と相手の瞳をみつめてものを言おうとしている。

天台宗を南都の各宗とは範疇の違うものとし、その修行に打ちこむものを、南都の僧とは別のものとすべきだということを、いかにして納得させるべきか。そのポイントは、「菩薩僧」という考え方を編み出したところにある。

最澄は言う。

「日本にはこれまで菩薩僧がなかった。これこそ、日本の精神を支える存在であり、桓武天皇の御意志によって許可された天台の年分度者こそ、その道を歩むべきである」

この「菩薩」という言葉には二通りの使われ方がある。一つは仏に次ぐ、高い悟りの段階に達したもので、観音菩薩、普賢菩薩などがそれだ。ところが、大乗仏教の時代になると、特定の能力を持つ人でなくても、人間は誰でも悟りに近づくことができる、つまり誰でも仏になれる、という考え方が出てきた。人間は誰でも救われるとした『法華経』は、この精神に基づく経典である。もちろんその根底には、悟りを求める心——道心がなくてはならないわけだが、これについて最澄はさらに言う。

「道心のある人を西（天竺）では菩薩、東（中国）では君子という。これらの人は利己心を棄てて、他人のために尽すという、慈悲心の持主だ」

原則的には出家と在家の区別はないわけで『梵網経』では「出家の菩薩」「在家の菩薩」という使い方をしている。

そして、最澄がこの『学生式』で問題にしているのは、「菩薩僧」の養成についてである。自分の悟りだけでなく他人のために尽す慈悲心はすなわち大乗精神であり、日本ではこれを体得した「菩薩僧」が養成されていないので、天台分の年分度者二名をこれにあて、これまでとは違った養成法を提案したい、というのである。そのための具体的な項目が六条あるので、これを『六条式』と言っているのだが、有名な前文より、じつはこの方が最澄の眼目であろう。

まず彼は、菩薩僧になるためには、出家の最初から違うのだ、と言っている。出家を志す者には、初心者に与える戒を授け、これを「菩薩の沙弥」とし「仏子」と呼ぶ。さて仏子が年分度者として得度を許されたら「仏子戒」を授けて、いよいよ「菩薩僧」になるわけだが、これから十二年叡山に籠って、それぞれ止観業、遮那業の研鑽にあたらねばならない。

ではその修行が終ったものはどうするか。能力には差があるからこれを三つに分ける。

第一を国宝と呼ぶ。理論への理解もすぐれ、実行力もある人間のことで、これは叡山にとどめて指導者とする。

次に、理論家としてはすぐれているが行動力が伴わないものは国師とし、各地で教育にあたらせる。

第三に、実行力はあるが理論家として不十分なものは国用と呼び、その実行力を生かして国のために働くものとしたい。

そして最後に彼はいう。

「かくして生れた国師と国用は、朝廷が適任と思われるところに任用していただきたい」

これも大きな目的の一つである。叡山で十二年修行しても、その先生きる道がなくては不安だ。東大寺の戒壇院で受戒した最澄の弟子が法相に寝返ってしまったのも、法相宗が僧侶任用の道——今でいえば国立大学の教授のポストとでもいうものを、ほとんど独占してしまっていたからだ。十二年の修行者の将来を保証しようというこの具体的提案も、最澄や弟子たちには切実な意味を持っていたはずだ。

　ここで最澄はかなり慎重な言いまわしをしている。すなわち、「仏子戒を授け、叡山に住せしめ」という言い方で、東大寺の戒壇院に登壇受戒をしないことを婉曲な表現にとどめている。もっとも「出家には二通りあり、一つは小乗の僧、一つは大乗の僧で、これまでの日本の僧はみな小乗の類だ」というのはやや行きすぎだ。中国を経て日本に伝わった仏教は大乗仏教で、いわゆる小乗ではないからである。ただ、最澄に言わせれば、人間の持つ本性には最初から差別があり、全く悟りの可能性のない者もいる、という法相の考え方は、大乗とはいえない、ということになるのだろう。

　さらに彼は出家の手続についても触れて、仏子と名づけられたものでも戸籍はそのままにし、その度縁（認証状）に官印を押すことにしたい、と言っているのも注目していい。最澄自身の度縁でも見たように、沙弥となると僧籍に入り、国家公務員の列に入るのだが、年分度者になるまでは私費研究を原則としたいとしている。彼が関東で見た富裕層の農民のことが頭にあり、そうした中でのエリートの登山（すでにその先輩に円澄、円仁らがいる）を期待したものか、あるいは、天台大師が『摩訶止観』で、出家者はある程度の生活の資を用意せよ、と言っている精神を継承するつもりだったのか。それとも戸籍が抜かれるとそれが治部省を経て、究極的には僧綱に人事権を掌握されることを避けたのか。また、国師、国用が夏安居（げあんご）のときに貰う施料（せりょう）は国に納めて、造池、架橋その他、国のため、民のために使うように、と具体的な利他行に触れているのも注目すべきであろう。

なお、この最澄の書いた前文というべき所に「照千一隅」という言葉がある。古来これを「照于一隅」つまり、「一隅ヲ照ラス」と読んできたが、薗田香融氏が、これは「照千・一隅」だという見解を発表され、以来大きな話題を呼んだ。これに対する福井康順、大久保良順、木村周照氏の見解なども読ませていただく機会を得たが、宗門内にはさまざまの意見があるのだろう。ただ私の素人の体験を言わせてもらうと、少し前、別の目的で『大漢和辞典』（諸橋轍次編）を引いていたら、偶然「照千里」という熟語にぶつかった。

千里の彼方を照らす。良臣の喩。

とあって『史記』を引用していた。それによると、梁（魏）の恵王が斉の威王に、

「私は直径一寸の珠（たま）を十枚持っていますが、あなたは？　さぞかし……」

とたずねた。すると、威王は、

「わが国の宝はあなたの所とは違います」

と答え、その宝の例として数人の家臣をあげ、このような者がそれぞれ守っているので安心なのだと語り、それは珠以上の輝きがある、

マサニ以テ千里ヲ照サントス

と答えている。

ところで、最澄の原文はこうである。

古人言く、径寸十枚、これ国宝に非ず、照千一隅、これ即ち国宝なり。

どうもこの故事を引いたように思われてならない。もっとも薗田氏はさらに詳しく、最澄は、『史記』を読んでいるのではなくて、『摩訶止観』の注釈である『止観輔行伝弘決』を引用しているのだ、とされ、その中に明らかに、

「守一隅（中略）照千里」

のあること、しかもそれを「国宝」としていることを指摘された。『弘決』のこの文章も『史記』によるものではあるのだが。

もう一つ、素人の眼で見ると、最澄自筆といわれている『六条式』の文字は、どうも「于」より「千」と読めてしまう。が、もし「照千里、守一隅」なら、最澄は、「国宝」に千里を照らす輝きと、一隅を守りぬくたしかさの両方の意味を含めていたとも思えるので、素人の詮索はここまでにしておく。むしろ目を止めるべきは、最澄が「国宝」と呼んだものは何か、ということである。

「国の精神的支えとなる人を。それこそ桓武天皇の求められたものだった」

それは菩薩僧しかできないことだし、その養成は叡山の使命だ、と言っているのだ。ここで、歴史の上を這いずり廻る者として気になるのは、その現実の環境である。

——志の高さは結構だが、こんなことを言いだして、はたして成算があるのか。

よく見ると、最澄の身辺で、すこしずつ人間が動きはじめているのに気づかされる。

一人は光定である。伊予国出身のこの弟子は、最澄の東下を見送って、義真とともに留守を預っていたわけだが、彼は大同五（八一〇）年、はじめて天台宗の年分度者が得度したときの第一回生である。すでにその五年前に年分度者の許可は得ていたが、平城天皇時代のクーデター騒ぎなどがあって、第一回目の得度はこのときはじめて宮中で行われた。それまで義真について『摩訶止観』を学んだり、後に東大寺で受戒してからは『四分律』も学んだし、空海の許で密教も研修した、という学僧だ。

法論もお手のもので、法相の僧侶を相手に論戦もくりひろげているが、それでいながら人に好かれるタイプだったらしく、折伏型というよりスポークスマンに近かったのではないか。というのは、こうした法論をきっかけに、彼は人脈をひろげていった気配があるからだ。たとえば、藤原冬嗣との間を注目すると、このやり手の政治家とのめぐりあいは、多分弘仁四（八一三）年、最澄のお供をして興福寺にいったときと思うのだが、最澄と興福寺の僧（法相宗）との宗論に臨席した冬嗣は、むしろ光定の存在にかなりの好印象を持ったらしい。

あるいは最澄の天台論の切れ味がよくて、本来なら藤原氏の氏寺である興福寺を支持すべき立場の冬嗣も、

——ほほう、これは……

とひそかにうなずき、その師にまめまめしく仕える光定にも微笑を送ったということだろうか。このとき冬嗣三十九歳、光定三十五歳。二年後、光定が宮中で法論を行うまでになったのも、

「光定という奴、なかなか見所がありそうです」

という口添えが、冬嗣から嵯峨へとなされたのかもしれない。

それと同時に冬嗣の蔭にありながら、少しずつ姿を覗かせつつある、もう一人の人物にも注目したい。

良峯安世（よしみねのやすよ）。冬嗣より十歳年下で、最澄が『六条式』を書いたころ、すでに参議という、閣僚メンバーになっている少壮高級官僚である。

私には、彼と冬嗣とが、奇妙にだぶって見える。彼は桓武天皇の皇子ながら臣籍に下って良峯姓になっているのだが、もしかすると冬嗣の同母弟かもしれないという説があるからだ。

ややこしい謎に迫っていくと、こういうことになる。安世の母は百済永継（くだらのようきょう）、渡来系の女性で桓武に仕えるうち、安世をみごもったのだが、それより先に彼女は藤原内麻呂とも交渉を持ち、真夏（まなつ）と冬嗣を産んでいたのである。これは『尊卑分脈』から割り出した系図で、逆にいえば、内麻呂の妻の一人だった永継が宮廷に出仕するうち、桓武に愛されて安世を産んだ、ということになろう。

人妻が宮廷に出仕するのもよくあることだし、性の関係がきわめて自由だったそのころ、とりたてて異常なことではない。たとえば桓武のかつての愛人、百済明信（みょうしん）は、後に藤原継縄の妻となり、二人そろって桓武のよき側近だった。永継はその逆のコースをいったようである。名前から考えると、明信と同系の出自かもしれない。

子供たちが主に母親の許で養われることを考えると、冬嗣は安世のよき兄貴分だったのではないだろうか。ついでにいうと安世の方が嵯峨より一つ年上である。嵯峨を皇位につけることを桓武は早くからきめていたらしいから、永継の産んだ安世は藤原閥にあずける意味で、早くから臣籍を与えた、とも考えられる。

そして期待どおり、安世は冬嗣のよき弟として伸びていった。平城上皇と嵯峨との間が風雲ただならない状態になったとき、嵯峨の周辺でトップ・シークレットにかかわる蔵人頭（くろうどのとう）――官房長官的なポストが新設され、まず冬嗣が巨勢野足（こせのたり）と並んで任命されたが、ついで弘仁二（八一一）年、二十七歳の若さでその職についたのが安世で、その後、右大弁という行政実務のトップにつき、弁官兼任のまま参議入りをした。

しかも嵯峨は自分の弟ときている。まだうるさ型の老官僚は生き残っているが、嵯峨を含めた三人の輪の中に未来があることを、彼らは疑っていない。

安世と嵯峨は異母兄弟、冬嗣と安世は異父兄弟――まさに奇妙な輪だ。輪のつなぎ目にいるということで安世の位置は大きい意味を持つ。その上安世はかなりの詩才の持主で、

『文華秀麗集』『経国集』に作品を残している。この点でも安世は異母弟嵯峨とはうまのあう存在だった。一方とは文化面でよりつながり、しかも一方ではやり手の冬嗣のよき話し相手で行政官のトップでもある。彼は政治と文化という輪のつなぎ目にもいたといえる。

そこへ光定を置いてみよう。彼はちょうど冬嗣と安世の中間の年齢である。学問もあり人あたりもよいこの僧侶を、

——この男もわれらの世代の仲間だ。

と彼らは思ったことだろう。その光定が、師最澄のために説いている風景が何となく想像できる。冬嗣が数年前の興福寺の法論を思い出して、

「ああ、俺も聞いた。なかなか切れ味はいいが、ちと小むずかしすぎるな。まじめすぎるのはつきあいにくいよ」

とでも言えば、光定は、

「いや、しかし師は、弟子の私どもに荒い言葉ひとつ投げつけた事はございませんので」

と、その知られざる半面を伝えたかもしれないし、安世に、少年の日のことを思い出させたかもしれない。

「そういえば、父帝は、澄法師をひどく御信任だった。我はかの法師によって魂を救われた、と仰せられて……」

光定は膝を乗りだす。

「その先帝の御遺言、御遺託が果たせないことだけが気がかりだ、と師はそれのみ言い暮らしております」

「まじめなたちなのだな」

そういう中で、光定はしだいに根廻しを重ねていったのではないだろうか。思えば最澄の東国行にあたって光定を留守役に残したのは賢明な策であった。冬嗣、安世、光定の間はその間にも一段と緊密さを増していったはずである。

叡山に帰った最澄が、ちょうどその折、いよいよ具体的な「菩薩僧養成」を構想する、というのも歴史の流れのおもしろさである。

「いい時期でしょう」

光定はうなずいたかもしれない。というのは、冬嗣がいよいよ権力の座に近づいたことを彼は知っていたはずだった。当時の廟堂は、

右大臣　藤原園人

中納言　藤原葛野麻呂

に継ぎ、冬嗣はナンバー・3につけていた。その前年に、巨勢野足、藤原縄主(ただぬし)たち老臣連は世を去っている。

——いよいよわれらの時代は近づいた。

と冬嗣は思っていたはずだ。それに首席の園人は健康を害していたらしい（というのは

その年の暮には彼もまた世を去っているからなのだが）。残りの葛野麻呂も前後して故人となっている。そして、園人の健康の衰えを考えてか、彼らの生前から、すでに、冬嗣が葛野麻呂を飛びこえて大納言へ昇進する動きがはじまっていたのではないか。光定は多分、そうした動きを知っていたのであろう。そこで最澄の構想を、ひそかに冬嗣と、冬嗣を通して嵯峨天皇に伝えてみた。嵯峨の反応はどうやらまんざらではなかったようで冬嗣と光定は早速次の手を考える。最澄の意向を受理するには、ドラマティックな舞台装置が必要だ。折しも天下は早魃であえいでいたので、最澄に叡山で雨請の祈禱をさせることにしたのである。

このあたりのいきさつは、光定自身の書いた『伝述一心戒文』にある。それによると、光定が最澄の構想をひそかに伝えるとまもなく、四月二十一日、冬嗣から雨請を依頼する封札がきて、翌日はさらに勅書到達、二十三日には最澄が返書し、たちまち叡山に結界し清浄の地を作り、二十六日から祈禱開始、という具合で極めて手廻しがいい。こういうときは、もちろん最澄の上表文が作られるから、それを持って光定は宮中に良峯安世を訪ねる。

「なにとぞ、よろしく」

と、ぬかりなく頼んだに違いない。

幸い三日目に雨が少し降った。その後、宮中で僧都護命を中心に四十人が雨請の読経をしたが、四日とも雨が降らなかった、と光定は書いている（もっとも五日目には大雨が降ったそうだが）。こういう史料はなかなか貴重である。雨請をいつ、どこで、誰にやらせるか、といった裏側が透けてみえるし、雨が降るか降らないかより、重大な意味がどこにあったかを考える手がかりをしめしてくれるからだ。

このあたりで最澄はいよいよ『六条式』を宮中に呈出する決意を固めるが、冬嗣はまだ慎重である。

「ま、ちょっと待て」

光定の動きも慌しい。雨請に成功すると、その報告書と嵯峨天皇への『仁王経』奉呈のために参内し、そこで安世に会う。

「趣旨はわかったが、他の法師たちが反対するだろうから、すぐというわけにはいかないと思うな」

というのが安世の見解であった。さすがに二人は最澄の言うことに共感を持っても、その実現に困難を感じていたらしい。その中で二度、三度、検討を重ねた結果、

「とにかくやってみましょう」

ということになって、『六条式』が呈出されたのは五月十三日。その後も光定は安世に連絡をとり続けたことだろう。

「どうでしょうか。帝は御許しになられますでしょうか」

「ちょっとむずかしいところだな。こういうことは僧綱によく検討させようと仰せられて、お廻しになられた」

「御意見はつけられずに？」

「そうだ」

これでは、ちょっと見通しは暗いな、と光定は思う。とにかく「よきに計らえ」式の嵯峨なのである。その性格からすれば、当然かもしれないが、せっかく雨請もやって、最澄の存在が世間に印象づけられたのだから、この機に突破口を作らないと、と光定はやきもきする。

叡山では最澄が待っていた。

「どうだった？　安世どのは何と言われた？」

「は、それが……」

すんなりはいきそうもない、というと、

「そうか、うん、うん。じつは、自分も考えていたことがあるんだ」

何か妙手でも？　と膝を乗りだすと、

「あそこではちょっと言いたりないことがあった」

じつは『六条式』を呈出した二日後、年分度者の候補生ともいうべき得業学生(とくごうがくしょう)についても養成法を提案しているのだが、その両方について、意の足りないところがあったことを感じていたらしく、最澄はしずしずと言う。

「たとえば、年二人の得業生の学習内容だが、十二年をどんなふうに使うか、それをもう少し具体的にしておいた方がいいな。それには前六年を知的学習、後半の六年は自主的思索、つまり自分の考えを深める方にするとか」

「は、さようで」

「それから、ただ学習するだけでいいというわけにはいかない。試験も厳重にして『法華経』『金光明経』を読ませて、及落をきめるとか。欠員が出たらどうするかとか。そうそう修行中の学生の生活の資は官費によらずに自分で用意し、足りない分は布施を仰ぐとか……」

「は、なるほど……」

完璧にしなければ気がすまない師匠の癖に、光定は内心辟易していたかもしれない。問題はそういうことではないはずだ。僧綱をいかにして納得させるか、あるいは嵯峨にもう一押しの助力を仰ぐかではないか。しかし、最澄は頑として首を振る。

「いや、帝のお側にさしあげる以上、遺漏があってはいけない。僧綱に対してもだ。そのあたりがきちんとしていれば、わかってもらえるだろう」

「は……」

少し細部にこだわりすぎている、と光定は思ったかもしれないが、ここで改めて追加の上申書を呈出することになった。ここには八項目上げられているので『八条式』と呼ばれている。いわば『六条式』、『得業学生式』の補足説明的なものである。中には他宗から天台宗の修行を希望する者はどうするか、それも他宗で年分度者になれた者とそうでない者はどうか、という細かい配慮も見えるが、それはむしろ、『六条式』が認められての上のことであって、本質的問題からはいささか逸れている。

強いて新しい意義を認めるとすれば、天台の寺院に俗別当（ぞくべっとう）――在俗の監督官を置き、山内の管理にあたらせたい、ということだろうか。最澄は寺院内での飲酒、女色を禁じている。それと盗難などのないように監督させようというのである。従来僧綱は治部省の玄蕃寮の管轄になっていたのを、それとは別の行き方をしめしたものとして興味があるし、じじつ、後に叡山における大乗戒授与が認められたときは、直ちに高官クラスの俗別当が任じられてもいる。

さて、こうして、『八条式』が呈出されたのは八月二十七日、しかし今度もなしのつぶてだった。嵯峨には最澄の叫びが聞えなかったのか？　どうもそうらしい。当時は嵯峨はそれどころではなかった。御自慢の漢詩を収めた勅撰集『文華秀麗集』の編纂に夢中だったからである。すでに数年前、最初の勅撰詩集である『凌雲集』が完成していたが、その後嵯峨の身辺ではおびただしい作品が生れた。

「こりゃ、どうしてももう一つ作らねばならんな」

嵯峨はぞくぞくするほど嬉しくてたまらない。命令をうけた冬嗣以下数人が編纂に着手、その体裁も、これまでは作者別だったのが、テーマ別という新趣向である。その中で最も輝いて王座を占めるのは、もちろん嵯峨そのひとの作だ。

――これこそわが生涯を賭けた仕事だ。最澄の上申の決定は僧綱にまかせるのが筋というものであろう。

嵯峨はそう考えたに違いない。即位以来、藤原園人や冬嗣の敷いた路線がそうなのだから、これはやむを得ないことかもしれない。嵯峨自身も父や兄の独走の失敗を見ているから、用心深くなっている。その政治姿勢の中で、最澄の提案は葬り去られた。嵯峨から最澄の上申書を廻付された僧綱が、従来の規則を逸脱するような言い分をうけいれるはずはないのである。

「大乗の菩薩僧だと？　いったい何を言ってるんだ」

というのがその本音で、形の上では勅問をうけて検討中という形で、彼らは永遠に返事を引きのばすつもりだった。最澄はまたしても、

「言葉が足らなかったかなあ」

と悔やみはじめる。そうして、

「もう一度、上申してみよう」

というのが『四条式』である。翌年三月十五日という日を呈出日に選んだのは、十七日

が桓武天皇の忌日にあたるからであろう。

「先帝の御願達成のために」

という最澄の意志が、はっきり打ちだされている。この『四条式』は前のものとはやや性格を異にする。「最澄が言う大乗とは何だ、意味が通らん」という批難を聞いて、

「そもそも、自分の言う大乗とは」

と本質論を述べようというのである。最澄の言うところはこうだ。

「寺には三つの種類がある。

大乗の専門の寺　これは初心者の菩薩僧の住む寺である（最澄はこれを作りたいのだと言いたいのだ）。

小乗の寺　小乗の律を修する寺。

大小兼行の寺　長年修行した菩薩僧の住む寺である」

従来の南都の寺々を、この第三の寺として認めようというので、大乗専門の寺で修行した菩薩僧が、ここで小乗律を受けてもいい、というのも、最澄側からの歩みよりであろう。

しかし、と最澄は続ける。

「大乗戒と小乗戒とは、本質的に違うのだ」

と。大乗戒は菩薩戒であり、小乗戒は南都で行われている具足戒だ。だから大乗専門の寺ではこの梵網戒を授けるのだ、というわけである。多分このとき、南都では、

「ふん、最澄が独自に授戒をやるんだって？　三師七証も揃わないところで、何ができるんだ」

冷笑まじりに、こんなことが囁かれていたのだろう。そこで最澄はこれに対して言う。

「菩薩戒に三師七証はいらないのだ。釈迦が戒和上、文殊を羯磨阿闍梨（司式者）、弥勒を教授阿闍梨（指導者）、一切の仏、菩薩が七証の役目をする。だから現実には、一人の伝戒の師がいればいいことになる」

それと大乗の寺の上座は文殊、小乗の寺の上座は賓頭盧、大小兼行は両者を並置する、というようなことも書いてある。

南都と妥協の道を探りながら、しかし菩薩戒すなわち梵網戒による菩薩僧を養成しようという苦心が現われている。このころ最澄は、少し弱気にもなっていたようだ。宮中に呈出するのに先立って、光定を呼んで相談している。

「帝にお願いするとしても、この際僧綱にもこの旨を申し入れ、了解してもらったらどうだろう」

珍しく「政治的配慮」をしめしたが、光定はこれには賛成しなかった。

「こうした伝戒のことは帝がおきめになることです。僧綱には決定権はないはずですから」

「そうかな」

最澄の頬には、納得しがたい色もあったのではないか。

「ともかく、私が宮中に呈出してまいりますから」

光定は都をめざし、例のごとく良峯安世を通じて、嵯峨の手許に差しだした。

「よろしくお願いいたします。明後日が先帝の御忌日です。その御冥福を祈らんがために、という形で御勅許を頂きたいのですが」

「やってはみるがねえ……」

安世の顔には、いまひとつ自信がない。はたせるかな、十七日勅許は下りなかった。最澄は言う。

「やはり僧綱の反対が強いのだ。な、光定、すまないが、そなた、僧綱に申し入れしてみてくれないか。そなたの口からよく話せば、解ってもらえるのじゃないか」

——それは無理だと存じますが……

口から半分出かかった言葉を慌てて光定は呑みこむ。悲しげな、しかし、一縷の紐にもすがりついて初志を貫徹させたい、という願いだけを燃えたたせている師の瞳を彼はみつめ返すことができない。

——老けられたな、和上は。

五十を過ぎて、最澄は急にやつれが目立ってきたようである。

「ではいってまいります。できるだけやってみます」

「そうしてくれるか。ありがたい」

光定は決意を固めて、三月二十日、僧綱のトップである僧都護命の所へゆく。

「なにとぞ師最澄の願いを御了承いただきとうございます。そしてここに御署名を」

が、光定の予期したように、護命からの承諾は得られなかった。さすがに護命は梵網戒の存在は認め、これを受けた菩薩僧というものがあることは拒まないが、

「しかし梵網戒は在家も僧もともに受けることのできる戒だ。それを受けただけで僧侶にはなれない。中国だってそんな例はない」

ということだった。すでに三師七証による授戒儀が確立して五十余年、それなしで僧侶とは認められないという言い分ももっともである。光定は返す言葉もなく引き退るよりほかはなかった。しかし待ちかねている最澄の顔を見るのはより辛いことだった。

「かくかくで、やはり……」

と報告すると、最澄はそれでも憤激の言葉は洩らさず、

「そうか、僧都は一切経を読んでおられないとみえるなあ」

それだけぽっつり言った。

「では、和上、一切経の中には、ございますので？」

と尋ねると、最澄は『諸法無行経』にある、と答えたという。

光定には師の落胆の様子が痛ましくてならなかった。

――たとえば護命僧都の言葉に、いま、和上が異を唱えたように、そういう機会が与えられないものか。

これまでは、最澄の上申は出しただけで何の反応もない。僧綱は冷淡に無視し続けるばかりだが、ここで向うの意見も聞き、これに応えて最澄が反論するというようになれば問題は煮つまってくるのではないか……

私は師のために、こんなふうに心を砕く光定の姿を想像している。それに前年の末に園人と葛野麻呂が相ついで世を去り、いよいよ冬嗣が廟堂のトップになってもいる。彼や安世の肝煎りもあったと見えて、二か月後、僧綱からの反論が提出された。

これに対して最澄が再反駁したのが『顕戒論』で、彼の生涯の最大の著作となった。僧綱の見解を批判しながら、戒とは何かを明らかにしようとするこの大作を読みながら、しかし、私は戸惑いと徒労感を強くしたことを告白しなければならない。これは徳一との論争の書である『守護国界章』ほかでも感じたことなのだが、現在の我々とはどうも力点の置き方が違うのだ。

例を一つだけ挙げておくと、まず最初に、護命が、『山家学生式』を呈出したことじたいが違法だと最澄を批難する。

「規則を作って民を制約することはかならず国主によるのであり、教えを設けて人々を利益することは本当に法王たる仏にあるのである」（つまり最澄には提案の資格がない）

これに対する最澄の反論はこうだ。

「君主は独りで治めるのではなく、かならず良い臣下を用いる。臣下は一つの善いことを得ればかならず君主に献ずるのである。（中略）『梵網経』の教えは、人々を利益するために厳重に制定されたもので『梵網経』の教主である蓮華蔵世界の華の上の盧舎那仏は、どうして法王でないといえるのか」（『日本の名著』田村晃祐氏訳、中央公論社版による）

法を制定するのは国主なのに、最澄が言いだすのは違法だ、というのも妙な言いがかりだが、最澄の方も、提出したのは僧となるための手続、条件についてであるのに、たちまち、これは盧舎那仏のお作りになった戒だぞ、と仏さまを引っぱりだしてくる、というのも何となくすれ違いを感じさせる。一方は法律論、一方は本質論なのだ。

じつはこういうところが各所にある。最澄の反論も、これは何という経にある、とその典拠探しに忙しい。当時の論争というのは常に典拠が問題にされるのだから、当然といえば当然だが、我々の感覚からは、ずれている。典拠があるかないかよりも、その時点での妥当性があるかないか、ではないか。また典拠についても、その経典の真偽、成立事情を考え、ここに引用する妥当性があるかどうかも問題にすべきではないか。

最澄の論もまことに歯がゆい。護命らが、

「最澄は中国の田舎へ行ってきただけで唐の都も見ていないじゃないか。それで式などを作って奉献するとは何ごとだ」

といぅと、

「自分はこれこれのことをしてきた。そして先帝はこれを御嘉納になった。それにケチをつけるのか」

と反論しているが、天台こそは中国仏教のメッカだ、となぜ言わないのか。天皇が嘉納した、といってその袖にかくれる言い方は適切とはいえない。

こういう個所はいくつもある。大乗だけを行う寺があるといって、必死にその名前をあげ連ねているあたりも、まじめすぎて何となく滑稽になってしまう。

それに最澄の弱いところもたしかにある。

一つは「分通大乗」の議論を避けてしまっていることだ。「分通大乗」というのは、「四分律」は小乗の戒律だが、そのまま大乗に通じる、という考え方で、中国の戒律観はまさにそれだった。

仏教の専門家の考えでは、すでにこのことは解決ずみなのだそうだが、素人としては、このあたりもっと突込んだ議論のほしい所である。

もう一つは梵網戒についてである。これは俗人も出家者もともに受ける戒ではあるが、中国では僧侶たるものは、これとともに具足戒を受けるのが当然の義務であった。「中国では」という言い方を金科玉条とするなら、この事実を避けることは許されないのに、最澄のこのあたりの説明は不十分である。

こうした欠陥はたしかにある。しかし、最澄の梵網戒優先の考え方はまちがっていると は思えない。最澄を批難する向きは、二百五十戒の具足戒を棄てて、たった五十八戒の梵網戒を受けるとするのを破戒の第一歩のように見るけれども、それはどうだろうか。

ここで改めて梵網戒の内容を考えてみたい。もう十年近くなるけれども、前作『氷輪』で鑑真の周辺を書くためにわずかの期間ではあるが、四分律について読んでみたことがある。鑑真は何をもたらしたのかを知りたかったからだ。一方、この時期、大正大学で竹田暢典教授の『梵網経』の講義を聴講した。現役の学生さんは一年でわかってしまうらしいが、私は三年続けて伺って、やっとぼんやりわかってきた。

そこで知ったのは、具足戒も梵網戒も基本的な点ではかなり共通性がある、ということである。たとえば四分律での一番重い戒は、

大婬戒　　人や畜生に婬事を行うこと
大盗戒　　五銭以上のものを盗むこと
大殺戒　　殺すこと
大妄語戒　悟りを得ていないのに得たようなことを言うこと

これが第一番のタブーで、これを犯したものは僧の仲間から追放される（つけ加えておくと、四分律は出家集団に対して適用される戒であって俗人は対象になっていない）。尼の場合

にはこれに婬心を懐いて男と接触することなどいくつかが加わる。

これを重大な戒として、その後に重罪ではあるが贖罪すれば僧団に止まる余地のあるもの——主としてセックスに関するものが十三あげてある。次いで僧団の平和維持の原則に触れるもの、次は財物の不正所持に関するもの、次が嘘をつくなとか、飲水の中の虫も殺すな、といった細かい九十項目、食事、服装、説法の仕方のきまり百項目等になっている。はじめの重罪にあたるもの以外は、集団生活をするためのきまりとか、僧侶生活の細則、ということになる。

では一方の梵網戒はどうか、というと、じつに四つの重罪にあたる戒はすっかり同じなのだ。ほかに六つの重戒が続くが、中に、

「酒を売ること」

というのがある。ちなみに酒を飲むのは軽い方の罪に入る。一見ふしぎだと思って竹田教授におたずねした記憶がある。

「酒を飲む中には酔って悪いことをする人、しない人もあり、いわばその人個人の問題ですが、売る方は、不特定多数の人に売るわけで、酒の上での犯罪の種を蒔くことになりかねないから」

という御返事だったと思う。大乗仏教は自分の悟りとともに、他人のためになる——利他業を重視するわけで、他人と自分との人間関係の根本に眼をむけようという姿勢がある。

酒を売るのは、たしかに他人のためにいいことをしているとはいえないかもしれない。

　この他の十重戒には三宝をそしることとか、自分をほめ、他をけなすこと、財をほどこすことを惜しむこと等が入っている。以下の四十八の軽い戒というのも心の姿勢の問題、他人に迷惑をかけるかどうかが問題にされ、服装のきまりとか、生活の細則は姿を消している。

　こう見てくると、戒の性格の違いもはっきりするし、その存在理由もうなずける。人間誰でも救われる、仏になれるという大乗の立場に立てば、僧俗がともに受ける梵網戒は当然あっていい。最澄の言いたいのは、こうして精神的に高度な戒を保った僧を十二年間比叡山にとどめて修行させるということだ。こうした清浄な僧が『仁王経』のような護国経典を読誦することによって国家が精神的に高められる。それが国家鎮護だ、といいたいのだ。『摩訶止観』の中心思想も持戒清浄である。小乗戒批判は破戒肯定では決してない。しかし僧団維持には、細かい規則も大切だ。最澄の言うところも護命の言うところもそれなりに理由はあるので、結局二人が次元の違うところで議論している感じは否めないのである。

　いや、二人の議論に不毛なものを感じる理由はほかにある。許されるなら、時間の枠を飛びこえて飛んでいって、

「最澄さま、彼らがあなたに文句をつけるのはそういう理由からではないはずですよ」

そう言ってやりたいくらいだ。

彼らが最澄を拒む理由はただ一つ。

「国家で保証された授戒権を何で手放すものか」

ということなのだ。具足戒か梵網戒か、というのはいわば口実だ。彼らの現実に眼をむけてみるがいい。はたして彼らが具足戒を守っているか？

答はノウだ。はっきりそう言っていい。

鑑真の死後、まもなく仏教界は道鏡を出している。彼が持戒の僧といえるだろうか？以後綱紀粛正は計られたとしても、貪欲、破戒の僧の続出は、史料でいくらでもその証拠を見つけることができる。僧としてのいましめは全く守られていない、といってもいい。

しかも、戒を守るというのは、ただ行いを慎しむことではないのである。それと同時に絶対に不可欠なことは、

「月の一日、十五日に戒を暗誦して、それに違反しているかどうかをたしかめあう。もし違反していたら懺悔する」

「戒律の書の講義を行う」

の二つである。鑑真が来日してまもなく、第一条が行われるようになったことは史料でたしかめられる。また鑑真の門下で戒律の研究を続けた門下生が数年後、講義をはじめるようになったことも、鑑真の伝記である『東征伝』は書いている。ところが、これはまも

なく廃されてしまった。

「戒律の書はあっても講ぜられなくなって久しい」

と唐招提寺の僧が歎いているのでもわかるとおりで、鑑真の伝えた戒律の根本精神は廃れ、単なる授戒のセレモニーだけが続いていたのだ。そのことをなぜ言わないのか——と私は最澄に言いたいくらいなのだ。

ともあれ、残った授戒のセレモニーは南都仏教が手にしている唯一の権威である。授戒の日は各寺から伝灯大法師位某々といった高僧の面々が出てきて儀式を行うわけだが、そのメンバーの選定からはじまって受戒する僧侶の人的把握も結局、僧綱が握っているのだ。

——それを叡山などの田舎寺に勝手にされてたまるものか。

それが彼らの本音である。そしてここに、日本の特殊性があることに注目したい。中国では地域が広いために、一国一戒壇ではなかった。各州の大寺に戒壇があったと見ていいだろう。たとえば義真が長安に行かずに国清寺で受戒したのでもみるとおりである（もちろん寺院は中国でも国家の統制は行われてはいるが）。

ところが狭すぎる日本では、僻地戒壇を除けば東大寺の一戒壇にすべてが掌握されてしまっていたから、僧綱の尻尾にも食いこんでいない最澄の発言力は極めて弱いものだった。

ここでちょっと僧綱と僧階のことをつけ加えておきたい。僧綱というのは、いわば宗教省ともいうべきもので、機構としては玄蕃寮の監督はうけるが、組織は次の通りである。

僧正　おかれない事が多い特別長官で、多分に名誉職的。
僧都　長官。大僧都、少僧都（次官）がある。
律師　数名。これは律学の先生という意味でなく、役職名である。当時、法相、律出身の僧など四名いた。

これらは役職名であって、現在のように、僧侶の位を意味するものではない。位の方は別の分け方がある。

伝灯法師位　伝灯満位　伝灯住位　伝灯入位
修行法師位　修行満位　修行住位　修行入位

ややこしいが、下から見ていって入門者、修行中の者、すでに業の満ちたもの、指導者格ということになろうか。それらの最上位が伝灯大法師位で勅任扱い、以下は奏任扱いだ。

ところが最澄は弘仁元（八一〇）年に伝灯法師位を与えられたきりで、まだ大法師位にはなっていない。この少し後、弘仁十一（八二〇）年に後輩の空海が伝灯大法師位を授けられたのに、最澄はまだ法師位のままだ。これには光定が、

「和上は弘仁元年からずっとそのままだ。僧綱が推挙してくれないのだ」

と不満を述べているのをみても、僧綱が、最澄の行く手を阻んでいたのはたしかである（その光定の異議申し立てがあって、冬嗣の肝煎りで最澄も十二〔八二一〕年十二月大法師位に上っている）。一方の僧綱の律師以上はすべて伝灯大法師位の僧侶が並んでいるわけだし、

彼らの肚の中は、

「大法師位でもなく、僧綱入りもしていない最澄が何をぬかす」

ということだったのではないだろうか、この分では心血を注いで書きあげた『顕戒論』も結果的には、何の効果もあげずに終ってしまいそうだった。僧綱は、最澄の細かな反論にも、いっこう答える気配がない。冬嗣らに促されてさきに一度は反論を呈出したが、最澄からの再挑戦には、これを無視する態度に出たのである。

「まだ、何とも御許しの出そうな気配はないか」

「僧綱は何とか言ってきたか」

光定は最澄の命をうけて、叡山と宮中を往復するのだが、安世らの手でも、現状打開はできそうもない。ここまで厚い壁が立ち塞がっているのに嵯峨は依然として、

——ともあれ、決定はそれぞれの部署に任せてあるのだから……

という態度をとり続けているのだ。

こうした動きにじりじりしているのは光定だった。最澄が心血を注いだ『顕戒論』が、そのままになっていて、返事が貰えないというのは何ということだ。その上、彼は、最澄がしだいに体調を崩しはじめているのを知っていた。

弘仁十（八一九）年は空しく暮れ、十一年も、そして十二年も……。許可は下りない。もっとも、上申は許可が出るならすぐ許されるし、絶対にだめというなら書類は最澄に返

却されることになっていたから、全く望みがないというわけでもない、と光定は奔走するのだが、相変らず嵯峨ははっきりした返事をしてくれない。

弘仁十三（八二二）年、最澄の病状は悪化しつつある。病床で日に日にやつれてゆく師の顔を見て、いても立ってもいられなくなった光定は、遂に意を決して嵯峨に申し出る。

ときあたかも三月十七日、先帝桓武の忌日である。

「私は命がけで申しあげます」

光定も必死である。

「すでにわが師の病は重く、余命いくばくならず。もしこのまま死んでしまいましたら、先帝の御願も空しくなりましょう。最澄法師は渡唐し、真実の戒を伝えようとして、これまでやってまいりましたのに……」

嵯峨は光定を憎からず思っている。

「そなたの言うことはよく分かる。がどうも南都六宗がそれを認めないのでな」

「帝……。なにとぞ、お温かい御慈悲を。師最澄は何も南都六宗全部を梵網戒で統一すべきだと言っているわけではございません。私ども天台一宗だけは、叡山において梵網戒を受けてよいというお許しを得ればよろしいので」

光定は気迫をこめて、膝を進める。

「そうだな。考慮の余地はあるな」

「帝、なにとぞっ、お願い申し上げまする」

曙光は見えてきたようだ。山に馳せ戻った光定は、

「和上、お元気をお出し下さい」

と嵯峨の意向を伝える。が、それからがなかなか埒があかなかった。その間にもぐんぐんと最澄の病状は悪化する。

「心形久しく労して、一生ここにきわまる」

最澄は遂に悲痛な一語を洩らす。

もう疲れた。わが一生はもう終った……

遂に梵網戒による授戒の実現は望めなくなった。苦しみ、敗北に身を噛まれながら自分は死ぬよりほかはない。

最澄の病床をかこむ義真、光定、円仁らは、言葉もなく、頭を垂れたことだろう。

――自分のやろうとしていたことは、まちがってはいなかった。しかしいま力竭きて自分は世を去るよりほかはない。

それでも最後の気力を振い起して、彼は心こまやかな遺言をしてゆく。

「自分の死後、喪に服することはしなくてもいいぞ。ただ仏の垂れた戒を忘れずにな。酒は飲むな、女を近づけるな、ここを清浄の地として毎日大乗仏典の講究に励んでくれ」

さらに彼は強いて声を励まして言った。

「自分は生れてこの方、乱暴な言葉を言ったり、弟子を叩いたりしなかった。そなたたちも、自分への恩返しとして、そうしてくれればありがたい」

山内での序列、作法等、弟子たちの中に対立が起きないよう、最澄の遺言はねんごろであった。声はすでに力がなかったとはいえ、彼は最後に言ったという。

「わがために仏を作ることなかれ。わがために経を写すことなかれ。わが志をのべよ」

供養の必要はない。ただ、この金剛宝戒の確立を、それだけを……。体はすでに衰えても、最後まで彼の精神は輝き続けていたのだった。

最澄の死は六月四日。

嵯峨からの勅許が下ったのは、その一週間後だった。現実に叡山第一回の大乗戒の授戒が行われたのは翌弘仁十四（八二三）年の四月だが、このとき受戒した光定に与えられた戒牒は嵯峨の自筆（国宝）である。いかにこの二人の間が親密だったかを語るもので、嵯峨は彼に対しては空海に対するのとは別の親愛感を覚えていたらしい。

しかし、この大乗戒勅許について、私は、

「最澄の望みは、死後やっと達せられた」

という書き方はしたくない。

最澄は、望みが達せられないまま、絶望のうちに死んだのである。一週間後であろうと一年後であろうと、彼が知らないことに変りはない。光定の報告を得て一縷の望みを懐きながらも、彼は遂に力竭き、自分の計画が空しくなったという痛恨の思いを懐いて世を去ったのだ。

その姿は、何と桓武に似ていることだろう。八世紀末から九世紀初にかけて、稀有にしてめぐりあったこの二人の人生の何と相似なことか。

桓武は政治の一新、国家の改革への自負に満ちながら、すべてに挫折して死んだ。最澄はこの帝王の願いを果たすべく、国家を支える精神の改革を望みながら死んだ。ともに国家に立ち向い、闘い、そして敗れて一生を終ったのである。

あるいは二人のめざしたことは、最初から誤っていたのかもしれない。一人の独裁者の手で改革できるほど、国家とはなまやさしいものではなかったのだ。そして、その国家を改革し、理想に満ちた精神世界を築こうという最澄の試みは、国家そのものの壁によって砕かれた。桓武とひとしく、「国家」を対象に考えていた点で、最澄もまた誤っていたのかもしれない。

しかし二人はともに、そうせざるを得ない道を選んでしまった。引き返すことのできない道を歩んで、二人は倒れた。それがこの時代の歴史だった。国家と政治、国家と宗教、という抱えきれない問題を提起しつつ二人は去った。あるいはこうした最澄について、一般民衆の魂の問題への視点が欠けているという批判があるかもしれない。しかし民衆がその存在を主張し、魂の問題にめざめるのは、もっと後のことである。そしてそうなったとき、彼らに語りかけ、その要求に応えるのは、叡山に学んだ法然、親鸞、道元、日蓮たちなのだ。彼らは最澄のもたらした教学にうちこみ、瞑想を深める中で、新しい宗教にめざめてゆく。最澄がその根底に据えていた現実批判の精神が、よみがえりを見せた、といえるだろう。

それにしても——

嵯峨の決定は遅すぎたのだろうか。せめてもう一月早かったら——という思いを禁じ得ないのだが、しかし、時期の問題としてこれを捉えるのは当を得ていない。

嵯峨は明らかに逡巡していた。できれば僧綱に全てを任せたい、というのが本音だった。この大人の風格を持つ王者の、一面の政治的怠惰は生得のもので、できれば無風状態で、知らぬ顔をしていたかったはずだ。

その王者が原則を枉げる決意をしたのは、一つには、父桓武の発願を果たさないことに後めたさを感じたからだと思う。その意味で、「先帝御願」という最澄の呼びかけは、最後に効果を発揮したともいえる。

もう一つは、最澄の怨念に対する恐れである。かくまで執念を燃やし続けた最澄を無視することの祟りはやはり恐ろしい。

——澄法師の供養のためにも。

こう嵯峨は僧綱に申し送ったことだろう。見方を変えれば、大乗戒壇の勅許は、やはり最澄の生前は許されるべき可能性はなかったのだ。

が、ここで最後に戒壇の認可の歴史的背景にもう一度立ち戻っておきたい。光定が安世に、そして冬嗣に働きかけた努力は高く評価するとして、さらにその背後まで見通すならば、ここに眺められる歴史的光景は、南都が過去に握り続けた授戒権の崩壊という事実である。それは奈良体制の一つの終末を意味する。奈良から平安へと律令体制の変革を手がけてきた冬嗣たちはここでも、彼らの成果を確認したはずだ。もちろん心情的には、

——澄法師はあまりにもまじめすぎた。ひたすらだった。一途だった。

という同情であったにしても、歴史はここでも一つ回転する。授戒権を持つものに行手を阻まれながら、最澄もまた、歴史の歯車を廻す一人であったわけだ。ひとたびは桓武の革新政治の挫折とともに歴史の流れから弾きとばされながら、時の流れの中で、いつしか彼はその中に立ち戻りつつあった。変転きわまりない歴史というもののおもしろさ、というべきか。

あるいは人は言うかもしれない。

最澄の魂は、やがて許された大乗戒壇設立の勅許を、どこかでみつめていた、と。あるいは、最澄を悼(いた)んで届けられた嵯峨の漢詩を、天のどこかで眺めていたに違いない、と。

そのような想像を、私はしないつもりである。もし最澄の霊がこの世にとどまって、この世界を眺めることができたら、一番悲しむのは彼に違いないのだから……

大乗戒壇が許されてまもなく、叡山の堕落ははじまっている。権力との癒着、所領争い、はては戦乱……。十二年籠山の規定を守る者はほとんどなかった。たしかに、法然、親鸞たちの、新しい宗教活動はあったにしても、彼らが、いずれも叡山を去った人々であることも、また認めねばならない。しかも法然と同時代を生きた天台座主明雲(みょううん)は、平家政権に密着し、最後は木曽義仲たちの手によって惨殺されている有様なのだ。最澄のめざした清浄な菩薩僧は姿を消し、権力べったりの叡山の姿がここにはある。

しかし、これは宗教の辿る運命のようなものかもしれない。中世ヨーロッパに君臨したキリスト教の場合の堕落はもっとすさまじい。彼ら自身が権力そのものであり、教皇は驕り、物欲、愛欲に溺れた日々を送った。

ただ宗教のおもしろいところは、ここまで堕ちこみながら、汚泥を振い落して、不死のよみがえりを見せることである。人間にとって何が必要か、魂の救いに向って何をすべきか……。中世の淵からよみがえって、ローマ教皇は、その試みをしているかに見える。

そして叡山も、千二百年の間に、さまざまの試練に遭いながらも、いま、新たな一歩を踏みだそうとしているように思われる。もし、最澄が現代に生きていたら？　彼は民衆の魂のために宗教の改革を説くであろう。そして、鎮護国家ならぬ鎮護世界を、世界の精神的浄化を説くであろう。いま必要なのは最澄への単なる追憶ではなく、激しい、意欲的な最澄への回帰である。人々が彼の意図をそう読みとったとき、千二百年の歳月を超えて、最澄像はいよいよ輝きを増すに違いない。

付記

参考文献については、文中に編著者名・書名を入れさせていただきましたが、概説書や、文脈の都合で挿入できなかったものは左記の通りです。記して厚く御礼申しあげます。

また、大正大学大久保良順教授、塩入良道教授には直接お教えをいただいたり、資料を拝借、同大学利根川浩行氏にも資料を提供していただきました。さらに京都国立博物館館長上山春平氏をお訪ねしてお話を伺ったり、東京女子大学教授水野弥穂子氏の御示教にもあずかっています。比叡山及びその付近の取材では延暦寺の小林隆彰・今出川行雲・清原恵光師、山田弥生・清原克子氏に度々御案内をいただきましたし、中国天台山旅行については聖心女子大学山口修・高牧實両教授に御指導をいただきました。このような多くの方々に御世話になっておりますが、さまざまの点で私の理解の行届かない点、参考文献への読みの足りないところもあるかもしれません。それはすべて私の責任であり、ここにおわびをさせていただきます。

参考文献

最澄関係

『伝教大師全集』全五巻、世界聖典刊行協会
『伝教大師研究』正・別巻、天台学会（編）、早稲田大学出版部
大久保良順（解説）『天台法華宗年分縁起』巻一、日本仏教普及会
塩入良道（編）『日本仏教基礎講座　天台宗』雄山閣
塩入良道・木内堯央（編）『最澄（日本名僧論集）』吉川弘文館
塩入良道・木内堯央（編）『伝教大師と天台宗（日本仏教宗史論集）』吉川弘文館
関口真大『天台止観の研究』岩波書店
関口真大『天台小止観の研究』山喜房仏書林
瀬戸内寂聴『伝教大師巡礼』講談社
瀬戸内寂聴・後藤親郎・光永澄道他『比叡山延暦寺一二〇〇年』新潮社
竹田竜太郎『天台小止観帳中記』私家版
仲尾俊博『日本初期天台の研究』永田文昌堂
由木義文『東国の仏教』山喜房仏書林
『天台』（雑誌）NO．2、中山書房

日本史関係

北山茂夫『日本の歴史　平安京』中央公論社
早川庄八『日本の歴史　律令国家』小学館
佐藤宗諄『平安前期政治史序説』東京大学出版会
角田文衛『佐伯今毛人（人物叢書）』吉川弘文館
林陸朗『上代政治社会の研究』吉川弘文館
平野邦雄『和気清麻呂（人物叢書）』吉川弘文館
目崎徳衛『平安文化史論』桜楓社
森田悌『解体期律令政治社会の研究』国書刊行会
森田悌『平安時代政治史研究』吉川弘文館

（著者名五十音順　敬称略）

巻末エッセイ
最澄の二つの顔

最澄に『守護国界章』という著作がある。今から六、七年前のことになろうか、大正大学に聴講にいっていた私は、酔狂にも塩入良道教授のゼミに入れて頂き、文字通り隅っこに坐ってこれを「聴講」していた。

全く、「酔狂にも」としか言いようがない。そのころは最澄のことを書こうなどという気はなかったのだから。ただ最澄に対して興味を持ちはじめていたときで、塩入先生を摑まえて愚にもつかない質問をしたので、

「それなら、ゼミをお聞きなさい」

と言ってくださったのだと思う。

ではなぜ最澄が気になりはじめたかといえば、聴講に来てから、それまで考えていた鑑真と最澄の関係について、認識を改めなければならないと気がついたからで、ではなぜ、聴講に来たかといえば、鑑真とその周辺の人々について書こうとして、あまりにも仏教の

知識がなさすぎることを痛感したからで……というように話を溯らせなければならないのだが、このことはすでに前作『氷輪』に関連して書いているので省略する。

さて、気になりはじめた最澄のことである。正直いってそのときは、『守護国界章』には全く歯が立たなかった。これは最澄の信奉する天台教学について、法相の碩学・徳一が批判したのに応える論争の書なのだが、その背景に厖大な仏教知識があるので、力の乏しい私にはついてゆけない。

それに当時の独特の論争のしかた、論理の組みたて方があるのがなじめないのだ。塩入先生は、ところどころで、

「うん、ここは最澄さん、なかなかうまいことを言ってるねえ」

などと言われるのだが、そのうまいことが残念ながらよく摑めないのである。

ただ、何となくわかったのは最澄のすさまじい気魄だった。とことん相手を説きふせてしまわなければやまない、と思いつめているようなところがある。

——戦闘精神旺盛で、かなりしつこいお方だ。つきあいきれない感じ。

と、ちょっと閉口した。

ところがその後、『叡山大師伝』を読むと、こうした彼のイメージを払拭させるような文章に行きあたった。死期の迫ったとき、最澄はこう言ったという。

「我生レテヨリ以来、口ニ麤言無ク手ニ笞罰ナシ。今我ガ同法、童子ヲ打タズンバ我ガ為

ニ大恩ナリ」

自分は生涯、荒っぽい口をきかず、弟子を叩いたことはなかったから、弟子たちもそうしてくれ、それが自分への恩返しだ、と。

これは意外だった。最澄はひどくきびしくて論争好きの人だと思っていたのに……。

この二つのイメージは長い間、私の中で融けあわなかった。向う気が強くて、しかもやさしい人なんてあるだろうか。が、このとりあわせのおもしろさが、最澄への興味をかきたてたこともたしかだった。そして、右に揺れ、左に揺れていたその顔が見定められたように思ったとき、私は最澄を書いた。『雲と風と』がそれである。

最澄は自分で言うとおり、もの言いおだやかな、心やさしいひとだったと思う。彼が闘志を見せるのは理論闘争の世界においてだけである。私の知っている学者の方の中にもそういう方がいる。文章は厳しく、論争では徹底的に相手をやっつけるが、お会いしてみるとじつに穏和で、という方が……。

そう考えて、ひとつ納得がいったことがある。例の空海との問題で、周知のように、弟子泰範の去就と、『理趣釈経』貸借をめぐって、二人は遂に袂をわかつのだが、この間に二人の間に激しい対立があったように考えられているが、これは誤りではないか。

最澄は弟子の泰範に帰ってこいと言って拒まれ、空海に『理趣釈経』を貸してくれといって、強烈な断わりをくらっている。しかし、最澄がいきりたってこれに反論した文献はない。

腹を立てているのは空海の方だけなのだ。では最澄はなぜ怒らなかったのか。それは仏教論争とは次元の違う問題だからだ。もっとも、しつこく経典を借りたがる最澄に、いいかげんにしてくれ、と言いたくなる空海の気持もわからないではないのだが、ここでは、口に麤言を出さない最澄が、仕方なさそうに肩をすぼめている光景を想像していい。最澄は怒っていない。空海が腹を立て、腹立ちまぎれの名文を書いているのである。

（『中央公論』一九八七年九月号）

自作再見

ときに謀叛気がむらむらと起こってくる。

歴史ものの場合、一人の主人公を中心に据えて、その生涯を追う手法をとるならば、出来不出来はともかく、まずひととおりのまとまりをつけることはできるだろう。が、それでいいのか、とふと自分に問いかけたくなるのだ。手垢のつかない別の書き方を、なぜ考えないのか。書く材料は掌の中で温まりかけているのに、いつもの手法で筆をとる気になれない。

容れものから考えなおそう、と思いはじめるのはこんなときだが、それは温まりかけている材料そのものと無関係ではない。『雲と風と』で最澄と桓武天皇を書こうと思いたったときがそうだった。

高僧と天皇——。ある意味では扱いにくい存在だ。比叡山開創の最澄を描くといっても、高僧伝にするつもりはまったくないのだから。いわゆる高僧伝だと、とかく時代を擢んでた超人的存在になってしまいがちだが、彼とて歴史の波に揺られ続けた小さな人間にすぎない、というのが私の見方である。

　しかも、彼の人生と切り離しては考えられない存在がある。それが桓武天皇なのだ。天皇という存在も、とかく時代を超えたもの、あるいは時代を創った巨人として捉えがちだが、私の描きたいのは、平安遷都を敢行した王者ではなく、歴史の中であがき、いやというほど挫折感を味わわされた一個の人間としての桓武なのだ。

　しかも両者の人生は微妙に重なりあっている。相手ぬきではその生涯は成りたたないと思われるほど深くかかわりつつ、平安初期の歴史を担っている。描きたいのは、その両者の融けあった歴史そのものである以上、最澄と桓武という、いわば二本立ての小説を一挙に進行させるほかはない。

　はじめの数章は最澄と桓武を交互に登場させた。両者は知りあいでもなく、距離はひどく遠いが、かかわりがないわけではない。後半は両者を融けあわせるかたちをとったが、その中で、相似な、それでいて異質な挫折を抱きつつ死んでゆく。桓武の死後も、最澄はしかし最後までデュエットを奏で続けているつもりだったろう。

　最澄への興味は、前作『氷輪』で来日後の鑑真を書いたことがきっかけになっている。あれほどの苦難を重ねて辿りついた鑑真を、日本は必ずしも好遇していない。これはつきつめれば、日本にとって仏教とは何だったのか、という問題になるだろう。

最澄の人生も、そのことに深いかかわりを持つ。小説の舞台に載せにくいその問題を、あえてひそませたのも、謀叛気のなせるわざである。

それらの試みが成功しているかどうかはわからない。ただ私の仕事をじっくり見ていてくれる知人が、小説というのは、何を盛ってもいい丼のようなものだが、それを逆手に取って、その許容範囲を十分に使いきった、といってくれた。私の容れもの作りを読みとってくれた人が一人でもいたことを、ありがたく思っている。

謀叛気は何年かに一度は必ず起こる。第一作の『炎環』からはじまって『絵巻』『つわものの賦』『氷輪』などがそうだが、手法はそれぞれに違うし、また同じやり方を二度とくりかえすつもりはない。多分そのうち、また違った容れもの作りに凝りはじめることだろうけれども。

（『朝日新聞』一九九〇年十一月四日）

解説

末木文美士

最澄没後一二〇〇年に当たる二〇二一年には、最澄に関する優れた研究書の出版が相次いでいる。評伝としては、日本天台研究の第一人者である大久保良峻氏の『伝教大師最澄』(法藏館)が出版された。それとともに注目されるのは、最澄の著作の現代語訳が出版されたことである。大竹晋訳『現代語訳 最澄全集』全四巻(国書刊行会)は、単独で最澄の主要な著作をすべて現代語訳する偉業であり、これによって最澄の著作がようやく誰にでも手の届くものとなった。また、前川健一訳『現代語訳 顕戒論』(東洋哲学研究所)は、大乗戒関係の主著である『顕戒論』に詳細な訳注を付して現代語訳しているので、非常によい手引きとなる。

最澄は、同時代のライバル空海に較べると地味な存在と見られて、これまで注目されることが少なかった。もっとも、空海にしても司馬遼太郎の『空海の風景』(一九七五)が出るまでは、ほとんど無視されてきた。近代社会の中で、密教の加持祈禱は迷信として退けられ、克服すべき対象としてしか見られなかった。それが、一躍天才的な国際人として再評価されることになったのである。その後、チベット系の密教が伝えられたこともあって、密教が注目されるようになったが、空海の著作が広く読まれ、議論されるに至ったのは、現代語訳の『弘法大師空海全集』全八巻（筑摩書房、一九八三―八六）が出版されたことが大きい。これで、専門家でなくてもその著作に接近できるようになった。

このように、偉大な思想家であっても、ただちにそれにふさわしい評価を受けるわけではない。狭い専門家の枠を超えて読まれ、議論されるようになるには、二つの要素が必要である。一つは、自由な発想を持った小説家などによって新しい着眼点が見出され、それが共有されることであり、もう一つは、その著作が現代語訳されて、広く読まれるようになることである。

本年、著作の現代語訳が出版されると同時に、永井路子氏の小説『雲と風と』が再刊されることで、最澄に関してもこの二つの条件が揃うことになった。永井氏の小説は、もともと一九八七年に刊行されたものであるが、今読んでもまったく新鮮であり、最澄再評価の機運を盛り上げるにふさわしい。

それと言うのも、本書は決して短時日で書き流されたものではなく、時間をかけてじっくりと熟成されたものであり、それだけに時代の流行に左右されることなく、年月が経つにつれて、その真価が輝き出してくるような作品だからである。そこには、著者のお手のものである歴史史料のしっかりした解読が下敷きになっていることはもちろんであるが、それだけでない。なかなか近づきがたい天台の理論を学ぶために、著者はわざわざ大正大学の聴講生となって、まさしくこの分野の泰斗であった大久保良順氏や塩入良道氏らの教えを受け、当時の最新の研究成果にも十分に目配りしている。そして、最澄の足跡をたどって、国内ばかりか、中国の天台山にまで出向いている。最澄は単に小説の素材というだけではなく、それだけ深い作者の思い入れが込められているのである。

もっとも、本書の主人公は最澄一人ではない。もう一人、ほぼ同格の主人公がいる。それが桓武天皇である。そのことは、今回の再刊に当たって、巻末に加えられたエッセイで、著者自身が種明かしをしている通りである。副題に「伝教大師最澄の生涯」とあるから、表向きの主人公は最澄であるが、メインタイトルのほうは「雲と風と」という自然現象に、二人が暗示されている。もちろん雲が最澄で、風が桓武である。ただし、「風雲」ではない。あくまでも「雲」が先である。

なぜ最澄が「雲」なのか。その暗喩は、最初の章の広野（ひろの）（最澄の俗名）の少年時代に出る。少年はもしかしたら誰か少女と一緒に、比叡山にかかる雲を見たかもしれない。けたたましい鳥の声にふと足をとめれば、過ぎ去っていった時雨のいたずらか、白い雲は、かすかに昼虹の光彩を映していることもあったろう。

「ふしぎだなあ、あの雲の色」

少年と少女は見とれたかもしれない。

美しい文章は、まったく作者の空想によるものだが、この「雲」のイメージが一巻を通して最澄に付きまとう。天空のように超絶的でもなく、天空にたなびきはかないようでありながら、重々しく神秘の色を宿す「雲」——、それは、比叡山そのものであり、そして最澄の生涯を象徴する。秀才でありながら、俗塵に染まず、ひたすら俗世を超えた「雲」に思いをはせ、真理の探究一筋に一生をかける。作者がその生涯に魅せられたのも無理はない。

他方、桓武は「風」。これは山部王（後の桓武）の青年時代を描いた「鷹を据える青年」の章に出る。「辛うじて皇統に連なって「王」の称号を許されてはいるものの、いまだに無位」の青年は、愛鷹の「風速」を据えて鷹狩りにいそしむ。「野性児山部の馬は迅風のように走る」。そして、無聊を持て余して、夫のいる百済王家の女性明信のもとに入り浸る。ところが、思いもかけず、「廃れ皇子」だった父白壁が即位し（光仁）、山部は皇太子となって、それこそ「風」として駆け抜けるような生涯へと突き進んでいく。

各章は、最澄と桓武が交替で主人公として描かれる。互いに無関係であった二人が次第に接近し、やがて離れがたく結び合っていく。そのクライマックスで桓武は命尽き、遺された最澄はその晩年を孤独な闘いの中に終えることになる。七三七年生まれの桓武と、七六六（または七六七）年生まれの最澄と——、親子ほども年が離れ、境遇もまったく異なる「雲」と「風」が、どうしてそれほど分かちがたく結び合い、そして、相似的と言ってもよいような生き方をすることになったのだろうか。作者は、一歩一歩その謎に迫っていく。その醍醐味は、読者自身で味わっていただきたい。最後の章にはこう総括される。

> 八世紀末から九世紀初にかけて、稀有にしてめぐりあったこの二人の人生の何と相似なことか。
>
> 桓武は政治の一新、国家の改革への自負に満ちながら、すべてに挫折して死んだ。最澄はこの帝王の願いを果たすべく、国家を支える精神の改革を望みながら死んだ。ともに国家に立ち向い、闘い、そして敗れて一生を終ったのである。

だが、本当に敗れたのであろうか。もちろん、そんなことはない。もしそうならば、最澄の教えが今に至るまで伝えられるはずがないではないか。

私事で恐縮だが、昨年春まで十一年間京都で暮らした。知人のマンションを借りて住んでいたが、地上十三階からは北東の比叡山がよく見えた。時には厚い雲に覆われるが、それが霽れると、見事なまでの雪化粧に感歎の声を上げることもあった。千年の都である京都の街がずっと比叡山に護られてきたということが、つくづくと実感された。

著者が「雲」と「風」、即ち最澄と桓武というコンビで表わそうとしたものは、比叡山と京都に具象化され、今日に至るまで変わることなく続いている。それはまた、山と平地、寺院と都市、聖と俗、出世間と世間、出家と在家、仏法と王権、宗教と政治など、さまざまに言い換えることができる。日本におけるその両者の関係の基礎を築いたのが、最澄と桓武のコンビであったわけだ。

この点に関して、少し補足しておこう。小説の中でも触れられているように、最澄は晩年、梵網戒に基づく大乗戒壇の設立を願い出て、それに反対する南都の僧綱と論争となった。最終的に、最澄没後に嵯峨天皇の勅許で設立が認められた。その梵網戒であるが、鑑真が具足戒とともに齎したもので、鑑真は東大寺大仏殿の前で、聖武上皇はじめ在俗者にも梵網戒を授けている。もともと中国では、梵網戒は出家者・在家者の両方に授けられた。出家者は具足戒とともに梵網戒を授けられ、それによって菩薩の精神を植え付けられると考えられた。その方式は日本にも移入され、梵網経の研究は鑑真門下で盛んになった。

最澄が主張したのは、こうした具足戒と梵網戒の併用を廃して、出家者にも梵網戒のみを授けるという方式であった。最澄に言わせれば、具足戒は小乗仏教のものであるから、純粋な大乗仏教の立場を取る者が従うのは不適切だというのである。そこには、ひたすら大乗仏教の精神を高く掲げる最澄の理想主義的立場を見ることができる。けれども、梵網戒はもともと出家者と在家者に共通していたものであったから、出家者の生活規則としては不十分である。それに、出家者も在家者も同じ戒を受けるのであるから、両者は同列になり、区別する基準がなくなってしまう。これでは困ることにならないか。

ところが、最澄が朝廷に提出した『山家学生式』（「四条式」）では、逆にその点こそ梵網戒の優れた点だと主張している。即ち、「仏道では菩薩と称し、俗道では君子と号する。その戒は広大であって、真俗一貫している」と、梵網戒が「真俗一貫」（「真」は出家者であり、出家者・在家者をともに含み込む広大さがあるとする。俗世界の指導者（君子）も仏法界の指導者（菩薩）も、どちらもが同一の戒に従うことで、手を携えて大乗仏教の理想世界の実現を目指して協力していくことができるというのである。

その時、最澄はもしかしたら、桓武とコンビを組んで理想を求めてきたことを念頭に置いていたのかもしれない。実際、『山家学生式』のうち最初に提出された「六条式」では、「まことに願わくは、先帝の御願により、天台の年分度者は、これからずっと大乗の類となし、菩薩僧となされんことを」と、大乗菩薩僧の実現が先帝桓武の願いであったと述べている。

このように、最澄の求めるところは、精神界の仏法の世界と世俗の王権のどちらをも包み込む大乗仏教の理想の実現ということであった。おそらくその念頭にあったのは、インドで理想と考えられた仏陀と転輪聖王（てんりんじょうおう）のコンビであったであろう。転輪聖王というのは、輪状の武器を持って全世界を統一する神話的な大王であり、その大王の帰依を受けて仏陀は世界中に正しい教えを説き、精神界の指導者になるというのである。それは、政教一致でもなく、政教分離でもなく、政教協力とも言うべき体制である。最澄はひそかに、桓武を転輪聖王に、自らを仏陀になぞらえていたのかもしれない。

それは確かに高い理想ではある。しかしまた、かなり無理のあることも明白である。すでに述べたように、中国や、それを移入した南都の授戒方式は、具足戒と梵網戒の二重授戒とも言うべきやり方であった。その二本柱の一方を外してしまえば、教団の規律の維持という点で、大きな問題が生じることになる。実際、日本仏教では次第に戒律がルーズになり、親鸞（しんらん）のように、公然と戒律を無視する系譜をも生むことになった。

もう一つ大きな問題は、具足戒は、多少の相違はあるものの、中国・韓国などの東アジアだけでなく、南伝上座部やチベット仏教にも共通する仏教僧のグローバル・スタンダードだということである。それを捨てることで、日本の天台宗、及びそこから派生した諸宗派は、世界の仏教から孤立することになってしまった。実際、中世に日本から中国に留学した禅僧たちは、具足戒を受けていないというので、一人前の僧として扱ってもらえないという問題を生ずることになった。

こうしたさまざまな問題を含みながらも、最澄は強引に破天荒な「真俗一貫」の梵網戒を押し通した。その背後に、この小説に描き込まれたように、桓武とのコンビがあったということは、十分に考えられる。「雲」と「風」の運命的な出会いは、小説世界のフィクションを超えて、歴史の真実に迫る大きな問題を提起しているのである。

（すえき・ふみひこ　仏教学者）

雲と風と　伝教大師最澄の生涯
初　出　『中央公論文芸特集』一九八六年夏季号～八七年春季号
初　刊　中央公論社、一九八七年五月
文　庫　中公文庫、一九九〇年六月
全　集　『永井路子歴史小説全集』第三巻、中央公論社、一九九四年十二月

編集付記

一、本書は『永井路子歴史小説全集』第三巻（中央公論社、一九九四年十二月）を底本とし、巻末に新たに「最澄の二つの顔」「自作再見」および解説を収録したものである。

一、底本中、難読と思われる語には新たにルビを付した。

中公文庫

雲(くも)と風(かぜ)と
——伝教大師最澄(でんぎょうだいしさいちょう)の生涯(しょうがい)

1990年6月9日　初版発行
2021年9月25日　改版発行

著　者　永井路子(ながいみちこ)

発行者　松田陽三

発行所　中央公論新社
〒100-8152　東京都千代田区大手町1-7-1
電話　販売 03-5299-1730　編集 03-5299-1890
URL http://www.chuko.co.jp/

DTP　ハンズ・ミケ
印　刷　三晃印刷
製　本　小泉製本

Published by CHUOKORON-SHINSHA, INC.
Printed in Japan　ISBN978-4-12-207114-8 C1193

中公文庫既刊より

各書目の下段の数字はISBNコードです。978-4-12が省略してあります。

な-12-3
氷輪（上） 永井路子
波濤を越えて渡来した鑑真と権謀術策に生きた藤原仲麻呂、孝謙女帝、道鏡たち——奈良の都の政争渦巻く狂瀾の日々を綴る歴史大作。女流文学賞受賞作。
201159-5

な-12-4
氷輪（下） 永井路子
藤原仲麻呂と孝謙女帝の抗争が続くうち女帝は病に。その平癒に心魂かたむける道鏡の愛に溺れる女帝。奈良の都の狂瀾の日々を綴る。〈解説〉佐伯彰一
201160-1

な-12-5
波のかたみ　清盛の妻 永井路子
政争と陰謀の渦中に栄華をきわめ、西海に消えた平家一門を、頭領の妻を軸に綴る。公家・乳母制度の側面から捉え直す新平家物語。〈解説〉清原康正
201585-2

し-6-32
空海の風景（上） 司馬遼太郎
平安の巨人空海の思想と生涯、その時代風景を照射し、日本が生んだ人類普遍の天才の実像に迫る。構想十余年、司馬文学の記念碑的大作。芸術院恩賜賞受賞。
202076-4

し-6-33
空海の風景（下） 司馬遼太郎
大陸文明と日本文明の結びつきを達成した空海は哲学宗教文学教育、医療施薬、土木灌漑建築と八面六臂の活躍を続ける。その死の秘密もふくめ描く完結篇。
202077-1

え-19-1
『空海の風景』を旅する NHK取材班
讃岐、奈良、室戸、福建、長安、博多、東寺、高野山……。司馬遼太郎の最高傑作の舞台を訪ね、「人類普遍の天才」空海の現代における意味を考える。
204564-4

ひ-19-1
空海入門 ひろさちや
混迷の今を力強く生きるための指針、それが空海の肯定の哲学である。人類普遍の天才の思想的核心をあくまで具体的、平明に説く入門の書。
203041-1

み-10-20
沢庵
水上勉
江戸初期臨済宗の傑僧、沢庵。『東海和尚紀年録』などの資料を克明にたどりつつ、権力と仏法のはざまで生きた七十三年を描く。〈解説〉祖田浩一
202793-0

み-10-21
一休
水上勉
権力に抗し、教団を捨て、地獄の地平で痛憤の詩をうたい、盲目の森女との愛に惑溺した伝説の人一休の生涯を追跡する。谷崎賞受賞。〈解説〉中野孝次
202853-1

み-10-22
良寛
水上勉
寺僧の堕落を痛罵し破庵に独り乞食の生涯を果てた大愚良寛。真の宗教家の実像をすさまじい気魄で描き尽くした、水上文学の真髄。〈解説〉篠田一士
202890-6

み-10-23
禅とは何か それは達磨から始まった
水上勉
栄西、道元、大燈、関山、一休、正三、沢庵、桃水、白隠、盤珪、良寛の生涯と思想。達磨に始まり日本で独自に発展した歴史を総覧できる名著を初文庫化。
206675-5

み-10-25
「般若心経」を読む
水上勉
幼少時代の誦読と棚経を回顧、一休和尚や正眼国師（盤珪禅師）の訳や解釈を学び直し、原点から人間の性を見つめ直す水上版「色即是空」。〈解説〉高橋孝次
206886-5

せ-1-6
寂聴 般若心経 生きるとは
瀬戸内寂聴
仏の教えを二六六文字に凝縮した「般若心経」の神髄を自らの半生と重ね合せて説き明かし、生きてゆく心の拠り所をやさしく語りかける、最良の仏教入門。
201843-3

せ-1-8
寂聴 観音経 愛とは
瀬戸内寂聴
日本人の心に深く親しまれている観音さま。人生の悩みと苦難を全て救って下さると説く観音経を、自らの人生体験に重ねた易しい語りかけで解説する。
202084-9

せ-1-17
寂聴の美しいお経
瀬戸内寂聴
疲れたとき、孤独で泣きたいとき、幸福に心弾むとき……どんなときも心にしみいる、美しい言葉の数々。声に出して口ずさみ、心おだやかになりますように。
205414-1

各書目の下段の数字はISBNコードです。978－4－12が省略してあります。

あ-93-1
神を統べる者(一) 厩戸御子倭国追放篇
荒山 徹
仏教導入を巡り蘇我馬子と物部守屋が対立を深める六世紀の倭国。馬子から仏教教育を受ける厩戸御子だが、異能ゆえに、時の帝から危険視され始める……。
207026-4

あ-93-2
神を統べる者(二) 覚醒ニルヴァーナ篇
荒山 徹
犠牲を払いながらも中国に辿り着いた厩戸御子たち。だが、その異能を見抜いた、九叔道士たち道教教団に厩戸は誘拐されてしまう……。歴史伝奇巨篇第二弾。
207040-0

あ-93-3
神を統べる者(三) 上宮聖徳法王誕生篇
荒山 徹
急進的仏教教団に攫われた厩戸御子を奪回に向かう虎杖たち。仏教導入を巡る倭国の内乱を背景に聖徳太子の冒険を描いた伝奇巨篇、完結!〈解説〉島田裕巳
207055-4

お-82-1
時平(しへい)の桜、菅公の梅
奥山景布子(きょうこ)
孤高の俊才・菅原道真と若き貴公子・藤原時平。身分も年齢も違う二人は互いに魅かれ合うも、残酷な因縁に辿り着く——国の頂を目指した男たちの熱き闘い!
205922-1

お-82-2
恋衣 とはずがたり
奥山景布子
後深草院の宮廷を舞台に、愛欲と乱倫、嫉妬の渦に翻弄される一人の女性。遺された日記を初めて繙いた娘の視点から、その奔放な人生を辿る。〈解説〉田中貴子
206381-5

く-7-19
天の川の太陽(上)
黒岩重吾
大化の改新後、政権を保持する兄天智天皇の都で次第に疎外される皇太弟大海人皇子。古代日本を震撼させた未曾有の大乱を雄渾な筆致で活写する小説壬申の乱。
202577-6

く-7-20
天の川の太陽(下)
黒岩重吾
大海人皇子はついに立った。東国から怒濤のような大軍が近江の都に迫り、各地で朝廷軍との戦いが始まる……。吉川英治文学賞受賞作。〈解説〉尾崎秀樹
202578-3

く-7-23
斑鳩王(いかるがおう)の慟哭(どうこく) 新装版
黒岩重吾
聖徳太子晩年の苦悩と孤独、推古女帝や蘇我一族との確執は、やがて太子没後の悲劇へとなだれ込む。黒岩古代史小説の巨篇。〈付録対談〉梅原 猛・黒岩重吾
207059-2

さ-74-1 夢も定かに 澤田瞳子
翔べ、平城京のワーキングガール！　聖武天皇の御世、後宮の同室に暮らす若子、笠女、春世の日常は恋と友情と政争に彩られ……。〈宮廷青春小説〉開幕！
206298-6

す-3-6 檀林皇后私譜（上） 杉本苑子
闇に怨霊が跳梁し、陰謀渦巻く平安京に、美貌のゆえに一族の衆望を担って宮中に入り、権勢の暗闘の修羅に生きた皇后嘉智子の一生を描く歴史長篇。
201168-7

す-3-7 檀林皇后私譜（下） 杉本苑子
飢餓と疫病に呻吟する都、藤原氏内部の苛烈な権力争いの渦中に橘嘉智子は皇后位につく。藤原時代の開幕を彩る皇后の一生を鮮やかに描く。〈解説〉神谷次郎
201169-4

た-28-18 隼別王子の叛乱（はやぶさわけ） 田辺聖子
ヤマトの大王の想われびと女鳥姫と恋におちた隼別王子は大王の宮殿を襲う。「古事記」を舞台に描く恋と陰謀と幻想渦巻く濃密な物語。〈解説〉永田萠
206362-4

は-61-3 比ぶ者なき（なら） 馳星周
彼の名は藤原不比等。自らの野望のために一三〇〇年の間、日本人を欺き続けた男——。ノワール小説の旗手が放つ、衝撃の古代歴史巨編。
206857-5

も-26-1 恋ほおずき 諸田玲子
浅草田原町の女医者。恋の痛みを癒すため、時には堕胎を施すこともある彼女は、あろうことか女医者を取り締まる同心との恋に落ちてしまう。〈解説〉縄田一男
204710-5

も-26-2 美女いくさ 諸田玲子
信長の気性をうけつぎ「女弾正忠」と称された小督は、愛する夫と引き裂かれながらも、将軍家御台所として、戦国の世を逞しく生き抜く。〈解説〉中江有里
205360-1

も-26-3 花見ぬひまの 諸田玲子
幕末の嵐の中で、赤穂浪士討ち入りの陰で、女たちは生命を燃やした。高杉晋作の愛人おうの、二人を匿った野村望東尼……儚くも激しく、時代の流れに咲いた七つの恋。
206190-3

各書目の下段の数字はISBNコードです。978－4－12が省略してあります。

も-26-4
元禄お犬姫　諸田玲子
「生類憐みの令」のもと、犬をめぐる悪事・怪異が相次ぐ江戸の町。野犬猛犬狂犬、なんでもござれの「お犬姫」が、難事件に立ち向かう。〈解説〉安藤優一郎
207071-4

つ-30-1
持統天皇と藤原不比等　土橋寛
天武嫡系の皇子による皇位継承を望む持統天皇は、藤原不比等との間に協力体制を組む。結ばれた盟約の内容を探り、その後の展開を追う。〈解説〉木本好信
206386-0

ひ-19-4
はじめての仏教　その成立と発展　ひろさちや
釈尊の教えから始まり、中央アジア、中国、日本へと伝播しながら、大きく変化を遂げた仏教の歴史と思想を豊富な図版によりわかりやすく分析解説する。
203866-0

な-14-4
仏教の源流――インド　長尾雅人
ブッダの事蹟や教説などを辿るとともに、ブッダの根本教理である縁起の思想から空の哲学を経て、菩薩道の思想の確立へと至る大成過程をあとづける。
203867-7

や-71-1
臨済録　柳田聖山訳
仏に逢うては仏を殺し祖に逢うては祖を殺せ。権威や既成概念に縛られず自由を得よ。動乱の唐末、人間を肯定した臨済義玄の熱喝が千年の時空を超えて問う。
206783-7

ま-9-5
理趣経　松長有慶
セックスの本質である生命力を人類への奉仕に振り向け、無我の境地に立てば、欲望は浄化され清浄となる。明快な真言密教入門の書。〈解説〉平川彰
204074-8

ま-9-6
密教とはなにか　宇宙と人間　松長有慶
密教学界の最高権威が、インド密教から曼荼羅への展開、真言密教の原理、弘法大師の知恵、密教神話から密教の発展、思想と実践についてやさしく説き明かす。
206859-9

や-56-4
悪と往生　親鸞を裏切る『歎異抄』　山折哲雄
親鸞の教えと『歎異抄』の間には絶対的な距離がある。この距離の意味を考えない限り、「悪人」の救済という課題は解けない。著者の親鸞理解の到達点。
206383-9

よ-15-10
親鸞の言葉
吉本　隆明

名著『最後の親鸞』の著者による現代語訳で知る親鸞思想の核心。鮎川信夫、佐藤正英、中沢新一との対談を収録。文庫オリジナル。〈巻末エッセイ〉梅原　猛

206683-0

S-18-1
大乗仏典1　般若部経典
金剛般若経／善勇猛般若経
長尾雅人
戸崎宏正　訳

「空」の論理によって無執着の境地の実現を目指す『金剛般若経』。固定概念を徹底的に打破し、「真実あるがままの存在」を追求する『善勇猛般若経』。

203863-9

S-18-2
大乗仏典2　八千頌般若経Ⅰ
梶山雄一　訳

多くの般若経典の中でも、インド・チベット・中国・日本など大乗仏教圏において最も尊重されてきた『八千頌般若経』。その前半部分11章まで収録。

203883-7

S-18-3
大乗仏典3　八千頌般若経Ⅱ
梶山雄一
丹治昭義　訳

すべてのものは「空」であることを唱道し、あらゆる有情を救おうと決意する菩薩大士の有り方を一貫して語る『八千頌般若経』。その後半部を収める。

203896-7

S-18-4
大乗仏典4　法華経Ⅰ
松濤誠廉
長尾雅人
丹治昭義　訳

『法華経』は、的確な比喩と美しい詩頌を駆使して、現実の人間の実践活動を格調高く伝える讃仏・信仰の文学である。本巻には、その前半部を収める。

203949-0

S-18-5
大乗仏典5　法華経Ⅱ
松濤誠廉
丹治昭義
桂紹隆　訳

中国や日本の哲学的・教理体系の樹立に大きな影響を与えた本経は、今なお苦悩する現代人の魂を慰藉してやまない。清新な訳業でその後半部を収録。

203967-4

S-18-6
大乗仏典6　浄土三部経
山口益
桜部建
森三樹三郎　訳

阿弥陀仏の功徳・利益を説き、疑いを離れることで西方極楽浄土に生まれ変わるという思想により、迷いと苦悩の中にある大衆の心を支えてきた三部経。

203993-3

S-18-7
大乗仏典7　維摩経（ゆいまきょう）・首楞厳三昧経（しゅりょうごんざんまいきょう）
長尾雅人
丹治昭義　訳

俗人維摩居士の機知とアイロニーに満ちた教えで、空の思想を展開する維摩経。「英雄的な行進の三昧」こそ求道のための源泉力であると説く首楞厳経。

204078-6

各書目の下段の数字はISBNコードです。978-4-12が省略してあります。

S-18-8 大乗仏典8 十地経
荒牧典俊 訳
「菩薩道の現象学」と呼び得る本経は、菩薩のあり方やその修行の階位を十種に分けて解き明かし、大乗仏教の哲学思想の展開過程における中核である。
204222-3

S-18-9 大乗仏典9 宝積部経典
迦葉品／護国尊者所問経／郁伽長者所問経
長尾雅人
桜部建 訳
「世界の真実を見よ」という釈尊の説いた中道思想を易しく解説し、美しい言葉と巧みな比喩によって「心とは何か」を考察する「迦葉品」。
204268-1

S-18-10 大乗仏典10 三昧王経Ⅰ
田村智淳 訳
本経は、最高の境地である「空」以上に現実世界での行為に多くの関心をよせる。格調高い詩句と比喩を駆使して、哲学よりも実践を力説する物語前半部。
204308-4

S-18-11 大乗仏典11 三昧王経Ⅱ
田村智淳
一郷正道 訳
真理は、修行によってのみ体験しうる沈黙の世界である。まさに「三昧の王」の名にふさわしく、釈尊のことばよりも実践を強調してやまない物語後半部。
204320-6

S-18-12 大乗仏典12 如来蔵系経典
髙﨑直道 訳
衆生はすべて如来の胎児なりと宣言した如来蔵経、大乗仏教の在家主義を示す勝鬘経など実践の主体である心を考察する深遠な如来思想を解き明かす五経典。
204358-9

S-18-13 大乗仏典13 ブッダ・チャリタ（仏陀の生涯）
原実 訳
世の無常を悟った王子シッダルタを出家させまいと誘惑する女性の大胆かつ繊細な描写を交え、人間仏陀の生涯を佳麗に描きあげた仏伝中白眉の詩文学。
204410-4

S-18-14 大乗仏典14 龍樹論集
梶山雄一
瓜生津隆真 訳
人類の生んだ最高の哲学者の一人龍樹は、言葉と思惟を離れ、有と無の区別を超えた真実、「空」の世界へ帰ることを論じた。主著『中論』以外の八篇を収録。
204437-1

S-18-15 大乗仏典15 世親論集
長尾雅人
梶山雄一
荒牧典俊 訳
現象世界は心の表層に過ぎない。それゆえ、あらゆるものは空であるが、なおそこに「余れるもの」が基体としてあると説く世親の唯識論四篇を収める。
204480-7